U0622794

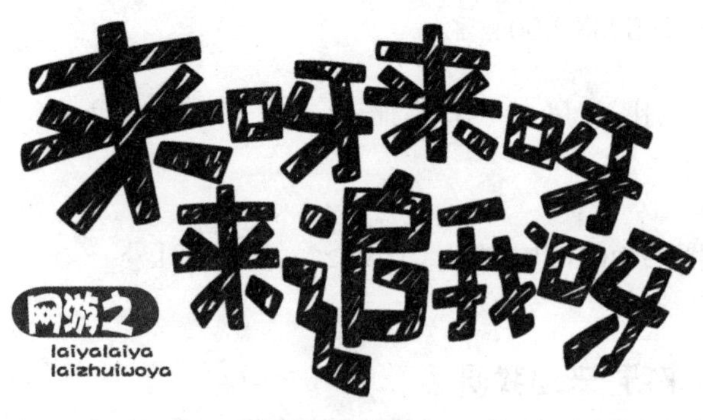

作家出版社

图书在版编目（CIP）数据

网游之来呀来呀，来追我呀/风晓樱寒著. -北京：作家出版社，2012.11

ISBN 978-7-5063-6604-5

Ⅰ. ①网… Ⅱ. ①风… Ⅲ. ①长篇小说-中国-当代 Ⅳ. ①Ⅰ247.5

中国版本图书馆CIP数据核字（2012）第208031号

网游之来呀来呀，来追我呀

作　　者：风晓樱寒
责任编辑：王宝生 田小爽
特约编辑：庆　宇
装帧设计：姚姚工作室
出版发行：作家出版社
社　　址：北京农展馆南里10号　　　**邮　编**：100125
电话传真：86—10—65930756（出版发行部）
86—10—65004079（总编室）
86—10—65015116（邮购部）
E- mail：zuojia@zuojia.net.cn
http：//www.haozuojia.com（作家在线）
印刷：北京凯达印务有限公司
成品尺寸：160×230
印张：16
版次：2012年11月第1版
印次：2012年11月第1次印刷
ISBN 978-7-5063-6604-5
定价：26.80元

CONTENTS

目录

CONTENTS
目录

第1章 妖女妖女

【世界】暗无殇：发现妖女灵风晓月的踪迹，目前本帮成员已将她堵截，请求各路英雄好汉支援。地点紫萱谷，坐标12，35。

这天风灵晓刚登录上《幻剑江湖》，就发现她的游戏角色“灵风晓月”被一群人堵住了去路。

本服第一正派暗月无边的帮主暗无殇首当其冲，手里的长剑架在了灵风晓月的面前，一身白衣在风中翩然翻飞，跟灵风晓月那身妖娆的黑色装扮形成鲜明的对比。

发生了什么事？风灵晓盯着【世界】频道，不禁愕然。记得昨天她跟弟弟的人妖号此去经年刷完紫萱谷副本后，就直接在这里下线了。至于她的行踪，只有此去经年和另外几位队友知道，此去经年是肯定不会出卖她的，而另外几个玩家都是此去经年的好友，应该也不会……

她屏住呼吸，飞快地在键盘敲打下一行字——

【附近】灵风晓月：暗无殇，你这是什么意思？

【附近】暗无殇：灵风晓月，今天溯夜墨影不在你身边，你是绝对逃不掉了！我一干人等替天行道，定要诛灭你这个为祸人间的妖女！

就在这个时候，一名青衣刀侠突然从旁边浓密的花丛蹿到她面前，身上橙光大爆，接着一刀朝她劈来！

风灵晓还没弄清是怎么一回事，屏幕上的黑衣女子已轰然倒地，顺带贡献出一身的橙色装备……

叮！【系统提示】：你的角色已经被玩家青山杀死，是否选择原地复活？

与此同时，世界飘出一条公告——

【系统】恭喜玩家青山成功击杀罪恶榜首位恶人灵风晓月，获得3000声望。

她的夜羽套装！这套极品装备在游戏可是属于有价无市的套装，她可是花了整整一个月才从夜羽副本刷齐了一套，怎么才穿了没几天，就被人爆出来了呢？都怪自己那该死的红名……不过，青山这个名字好像在哪里见过？似乎有点眼熟……

她记起来了，因为昨天刷副本组队还差一人，而此去经年当时又叫不到人，只好临时拉了一位玩家进队伍……没想到他居然就是内奸！！！

【附近】灵风晓月：暗无殇，想不到你如此卑鄙，居然偷袭！

【附近】暗无殇：比起你这种十恶不赦的妖女，偷袭算得上什么？

【附近】灵风晓月：暗无殇！我到底得罪你什么？你怎么处处跟我过不去？！

暗无殇一下子没了反应，过了好一阵，他的人物终于动了一下。

【附近】暗无殇：怎么样，妖女？你是选择删号自杀，还是等我们将你杀到1级？

神经病！风灵晓在心里暗骂了一声，故意无视了系统是否重生的选择，迅速点开了好友列表，双击此去经年的名字——

【私聊】你对此去经年说：老弟，我被暗月无边围剿了！快开你的大号来救我！

此去经年的大号就是方才暗无殇口中所说的“溯夜墨影”，这个极品号拥有着本服第一大神、财富榜第三、声望榜第一等众多荣誉，同时也是灵风晓月的夫君。这个号据说是此去经年一个月前花了3000RMB买回来的，那时候灵风晓月因为红名不断遭到追杀，于是索性就跟“溯夜墨影”结成夫妻，虽然当初在世界引起了不小的轰动，但追杀她的人明显减少了许多。

【私聊】此去经年对你说：可是，我现在没空啊……我正和我的夫君在做夫妻任务。[表情/害羞]

风灵晓顿时怒了，在键盘上重重地敲下一行字：夫妻你个头！你去死吧！！！

愤怒地屏蔽掉私聊频道，风灵晓的目光转回到游戏画面上。黑衣女子的尸体孤零零地躺在地上，显得无比萧瑟凄凉。而一众玩家虎视眈眈地注视着她，如同一匹匹饿狼，似乎等着她复活的那一刻就马上向她拥来！

无视了暗无殇的话，愣愣地盯着屏幕出了神。良久，她忍不住惆怅地叹息出声。

还记得五个月前——

《幻剑江湖》公测，风灵晓怀着激动的心情进入了游戏。她设定的角色是一位身穿着黑色劲装、手执双刃，带着几分妖娆气息的少女。或许从设定角色完毕那一刻起，就注定了日后的悲剧。

刚进入游戏的小菜鸟灵风晓月顶着一个“呆呆的初行者”称号，满新手村乱跑，到处接任务打怪升级。直到有一天，她在客栈见到一位一脸惆怅的贵公子，于是十分好奇地走过去，点击了他——

灵风晓月：公子，为何一人在此独自忧愁？

贵公子：哎，本少素来喜好美酒，并一直认为美酒要配美杯的道理，可惜我与美杯没什么缘分，一直也寻不到理想的杯子。但今早偶然经过村西陈三叔家，发现他竟有一只祖传的上品夜光杯……

陈三叔乃一届粗鄙之人，哪懂得什么美酒美杯？本少想让他高价转让这夜光杯，但他竟然不依，实在令人惋惜，惋惜……

不知女侠能否帮在下一个忙？请帮我到陈三叔家，把那夜光杯帮我夺来吧。

叮！【系统提示】：是否接受任务：抢夺陈三叔的夜光杯交给贵公子？

风灵晓毫不犹豫地选择了“是”，然后按照系统提示，兴冲冲地找到了村西陈三叔的家。

陈三叔：我就是陈三叔，请问有什么事？

灵风晓月：对不起了，我只是来借夜光杯一用。

叮！【系统提示】：你已得到了物品“夜光杯”。

风灵晓有些惊讶，这么容易？谁知下一秒，看似憨厚诚实的陈三叔脸色大变！

陈三叔：竟然是来抢夺夜光杯的强盗！我真是瞎了狗眼！

还没等她弄清怎么回事，赤红了眼睛的陈三叔从怀里抽出一把匕首，向她狠狠刺来——

哗啦啦！她的血条马上掉了大半！陈三叔竟然化身成了会攻击人的怪？！

大惊之下风灵晓连忙操控人物反击，可得到的只是自己的角色飘起更大的伤害值。秉着“打不过就跑”的道理，灵风晓月迅速咽下一个肉包，转身就跑。

灵风晓月从陈三叔手里捡回一条小命，又在街上站了一阵，待血条完全恢复了，才心有余悸地回到客栈。

灵风晓月：公子，你要的东西，我已经为你取来了。

贵公子：哈！太好了，果然是夜光杯。女侠，实在太感谢你了。为了报答你，我就帮你减去1000声望吧。

灵风晓月：多谢公子。

叮！【系统提示】：恭喜玩家灵风晓月完成了“帮助恶少抢夺夜光杯”的任务，声望-1000。

风灵晓顿时傻了眼。这……这是怎么回事？！

要知道，在《幻剑江湖》中，任务分为超S级、S级、A级、B级、C级五种级别，而要得到声望奖励，必修做级别为A级或以上的任务，但每个任务奖励的声望按难度分为10点到100点不等。而这个任务一下子扣了自己1000点声望，那是要做多少个A级任务才能补回来呀？而且，做A级谈何容易？更不要说S级任务、超S级任务了……

她被耍了！被一个NPC给耍了！！！

可是，系统大神似乎不愿意放过她——

叮！系统提示：你的声望达到罪恶榜条件，成功进入了罪恶榜前十。

叮！系统提示：你的角色未到30级，处于系统保护模式中。当角色到达

30级后，罪恶榜前十的玩家会列入朝廷通缉名单中，请玩家谨慎行事。

看着接连弹出的几条信息，她连死的心思都有了……

风灵晓就这样死气沉沉地拖着自己的人物接了几个简单的新手任务，在周围杀了一圈怪，很快升到了15级，可以去加入门派了。但是，以她现在悲剧的声望，是不能加入什么名门正派的了。于是她打开了游戏索引，找到了门派介绍一栏。

将名门正派的介绍全部忽略，直接跳去邪教魔派一列，风灵晓最终选定了隐匿在深谷中、名字也没有那么难听的邪月教。她本来打算加入门派后做门派任务努力提升自己的声望，洗掉身上的恶名，谁知……

叮！系统提示：你已经习会了「邪月心法」。

叮！系统提示：你已成功加入魔派邪月教，声望-5000。

【系统】玩家灵风晓月荣登罪恶榜首位，成为本服第一恶人，获得“邪教第一妖女”称号，声望-2000。

就这样，她很无辜地成为了罪恶榜上第一人，鼎鼎大名的《幻剑江湖》第一女魔头，灵风晓月。

世界顿时哗然。

【世界】我是衰哥：哇！怎么这么快就有人登上罪恶榜了？灵风美女，你杀人了？

【世界】碧螺：可这个游戏不是才开始公测吗？怎么会那么快呢？

【世界】不明真相的群众：坚决围观不解释！

【世界】无水☆依依☆：难道是加入邪教了？听说加入邪教会减声望呢。

【世界】我是衰哥：美女，邪教不好混，你删号自杀吧。

【世界】风VS云：兴许人家真想练邪教。

【世界】洛水春香：哎？我还以为罪恶榜上的都会是男生。怎么会是一个女的呢？

……

后来，风灵晓怀着最后一丝威望去做门派任务，却悲剧地发现，邪月教中的每一个门派任务都是减威望的……

就这样，她的威望不停地减。由于追杀罪恶榜上的恶人奖励极高，灵风晓月到达30级后，马上出现了一大批为了追杀她去拿奖赏的玩家。为了自己的安全，她只能不停地杀戮，得罪的人越来越多，再被追杀，再杀人，然后红名，然后威望不断地减……

永无翻身之日了……

回忆至此结束，风灵晓的思绪飘回到现实。

紫萱谷已经挤满了玩家，望着满屏幕的咒骂、威胁的话，风灵晓忍不住再次叹息出声，她本来想直接退出游戏就算了，哪知道作为第一正派帮主的暗无殇却下了狠话——

【附近】暗无殇：灵风晓月，别以为你不说话就可以逃避过去！若你敢下线，我就算追查到现实，也一定把你找出来！

风灵晓无奈，只得点开【附近】频道。

【附近】灵风晓月：暗无殇，你到底想怎样？我跟你们帮派无冤无仇，为什么总是追着我不放？！

风灵晓此言一出，频道马上炸开了：

【附近】青山：妖女！你终于开口说话了咩！

【附近】木棒木棒糖：我还以为她怕了我们帮主，装哑巴呢。

【附近】最恨妖女：哼，你杀过我们帮这么多人，还在装无辜？

【附近】寒水浅浅：呵。

【附近】寒水小鱼：哈。

【附近】寒水白芷：嘿。

【附近】患得患失：帮主，我叫帮里的快把妖女杀了吧！

【附近】青山：帮主放心，我已经把帮主夫人叫来了，不怕妖女死赖着不肯复活。

暗无殇的夫人叫寒水空流，是本服唯一一个懂得复活术的峨嵋派弟子。寒水空流曾是一个名不经传的小帮派寒水小榭的帮主，后来嫁给了暗无殇，整个寒水小榭也随之并入了暗月无边，从此她就成为了大名鼎鼎的第一正派夫人。

【附近】寒水浅浅：太好了，空流姐姐也来，就不怕这个妖女不肯起来了。

【附近】寒水晴天：(★^__^★)嘻嘻，太好了，妖女这下逃不掉了。

谁知，暗无殇并不领青山的情，他发出的话霎时令附近频道鸦雀无声。

【附近】暗无殇：青山，谁让你多事的？

一句话，惊得青山莫名其妙。良久，屏幕上才出现了他的身影：

【附近】青山：帮主，你这话的意思是？

寒水小榭的旧成员，显然也开始恼怒了。

【附近】寒水白芷：帮主大人，你这句话是什么意思？

【附近】寒水浅浅：对啊，难道你很不想见我们的空流姐姐吗？

暗无殇并没有理会闹得火热的附近频道，视线调转到灵风晓月身上：

【世界】暗无殇：灵风晓月，你选好了吗？轮白还是自杀？

风灵晓没好气地敲打键盘。

【附近】灵风晓月：我不想自杀，也不想被轮白。这个答案，你满意了没？

这个答案在常人来看的确很正常，但现在由她这个顶着邪派第一妖女称号的女魔头说出，明显是向暗无殇在叫嚣。

原以为暗无殇会发火，谁知，他只是淡淡地说出一句——

【世界】暗无殇：如果你都不愿意，其实还有一个解决方法。

风灵晓这才注意到，暗无殇已经悄悄切换到了【世界】频道。她看着屏幕心中冷笑。还有一个解决方法？他又想出了什么新招来整自己？

过了好一阵，暗无殇终于把他没有说完整的话补完。

【世界】暗无殇：那就是，灵风晓月，嫁给我。

刚敲了一大段来讽刺暗无殇的话的风灵晓顷刻石化，对着屏幕惊得目瞪口呆。

第一个反应，她幻觉了。

第二个反应，游戏BUG了。

第三个反应，暗无殇……他疯了……

此言一出，无论是世界还是附近频道，马上炸开了锅：

【世界】一只不是鸡的鸭：哇，我刚刚是不是幻觉，第一正派帮主，向妖女求婚?

【世界】夜未央：暗无殇不是有老婆了吗?

【世界】┈lo星辰ve丨：难道是妖女去色诱暗无殇？还是暗无殇在现实跟寒水空流见面了，发现寒水空流其实是个堪比凤姐的丑女……

【世界】寒水浅浅：那个什么星辰的，你别胡说！！！我们的空流姐姐可是一等一的大美女！

【世界】寒水小鱼：就是！不许这样说我们的空流姐姐！！！

【世界】寒水梦然：暗无殇，请你给我们，还有空流姐姐一个交代！

【世界】寒水白芷：没错，暗无殇，请你解释刚刚的话！

……

【附近】smile果冻：帮主，你为什么……

【附近】带刺的蔷薇刺死你：帮主是不是跟帮主夫人吵架了?

【附近】青山：帮主这么做，肯定有他的理由。我相信帮主，呵呵。

【附近】寒水浅浅：青山你这个马屁精！我祝你出门被车撞，空流姐姐好歹也是帮主夫人，你怎么能这样说！

【附近】山寨法师：没错，我支持青山！

【附近】寒水白芷：你们……你们……

【附近】5566：哈，我尊重帮主的决定。

【附近】最恨女人发嗲：支持帮主！我实在受不了那寒水空流发嗲，太恶心了。帮主英明！

……

除了寒水小榭的原成员，似乎大部分人都支持暗无殇。但是啊，暗月无边，似乎正在内讧呢……

【世界】寒水浅浅：暗无殇，我原以为你是正派帮主，必定是个负责任的男人！没想到你是这种忘恩负义的人！想当初空流姐姐是怎样帮你的？你都忘记了吗？！

【世界】寒水浅浅：请你为刚才的言行解释！

直到【世界】频道上，寒水浅浅的发言被刷了下去，暗无殇才缓缓地冒了出来。

【世界】暗无殇：我还是那一句，灵风晓月，嫁给我，我马上跟寒水空流强制离婚。

那一刻，风灵晓被震惊得说不出话来。因为，她很清楚强制离婚代表什么——必须接受一个九连环任务，并交付一定数量的金钱。

金钱对于暗无殇的问题并不大，但是那个九连环任务……据说曾经有一位排行榜高手去做这个任务，第一环都没过，就壮烈牺牲了。

可是，这个暗无殇杀完她之后又突然向她求婚，不是分明在耍她羞辱她吗？！风灵晓恼羞成怒之下，迅速切换到【世界】频道，然后在键盘上重重敲下一句话：

【世界】灵风晓月：暗无殇，你神经病！！！

她刚刚敲落回车键，就发现好友图标的位置闪烁了一下，紧接着系统响起一声清脆。

叮！【系统提示】：你的夫君溯夜墨影上线了。

第2章 夫君夫君

风灵晓先是一怔，很快反应过来，迅速点开私聊频道，一句怒斥的话敲了过去。

【私聊】灵风晓月：混蛋！你不是说没空，正在跟你家夫君去卿卿我我吗？

很快，对方就有了回应。只是他发过来的……

【私聊】溯夜墨影：？

【私聊】溯夜墨影：你是？

看到这么一句无辜的反问，风灵晓气闷的心情更是火上浇油，差点把鼠标摔到地上。见过装傻的，没见过装到这个程度，实在太可恶了！

【私聊】灵风晓月：风凌云！装傻很好玩吗？！我快被暗月无边那群神经病洗白了！

【私聊】溯夜墨影：你是不是认错人了？

无论风灵晓多么迟钝，溯夜墨影这句话一打出来，她马上察觉到不对劲，因为自家老弟是不会用这么严肃认真的态度跟自己说话的。

他到底是谁？

【私聊】灵风晓月：你……你不是……

【私聊】灵风晓月：不好意思，请问你认识此去经年吗？

【私聊】溯夜墨影：抱歉，前一个月我一直没时间上线，都是朋友代练。请问……

【私聊】灵风晓月：……

手指定格一般僵在键盘上，风灵晓对着屏幕半晌没有说话。这、这个号不是老弟花钱买回来的吗？怎么……

原本迅速滚动的私聊频道亦停滞不动了，过了许久，终于滑出一行字。

【私聊】溯夜墨影：哦，我明白了。

【私聊】灵风晓月：哈？

【私聊】溯夜墨影：原来，你是我的娘子。

如此普通的一个“哦”和“原来”，如此冷静的反应，如此平淡的语气，却凝聚成了一道狂雷，狠狠劈落到风灵晓身上。她突然觉得喉咙一甜，险些吐血。

他怎么一点也不惊讶？自己的号突然多出了一个“娘子”，不会感到诧异吗？她强忍着泪流满面的冲动，颤抖着打下一行字：溯夜大人，难道您一点都不惊讶吗？对方却只回了两个字。

【私聊】溯夜墨影：坐标。

【私聊】灵风晓月：[表情/迷茫状]嗯？

【私聊】溯夜墨影：你现在位置的坐标。

【私聊】灵风晓月：紫萱谷，12，35

【私聊】溯夜墨影：等我。

【私聊】灵风晓月：……啊？溯夜大人？

溯夜墨影却再也没有回应。

他一定看到了开头她跟风凌云说的那句话，可是她跟他只是素不相识的陌路人，他居然愿意帮她？风灵晓心中百味杂陈，趁溯夜墨影赶过来这段空隙的时间，她点开了此去经年的名字。

【私聊】灵风晓月：风凌云！给我老实交代，溯夜墨影那号是怎么回事？！

【私聊】此去经年：……

风灵晓怒了！

【私聊】灵风晓月：风、凌、云！！！

【私聊】此去经年：哈，老姐……[表情/滴汗]

【私聊】灵风晓月：你不是说这号是你买来的吗？

【私聊】此去经年：这个……其实这个号是我夫君给我玩的，溯夜墨影是夫君的朋友……呵呵……

训斥的话打到一半，风灵晓的手猛地僵住，脸微微涨红。其实她对于恋爱结婚之类的事情比较敏感，即使在网络上。她原本以为，溯夜墨影这个号是属于风凌云的，所以才放心跟“他”结了婚，哪知道，这个号彻头彻尾就不是风凌云的，现在叫她现在怎么好意思面对这位突然多出来的“夫君大人”？！

【私聊】此去经年：哈！老姐你不也没亏嘛，白白捡了个本服大神做老公。

【私聊】灵风晓月：！！！

【私聊】灵风晓月：你还敢说！

【私聊】此去经年：我不跟你说了，夫君在叫我了，要杀BOSS，拜拜~

【私聊】灵风晓月：喂！！！

【系统提示】：对不起，你的好友已经屏蔽了接受消息。

……

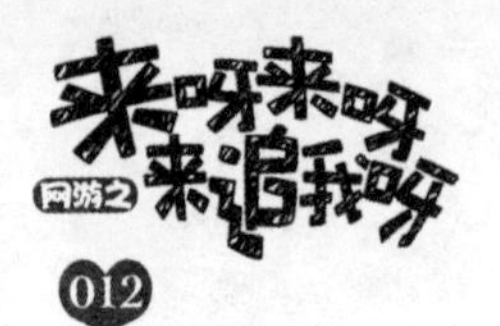

事情发展到这个地步，不是风灵晓所能控制的。但是有一点她可以肯定的——她被自家老弟给耍了！彻彻底底被耍了！

她面对着那怨气冲天的【世界】和【附近】频道，突然觉得很头疼。

【附近】暗无殇：灵风晓月，你考虑得怎样？

【附近】灵风晓月：我的答案就是，你去死吧！！！

【附近】暗无殇：你……

话未说完，就被附近的一个玩家急急打断。

【附近】洛城烙水：帮主！不好！

一句话还未说完整，变故陡然发生！不远处的东南面，突然从天插下一道锋芒逼人的剑光，一道强大的气场以剑光为中心向四周扩散，地上接二连三倒下一大片玩家的尸体！

【附近】青山：溯夜墨影！是溯夜墨影！啊，是妖女的夫君来了！大家快逃！！！

随着青山的一声起哄，除了暗月无边几名重要的成员，没死的玩家化作鸟散，已经死亡的全部选择重生点复活了。

【附近】暗无殇：你……

面对着这位乘着白鹤突然从天而降的白衣男子，暗无殇突然说不出话来。

在黑衣少女倒下的地方不远处，溯夜墨影一身白衣翩然，随风翻飞，一把价值不凡的长剑拦在灵风晓月的面前，周身散发出强盛的光芒，让人挪不开眼睛。

风灵晓的目光慢慢移到了他的头顶。

溯夜墨影——这四个字让她的心莫名一颤。虽然这个名字、这个形象风灵晓已经见过很多次了，但这样仔仔细细地打量，今天第一次。

【附近】青山：溯夜墨影，你你你这是什么意思？！别以为你是本服第一大神……

本来正要逃亡刚好撞到溯夜墨影剑上，倒地死亡的青山气急败坏地打出一大堆指控溯夜墨影的话。不幸他骂完复活正要离开的时候，再次被溯夜墨影一剑送去死神的怀抱。

【附近】青山：#$%*&……溯夜墨影，别以为你拥有赦免令，就可以肆无忌惮地维护这个妖女！

所谓的赦免令，其实是溯夜墨影登上荣誉榜榜首的时候奖励的道具，每天可以使用，每次维持一小时，这段时间内PK杀人不会减威望值和红名。对于他这样的高手来说，这简直是无敌了。大概因为众玩家顾忌赦免令，当溯夜墨影在灵风晓月身边的时候，都不敢去追杀灵风晓月。

【附近】溯夜墨影：我的娘子，只有我才能欺负。

只是一句很平淡的话，却让人感到了强烈的威胁感，不同于风凌云往日张狂的语气，风灵晓已经可以确切地相信，他的确不是风凌云。

果然这句话轻易震慑住周围的所有人，一时间，谁也没有说话。良久，作为一帮之主的暗无殇的头顶，终于勉强冒出了一句话。

【附近】暗无殇：灵风晓月，我不会就这样放过你的。刚才的要求你好好考虑下。

望着暗月无边一众远离的身影，风灵晓在心里不屑地“切”了一声。鬼才会答应你！不对，鬼也不会答应你！

见危险过去，灵风晓月终于点了“原地复活”，耗费了一个复活水，黑衣少女再次恢复了生气，站了起来。

一个黑衣妖媚，一个白衣清逸，简直形成了鲜明的对比。风灵晓移着人物，小心翼翼地走到溯夜墨影身边。

【私聊】灵风晓月：溯夜大人，谢谢你帮了我。我会好好报答你的！

【私聊】溯夜墨影：不用。

【私聊】灵风晓月：那个……溯夜大人，一会儿我们去离婚吧……

【私聊】溯夜墨影：不用。

【私聊】灵风晓月：嘎？

正当风灵晓对他的回答疑惑不解的时候，一个交易提示弹了出来。

交易提示：玩家溯夜墨影送你一个特殊礼包，是否接受？是/否

【私聊】灵风晓月：这是什么？

【私聊】溯夜墨影：点接受。

于是很听话地点了“接受”。

叮！【系统提示】：玩家灵风晓月打开特殊礼包，获得忠心证一个，自动绑定，不可解除，不可掉落，期限：永久。

风灵晓大吃一惊，连忙查看忠心证的属性，顿时黑线连连。

【物品】

名称：忠心证

属性：配偶所送之证，拥有此证的夫妻双方表示永结同心，永久不得离婚。

这这这这这……不愧是特殊礼包！竟然有这种变态的东西！！！

在那片随风轻舞纷飞的紫色花瓣中，黑衣少女迷茫地呆立在原地，似乎因为惊恐而无法动弹，只能眼睁睁地看着白衣男子向她一点一点地逼近。

【私聊】溯夜墨影：既然你要感谢我，那我就勉为其难地收下你吧。

烂漫的紫色花海中，白衣男子翩然而立，若不是那行显眼的字依然停留在屏幕上，风灵晓还以为自己眼花了。

她惊得目瞪口呆，面对着屏幕石化、风化、再氧化……

她还以为自己遇到了好人，原来……是遇到无耻之徒了啊啊啊！！！

白衣男子一步又一步地逼近黑衣少女，而黑衣少女始终僵立在原地没有一丝活动的迹象。就在离黑衣少女还有一步之遥的时候，白衣男子停下了脚步。 同一时刻，私聊频道滑出了一行字。

【私聊】溯夜墨影：娘子，再不把衣服穿上，为夫会害羞的。

呃？衣服？风灵晓回过神，仔细一看，才赫然发现站在紫萱花丛中的黑衣少女早已经一丝不挂……

她居然忘记了！刚才被暗无殇杀死，爆出了一身的装备早已经被系统刷新掉。虽然人物的原始形象有一块黑色的绸布遮掩，但看上去仍显得十分露骨。不过还好周围有花草遮掩，灵风晓月的身子在那片紫色的花丛中若隐若现，不仔细看是看不出来的……

虽然是虚拟的网游世界，但风灵晓的脸还是刷的一下涨红了。她连忙点开背包，随便找了一套装备穿上，飞快地在键盘上敲打的手指力道也不禁加重了几分。

【私聊】灵风晓月：流氓！无耻！

【私聊】溯夜墨影：娘子过奖。

【私聊】灵风晓月：你……

【私聊】灵风晓月：还有，谁答应让你收下我了？你这是强取豪夺！！！

【私聊】溯夜墨影：娘子，当初好像是你信誓旦旦说要报答为夫的。你这样反悔，为夫会很伤心的。

见过无耻的，没见过这样无耻的！

风灵晓被噎住了，有一种不祥的预感在她心中升腾而起：难道是她开始的时候骂了他，他现在要报复？

【私聊】灵风晓月：溯夜墨影！你到底想怎样？

【私聊】溯夜墨影：没想怎样，我看上你了。

这么烂的借口，鬼也不会信。

风灵晓心中更加肯定了——这家伙果然在报复。

【私聊】灵风晓月：[表情/哭泣]我错了，溯夜大人，我不应该让老弟拿你的号去玩，不应该跟你的号去结婚。溯夜大人，我只是无辜的少女一枚，你原谅我，放过我好不好……

【私聊】灵风晓月：溯夜大人，你看上我哪一点，我一定改！

【私聊】溯夜墨影：哪里都看上了。

【私聊】灵风晓月：……

风灵晓欲哭无泪。

跟溯夜墨影说话，果然不能用正常人的思维。

她没有再说话，因为她在考虑，要不要逃下线，可是溯夜墨影的下一句话，马上打消了她的念头。

【私聊】溯夜墨影：如果你现在下线了，我敢保证，你再上线的时候，绝对不止被围殴的下场。

风灵晓磨牙，再次狠狠敲打可怜的键盘：你、在、威、胁、我。

【私聊】溯夜墨影：我怎敢威胁自家娘子？我只是在提醒娘子一个事实。

【私聊】灵风晓月：……

【私聊】灵风晓月：谁是你娘子！！！

【私聊】溯夜墨影：你啊。咦？难道娘子记性不好？可是你的头顶还有明显的标记。

一句话倒是提醒了风灵晓，她的视线移到了黑衣少女的头顶，有一个彩光流转的称号。那是她自从跟“溯夜墨影”这个号结婚后一直挂着的称号——溯夜墨影的娘子。

进入游戏至今，她只取得了三个称号：呆呆的初行者、邪教第一妖女、溯夜墨影的娘子。

“呆呆的初行者”就忽略不计了。相对于“溯夜墨影的娘子”，她现在更情愿使用“邪教第一妖女”！

风灵晓哼一声，切换到“邪教第一妖女”的称号，转过身背对着溯夜墨影原地坐下，不理睬他了。

【私聊】溯夜墨影：娘子，生气了？

见灵风晓月半晌不答话，溯夜墨影发出一个叹气的表情。

【私聊】溯夜墨影：既然娘子不愿意跟为夫一起，那么我也不勉强娘子了。

风灵晓大喜过望。难道他玩够了，愿意放过她了？

【私聊】灵风晓月：真的？你真的愿意放过我？

【私聊】溯夜墨影：对，不过……

【私聊】溯夜墨影：我这里有两个选择，你从里面选一条路……

风灵晓内心澎湃了，顿时感到前途一片光明。只要他肯放过自己，就算多么刻薄的要求她也愿意！

【私聊】灵风晓月：你说！

【私聊】溯夜墨影：继续跟我一起，或者继续被全服玩家追杀。

傻子才会选继续被全服追杀！习惯性排除选项的风灵晓没有经过严谨思索，没有迟疑就发出了回答！

【私聊】灵风晓月：当然跟你一起！！！

这句话一出，风灵晓瞬间石化。她……刚刚答应了什么？

溯夜墨影显然也被她的快速回答惊到，过了好一阵，才慢慢打出两个字。

【私聊】溯夜墨影：很好。

很好……

很好……

很好……

为什么看到这个十分平凡的词语的时候，她突然有种泪流满面的冲动？

风灵晓在那一刻猛地醒悟过来，她上当受骗了！可是已经迟了，她已经心甘情愿地跳入了某人早已经准备好的圈套里……

【私聊】灵风晓月：溯夜墨影你耍赖！！！这不算！！！

面对风灵晓愤怒的质言，溯夜墨影很淡定地发了一个微笑的表情。很普通的系统默认表情，黄脸小圆圈那弯着的弧度，似乎在嘲笑她的愚钝。

【私聊】溯夜墨影：哦？耍赖？但我好像看到，这是娘子亲口所说。我已经截了图，娘子不承认，是不是有点不厚道？

【私聊】灵风晓月：你那两个选择，分明就是逼我就范！！！

【私聊】溯夜墨影：但娘子刚刚回答所表现出来的，似乎很急切想要跟我在一起。

她哑口无言，敲打键盘的手指僵住，麻木地移到退格键把一大堆指控对方的话都删除了。

一失足成千古恨，她彻底悲剧了。

只是……她不甘啊！！！

【私聊】溯夜墨影：娘子？

【私聊】灵风晓月：你是小人！用截图威胁女子不是君子所为！

【私聊】溯夜墨影：我从来没有承认过我是君子。

T_T溯夜墨影……你狠！

【私聊】灵风晓月：[表情/哭泣]溯夜大人，说实话吧……你为什么不肯放过我……

【私聊】溯夜墨影：哦？娘子要听实话？

【私聊】灵风晓月：嗯嗯！

【私聊】溯夜墨影：我讨厌别人骂我。

【私聊】灵风晓月：……

【私聊】溯夜墨影：正好我身边缺一个跑腿的。

【私聊】灵风晓月：…………

【私聊】溯夜墨影：正好你送上门来了。

【私聊】灵风晓月：………………

风灵晓欲哭无泪，她现在只想，找块豆腐一头撞上去！

她这算不算是自作自受，羊入虎口啊啊啊！！！

【私聊】溯夜墨影：其实娘子，你也不用这样伤心。

【私聊】溯夜墨影：跟着我的好处总比坏处多。

风灵晓对着屏幕咬牙切齿，你哪只眼睛看到我伤心了？！还有好你个大头鬼！

【私聊】溯夜墨影：至少不用被追杀，还可以蹭经验。你想想，没人罩你下场会是怎样？

一语戳中死穴，他这句倒是事实。她堂堂一个邪教第一妖女，没人罩的话，下场会是如斯的壮烈啊……

然而更重要的一点是——

【私聊】溯夜墨影：其实全服不只有寒水空流会复活术。

【私聊】溯夜墨影：我也会……

风灵晓怎么都觉得，他下一句会是：我也可以将你洗白。

T_T红果果的威胁啊！所以，识时务者为俊杰。

【私聊】灵风晓月：好……我答应你……

【私聊】溯夜墨影：[表情/微笑]那娘子，以后请多多指教了。

T__T决定将自己卖掉的风灵晓对着游戏画面上的白衣男子悲催地内牛满脸。

这么一个白衣翩翩的正派大神，为什么内心却是那么黑暗呢……

不过，溯夜墨影，她跟他扛上了！有一天她总会翻身把他踩在脚下，然后狠狠地虐待……

强压下心中的怒火，风灵晓很淡定地敲字：那夫君，我们现在去哪里？

【私聊】溯夜墨影：等人。

【私聊】灵风晓月：啊？

【私聊】溯夜墨影：来了。

就在这个时候，紫萱谷的入口出现了一男一女。男的一身紫色劲装，背上斜背了一宽长剑匣，剑眉星目，英姿翩翩；女的一身紫裙飘飘，周身萦绕着一条浅紫丝带，姿态柔媚，美如仙子。两人走在一起，就好像一对神仙眷侣。只是他们头顶的ID和称号，是无比的眼熟——

此去经年的夫君堕落以及堕落的娘子此去经年。

风灵晓的视线，落在紫衣女子头顶的ID上，双目几乎喷出火来！

此去经年！风凌云！自己找上门来了吗？

很好……

叮！【系统提示】：玩家溯夜墨影邀请你入队伍，是否接受？

【队伍提示】你同意了玩家溯夜墨影的组队请求。

【队伍提示】你加入了队伍。

才进入了队伍，某个自知理亏的人已经抢先开口：

【队伍】此去经年：姐姐，那个事情，对不起……

【队伍】此去经年：你原谅我好吗？我下次再也不会这样做了。

【队伍】堕落：对啊，嫂子，经年也是无心的。溯夜刚刚已经原谅经年了，嫂子你也原谅她吧？

吃里扒外的小子，到现在居然还在假扮女生装无辜，还找了别人帮忙说话？既然溯夜墨影这家伙也装得如此大方，她当然不甘落后。于是风灵晓很平静地回复了一句：没关系。

此去经年长长舒出一口气，发出了一个“感激”的表情。

风灵晓看着终于放下心中大石的此去经年，十分淡定地微笑。他以为，这样就能混过去了吗？出于报复心理，她当然不会这么轻易放过令她落入万劫不复境地的罪魁祸首！

下一秒。

【队伍】灵风晓月：堕落啊，我有一件很重要的事情要告诉你。

【队伍】堕落：啊？嫂子你说。

【队伍】灵风晓月：其实，此去经年是我老弟。

【队伍】堕落：哦，原来……

【队伍】堕落：什么？老弟？！

【队伍】此去经年：喂！姐你别胡说！

此去经年急了，顿时，满屏幕都是此去经年刷出来的符号。

风灵晓的嘴角，慢慢勾起一抹阴险的弧度。

【道具提示】你使用了道具彩光灯，时效5分钟。

彩光灯，《幻剑江湖》RMB商店里卖的、S级任务也偶然能得到的一种道具，使用后可以把玩家打出的话变成七彩颜色，并在任意频道置顶一段时间。

【队伍】灵风晓月：[表情/微笑]没错，其实他是男的。

【队伍】溯夜墨影：……

【队伍】此去经年：……

【队伍】此去经年：我突然想起，我有事，先走了。拜拜！

【队伍信息】玩家此去经年退出了队伍。

此去经年跑掉了。队伍频道的最上端，还挂着一行十分晃眼的彩色字。

终于——

【队伍】堕落：啊啊啊啊啊！！！！！

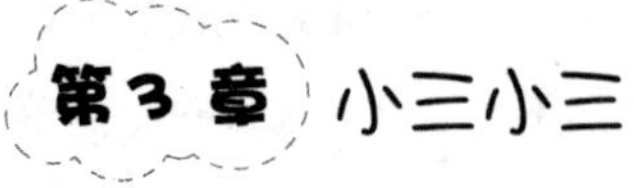

第3章 小三小三

堕落的反应，是出乎意料的激烈。

【队伍】堕落：啊啊！

【队伍】堕落：啊啊啊！

【队伍】堕落：啊啊啊啊啊！

……

除了灵风晓月和溯夜墨影中途插入所说的几句话，私聊频道上，满满都是此去经年和堕落刷屏的痕迹。如果此去经年不是男的，大概谁都会想——他们真是天生一对啊……╮(╯▽╰)╭

风灵晓被他的刷屏速度惊悚到了，心里泛出了小小的内疚。

她刚才是不是，太直白了……

【队伍】灵风晓月：呃……堕落？

【队伍】灵风晓月：你没事吧？

【队伍信息】玩家堕落退出了队伍。

紫衣大侠逃似的跑了，身影狼狈地消失在紫萱谷的入口。

风灵晓的脑勺滴下一滴冷汗，看着他落魄逃去的背影，她脑海里不由自主浮现出一句话：风萧萧兮易水寒，堕落一去兮不复还……

队伍里面只剩下黑衣少女和白衣男子，无言相看愣眼……

【队伍】灵风晓月：囧。

【队伍】溯夜墨影：娘子，你阴险了。

【队伍】灵风晓月：……

【队伍】灵风晓月：夫君过奖，论阴险，怎及得上你呢。

【队伍】溯夜墨影：彼此彼此。

【队伍】灵风晓月：……

风灵晓一边打出笑脸客套地应着，一边气得咬牙切齿。彼此你个头，虽然她的衣服是黑色的，但她绝对是无比纯洁的小白花一朵！最后，她终于忍不住了，狠狠敲下一句：我累了，去睡觉！

队伍频道却一下子安静了下来。

怎么了？风灵晓一愣，正觉得不对劲。

【队伍】溯夜墨影：娘子注意休息，别累坏了身体。

一句话可谓一语双关……

风灵晓的小脸，刷地一下涨红。她一边诅咒着溯夜墨影，一边毫不犹豫

地点击右上角的大红“×”退出了游戏。

对着电脑桌面，揉了揉太阳穴，受到连串惊吓的内心依然无法平静，风灵晓忍不住叫喊出声：“实在太无耻了！太可恶了——”

“风灵晓，你才可恶！对着屏幕喊了一个下午，还让不让人休息了？给我们滚出去！”

话未说完，从同一方向突然飞来三个枕头，狠狠向着风灵晓砸来！风灵晓下意识一闪，仍然逃不过来势汹汹的枕头攻击，被其中一个砸中。

幸好不是砖头，只不过这枕头好像有些硬啊……

“对……对不起……”风灵晓揉着被砸痛的脑袋，一边抱着脑袋连滚带爬逃出宿舍，“我滚就是！”

“对了，滚回来的时候帮我买包薯片！”

“我也要！”

“我要瑞士糖！”

在A大，女生宿舍一般都是4人一间，风灵晓所住的这间303宿舍看似普通，实际上是A大出了名的“四大元素宿舍”。

为什么呢？其实原因并不是风灵晓她们会什么特异功能之类的，而是她们的姓。

除了风灵晓，其余的三位舍友分别叫水清蓝、火月、田濛濛。所以她们的姓合起来就是“风、水、火、地”四大元素……

宿舍除了风灵晓，其余三人都有午睡的习惯，平日风灵晓玩网游的时候都是小心翼翼，尽量不发出声音去打扰舍友。可是今天，她实在太激动了，以至于现在……杯具了……

听着宿舍里接二连三传出的嚷叫声，风灵晓又想起自己掉进圈套的无辜遭遇，尽管感到万分委屈，也只能默默在心里泪流满面。

在宿舍附近随便绕了一圈，又跑到小卖部打包了一大袋零食后，风灵晓乖乖地“滚”回了宿舍。打开宿舍的门，她才发现水清蓝和火月不见了踪影，宿舍里只剩下田濛濛一人在默默玩电脑。

“濛濛，怎么只剩下你一个？”放下手中的袋子，风灵晓无意往田濛濛的电脑屏幕上一瞥，看到了那熟悉的场景画面，不由惊喜道，“咦？你也玩

《幻剑江湖》？”

“对啊，见你一直都玩，所以忍不住换个游戏试试。”田濛濛点头，突然想到什么，星星眼望向风灵晓，眼神充满了热切期盼，“不过练了两天，才20级，灵晓你能不能带我？”

“可是……”风灵晓犹豫了，支支吾吾不知道该答应还是拒绝。她在游戏里是人人得而诛之的妖女，带一个新手，恐怕会害了她……

见风灵晓不太情愿，田濛濛不依了，又是嘟嘴，又是瞪眼：“就带我一回嘛，作为室友，难道这么小的事情你都不肯帮忙？”

“……好吧。”受不住某女糖衣炮弹的攻击，万般无奈之下，风灵晓只好答应了田濛濛。

再次登上游戏，已经不见溯夜墨影白衣如雪的身影，翻了翻好友列表，溯夜大神的ID也呈现着灰暗。

风灵晓终于长长地舒了一口气。她加了田濛濛的游戏人物“烟雨濛濛”为好友后，正打算离开紫萱谷去跟烟雨濛濛会合，却被一个人拦住了去路。

碧蓝如水的羽衣，罗纱层层叠叠披下，一把隐隐散发着青碧色光芒的法杖，眼前的女子如水莲一般娇柔，但看形象，就给人一种楚楚可怜的感觉，让人怜惜。而她头顶的名字，清晰地显示着，寒水空流。

她又来干什么？风灵晓一阵惊怔。还没等她开口，寒水空流已经抢先发话。

【附近】寒水空流：哈，灵风晓月，我就知道你还待在这里。

对方的语气，完全跟她娇弱的游戏形象相反——她是来找麻烦的。

风灵晓皱眉，正思考着应对的办法，又听见田濛濛在一旁催促着：“灵晓，你怎么还没来啊？”

风灵晓点开好友列表，给烟雨濛濛发了一句“抱歉，遇到点麻烦，可能要迟点才能来”后，才慢条斯理地回复了寒水空流一个问号。

【附近】灵风晓月：？

【附近】寒水空流：我是来找你说一件事的。

【附近】灵风晓月：什么事，你说？

【附近】寒水空流：关于暗无殇的事情。

【附近】灵风晓月：哦？

【附近】寒水空流：你必须跟暗无殇结婚。

【附近】寒水空流：我要嫁给溯夜墨影，所以你要跟暗无殇结婚！

一句话如同五雷轰顶狠狠劈下，风灵晓神思被震飞了。她目瞪口呆，却在下一秒，忍不住嗤笑出声，仿佛看到了天大的笑话。

这个寒水空流，确认不是在变相搞笑？

想起之前暗无殇跟寒水家族的内讧，风灵晓再次笑了出声。

【附近】寒水空流：灵风晓月，你愣着干什么？说话啊！！！

【附近】寒水空流：灵风晓月，你到底答不答应啊？！

【附近】寒水空流：喂！！！

这行为，完全跟一脑残小萝莉没什么区别。虽然她是很想摆脱溯夜墨影这个大麻烦，但是相对于溯夜阴险小人，她更讨厌暗无殇那个自以为是的神经病！

风灵晓头疼抚额，手指飞快在键盘上打字。

【附近】灵风晓月：我是不会跟溯夜墨影离婚的，你还是走吧。

【附近】寒水空流：！！！

【附近】寒水空流：你——！！！

【附近】灵风晓月：还有，别把自己太当回事。

【附近】寒水空流：灵风晓月你这个不要脸的坏妖女！勾引完溯夜墨影又来勾引暗无殇！我都给你台阶下了，你还这么不要脸！！！

哟，没说几句就大骂出声了。还有，到底是谁不要脸？

风灵晓在心底冷笑。

【附近】寒水空流：做小三还那么嚣张！

【附近】寒水空流：臭小三，你受死吧！！！

突变陡然发生，紫萱花丛中那一抹娇柔的碧色身影突然暴起，身上青光大发，她高举起法杖，从法杖顶端那颗灵珠猛地射出一支寒冰刺——

风灵晓大惊，连忙操控人物，作为PK经验丰富的她虽然不是第一次被偷袭，但寒水空流寒冰刺的攻击速度实在太快了，以至于她十分艰难地躲过了这一击。

既然对方撕破了脸皮，也不需要继续跟她纠缠下去了。操控着人物躲过了寒水空流的二击，风灵晓迅速给自己加了鼓舞状态，然后猛地朝寒水空流冲去——

寒水空流显然一惊，一个火焰弹向她扔来。灵风晓月突然一个拐弯，灵活地闪到了寒水空流的身后。

风灵晓的嘴角扬起一抹自信的弧度，这么好的机会，她当然不能放过！

键盘鼠标并用，黑衣少女手上的双刃爆出强烈的黑光！寒光一闪，锋利的双刃毫不留情往青衣女子的脖子上划去！大招使出，娇柔如空谷兰花的青衣女子轰然倒下，成了脸色灰青的尸体。

【附近】寒水空流：妖女，你居然敢杀我？！

【附近】灵风晓月：你当自己是哪根葱？我当然敢杀你。

【附近】寒水空流：卑鄙的小三！我不会放过你的！！！

【附近】灵风晓月：拜托好好反思一下自己的行为吧！我想我知道为什么暗无殇想抛弃你了。寒水大婶，别再丢人了！

丢下这一句话，灵风晓月毫不留恋地踏过寒水空流的尸体离开，无视了附近频道不断刷出骂她的脏话。

离开了紫萱谷，灵风晓月骑上了千里马，用好友跟随技能飞奔到烟雨濛濛身边。为了防止被别人认出来，她特意在RMB商店买了一瓶可以隐藏玩家信息一小时的药水，然后带着烟雨濛濛在20−30级玩家练级区深雪山打怪升级。

一路上的都是被灵风晓月蹂躏致死的小怪的尸体，黑衣少女举着双刃，冷漠地收割着道路上每一只怪物的生命，速度之快让走过路过、还有在旁边打怪升级的玩家直打寒战……

田濛濛望着屏幕上还来不及刷新的怪物的尸体，望望不断杀小怪发泄的风灵晓，又望望自己不断上涨的经验条，决定还是保持沉默。不过，她的行为……实在让人发指啊。

带着烟雨濛濛在深雪山扫荡了一整圈，风灵晓停止了杀怪，刚吞下一瓶蓝药补充MP，就听见田濛濛发出一声惊叫：“灵晓，不好了！快看世界！”

风灵晓下意识看向【世界】频道，愕然了。

【世界】寒水浅浅：灵风晓月，你这个不要脸的小三！！！没见过你这样无耻的人！勾引暗无殇也算了，居然还杀了我们的空流姐姐？！

一语激起千层浪，寒水浅浅怒言一出，沉寂已久的世界马上炸了开来！

【世界】一只不是鸡的鸭：哇！什么事情？又是那个妖女？

【世界】不明真相的群众：继续嗑瓜子围观。

【世界】寒水浅浅：灵风晓月，你这个不要脸的女人！赶紧给我们滚出来！

【世界】520sb：哦漏？难道又要上演一场夺夫大战？

【世界】一只不是鸡的鸭：到底发生了什么事情？刚刚还见到暗无殇向妖女表白耶？

【世界】寒水浅浅：请各位评评理，这个妖女抢别人家夫君不成，就恼羞成怒，去杀了空流姐姐！实在太令人发指了！

【世界】小天桥：哇！不是吧？情杀？！

【世界】寒水小鱼：妖女！我们寒水家族也不是好惹的！

【世界】姹紫嫣红：妖女姑娘也太BH了吧？

【世界】无色的泪：坐等看好戏。

【世界】寒水浅浅：妖女，有种就滚出来！

……

有来看热闹的，当然也有抱打不平的。

【世界】暮雪成丝：叹，这是什么世道？抢人老公还这样嚣张？

【世界】悲若寒：真的是太无耻了，如果不是知道妖女是什么人，恐怕还会以为寒水空流才是抢人老公的那个呢！

【世界】潴潴ご卜许哭ご：小三都去死！妖女滚出江湖！

【世界】挚爱美女：同情寒水空流，灵风妖女也太不要FACE了！

【世界】寒水白芷：小三滚出游戏！小三滚出游戏！

“灵晓，该怎样办？”身旁的田濛濛显然被这样的阵势吓懵了，转头不知所措地望向风灵晓，“……要不要我说几句话？”

“不用，我来应付就好。”风灵晓随口应道。望着【世界】频道上不断滚出的“打倒妖女，小三滚出游戏”的口号，她觉得好笑至极。

啧啧，这寒水家族颠倒是非的能力实在强悍，果然一个个的矛头全指向她了。╮(╯▽╰)╭

其实风灵晓并不在乎名声什么的，反正她的恶名已经够响了，只是被顶上“小三”的名头，也太冤枉了……

风灵晓当然不愿意当任人宰割的小绵羊。

【世界】灵风晓月：寒水浅浅，诬蔑人也要证据，你凭什么说我勾引暗无殇？

风灵晓的话才敲了出去，寒水家族的成员马上如潮水般涌现！

【世界】寒水浅浅：妖女，你居然还敢滚出来？！

【世界】寒水逆上：还需要证据吗？全世界都知道你是坏事干尽的妖女！

【世界】寒水白芷：妖女，你还想狡辩？！

【世界】寒水寒水：你的脸皮也太厚了吧？做小三还嚣张到这样？！小心天打雷劈！

【世界】寒水小鱼：小三滚出游戏！

……

风灵晓哭笑不得！

这位寒水浅浅姑娘也太BH了吧？刚说完“有种就滚出来”，现在又说“还敢滚出来”？这不是自相矛盾吗？

【世界】魔恨神：谁知道妖女的坐标？谁知道妖女的坐标？本大爷去洗白她，本大爷去洗白她。

【世界】挚爱美女：这种不要脸的女人，拉出去游街示众吧！

【世界】最恨小三：灵风晓月第三者！灵风晓月不要脸！灵风晓月去死！灵风晓月第三者！灵风晓月不要脸！灵风晓月去死！

……

世界的指控还在继续，即使上次暗无殇当众表白也没有这次这么轰动。

风灵晓终于按捺不住，敲出一句狠话！

【世界】灵风晓月：笑话！暗无殇是什么鸟？全世界男人死光了我也不

会看上他！

【世界】灵风晓月：还有寒水空流，说了这么久，怎么连你的身影也看不见，只有你家族那群乌合之众在颠倒是非黑白？你在心虚什么？

风灵晓的这一句话委婉而犀利地道明了事实，一针见血！

此话一出，世界的一下子没有声息，偶然滚出几行字，不是系统公告，就是收买叫卖装备的广告。诡异了好一阵子的世界，终于有出头鸟冒了出来——

【世界】蓝雪：对啊，为什么我们说了那么久，寒水空流也没有出来？莫非妖女真是冤枉的？

世界再次炸开了锅。

【世界】一只不是鸭的鸡：对啊，难道寒水空流心虚了？

【世界】一只不是鸡的鸭：喂，楼上，你干吗冒充我的马甲？！

【世界】透明的泪：难道是寒水空流知道自己丈夫出墙，恼羞成怒要去杀妖女？

【世界】嘎嘎地笑：泪兄弟分析得很有道理！

【世界】透明的泪：怒！老娘是女的！

【世界】϶永恒の翼づ：就是，为什么这么久也不见寒水空流？怀疑。

【世界】ベ梦★羽≯：既然有理在她一方，为什么不出来？

【世界】一只不是鸭的鸡：TO楼上，肯定是陷害完人觉得心虚就不敢出来鸟~通常我陷害完我老弟也会这样~

【世界】一只不是鸡的鸭：喂那只鸡！干毛还冒充我的马甲！大家请认准鸭子，我才是正主！

【世界】寒水浅浅：胡说！我们家空流姐姐才不是这样的人！

【世界】寒水浅浅：她只是没空！

【世界】红杏不出墙：没空？不对啊，刚刚还见到她在郊外的幽暗竹林里杀怪呢！

寒水小榭的人一下子哑口无言，更让人怀疑这次事件真实性。

世界上的人，似乎要倒戈了。风灵晓望着世界诡异的对话，好笑不已。瞧，自己露出了马脚了吧？

然而就在这个时候，被人们谈论的主角之一——寒水空流，出现了！

【世界】寒水空流：一直没说什么，也不想说什么。

【世界】寒水空流：本以为公道自在人心，即使我不说什么大家也能还我一个清白，但看到灵风晓月的话和各位江湖兄弟姐妹的话后突然很伤心。

【世界】寒水空流：灵风晓月，你喜欢暗无殇，我可以让给你。但是，你为什么还要杀我？还要冤枉我？

看着那字字句句感情真切，让人动容的话，风灵晓的笑容慢慢地僵在嘴角，只感到一阵恶寒顺着血液游走到全身。

原来寒水空流不是脑残小萝莉，而是爱耍心机的恶毒婆娘！

寒水空流一番情真意切、凄凄可怜的话一出，果然博得了不少的同情，许多本来还持有疑惑的玩家纷纷倒戈。

【世界】蓝雪：对不起寒水空流，刚才错怪你了，原来你真是无辜的！

【世界】乄梦★羽乄：太可恶了，这个妖女！杀人放火她平时做得多了，没想到抢人老公还一大堆道理！

【世界】寒水浅浅：我没说错吧，我们家寒水姐姐绝对不像那个不要脸的妖女！

【世界】一只不是鸡的鸭：嘎嘎，真相君出现了。

【世界】一只不是鸭的鸡：楼上的那只鸭，你才是山寨的，鸭子妈妈叫你回家吃饭！

【世界】一只不是鸡的鸭：怒！傻鸡，有种来单挑！！！

【世界】一只不是鸭的鸡：单挑就单挑，WHO怕WHO！

【世界】谢菲谢延：果然，妖女才是恶人！支持寒水空流，打倒妖女，小三滚出游戏！

【世界】寒水白芷：没错，支持空流姐姐，妖女滚出游戏！

……

“那些人太过分了吧！”身旁的田濛濛气得直捶桌子。

风灵晓看着不断刷新的【世界】频道，完全生气不起来，只是感到好笑。

网游世界里，果然是一群墙头草的聚集地啊！╮(╯▽╰)╭

【世界】灵风晓月：单凭寒水空流的一面之词，就可以随便下定论了？

她的一句话，再次激起了寒水小榭的怒火，寒水成员再次涌了出来对她进行群攻。

【世界】寒水浅浅：灵风晓月，你这个无耻的小三，少将脏水泼向我们家空流姐姐身上！

【世界】寒水小鱼：就是，事到如今你还狡辩什么？滚出游戏吧，这里没有人欢迎你！

【世界】寒水梦然：妖女滚出游戏！

【世界】最恨小三：灵风晓月第三者！灵风晓月不要脸！灵风晓月去死！灵风晓月第三者！灵风晓月不要脸！灵风晓月去死！

【世界】寒水可可：维护空流姐姐到底，灵风晓月你给姐姐道歉！

【世界】不明真相的群众：哇，又开始吵架了，继续围观。

……

风灵晓也懒得去跟这群不辨是非的女人吵架了，直接拉开聊天记录，全屏截图，正打算发上官方论坛。这个时候，寒水空流又怯怯地开口了："大家不要吵了，好不好？我刚刚把之前的私聊记录截图放上官网，相信大家看了，都会明白谁是谁非。但过中的缘由，大家就不要再追究了。毕竟这是游戏，大家玩游戏是为了愉悦身心，谁都不希望连玩个游戏，也不开心吧？所以，我希望大家不要为这次的事情不愉快了。"

寒水空流如是说，不知道是她的话起了效果，还是玩家们都忙着去看截图记录，世界一下子安静了下来。

寒水空流这歹毒的女人会这么好？居然自打嘴巴？风灵晓心中疑惑不已，连忙将游戏最小化，打开了官网，点开了寒水空流所说的帖子。可是，当她看清截图内容的那一刻，脑袋"轰"一声嗡然作响！

她瞪着眼睛，无法置信地盯着电脑屏幕，大脑一片空白！

她竟然忘了，这个世界上还有一种东西——叫做Photoshop！

第4章 真假真假

风灵晓倒吸了一口凉气。寒水空流所谓的截图聊天记录，其实是一张被PS过的图。

她很精明，没有在她对风灵晓恶言相对的聊天记录上改。

不难看出，这是寒水空流先跟她的一个“帮凶”伪造了一大段假对话，再将那位“帮凶”的名字改成了“灵风晓月”！

这张图片，满满是寒水空流苦苦哀求“灵风晓月”不要抢走暗无殇的委屈，而“灵风晓月”则恶言相向，用词恶劣，更显出寒水空流的无辜和可怜。

只是，PS这张图的人技术超高，几乎能以假乱真，不明真相的人，是绝对看不出来的！

寒水空流这一招不但让自己哑巴吃黄连，还断绝了自己的后路！

这下，就算自己再贴上聊天记录，也不会有人信了吧？

风灵晓突然被她恶心到了。寒水空流表面装得这样无辜委屈，却在暗地里耍阴谋诡计。真没见过如此卑劣恶毒的女人……

果然所谓的“聊天记录”一出，世界上的人马上为寒水空流鸣起不平来。

【世界】寒水浅浅：呵。

【世界】寒水小鱼：呵呵。

【世界】寒水白芷：呵呵呵。

【世界】寒水浅浅：微笑，妖女，这下你还有什么好说的？

【世界】诺严：我被震精了！世界上居然有这样的女人……

【世界】一只不是鸡的鸭：嘎嘎，果然这才是真相么，妖女太卑劣了，满口脏言，连这样的话也能说出来！

【世界】一只不是鸭的鸡：虽然我鄙视山寨，但是还是同意楼上那只鸭的话。

【世界】∋永恒の翼づ：从未见过如此恶毒的人，同情寒水空流。

【世界】嫣然微笑：寒水空流不要怕！真理是属于清白的人！

【世界】最恨小三：灵风晓月第三者！灵风晓月不要脸！灵风晓月去死！灵风晓月第三者！灵风晓月不要脸！灵风晓月去死！

【世界】刨刀不平：求搜寻妖女的坐标，本大爷去砍了她！求搜寻妖女的坐标，本大爷去砍了她！求搜寻妖女的坐标，本大爷去砍了她！

……

世界上的人纷纷指责起风灵晓来，寒水空流的终极粉丝寒水浅浅更是咄咄逼人："妖女，请你为截图记录解释！"

她的话刚打出，马上涌起一阵支持的热潮。

风灵晓冷笑，当下回了一句："解释？还解释什么？所有的'真理'，不全都被你们说光了吗？我再解释，也没有人信了吧？"

【世界】寒水浅浅：妖女，你这是什么意思？！

【世界】寥寥无几：不愧是妖女，果然心肠恶毒！不过，言语这样恶毒，不怕报应吗？

【世界】メ梦★羽メ：太令人发指了，什么人啊？

【世界】流水落裳烟雨梦：妖女应该厚道点。请问你眼里还有"公道"二字吗？

【世界】刨刀不平：有这种缺德无耻至极的人，不教训一番实在天理难容！求坐标，本大爷去灭了她！

【世界】smile果冻：咿呀？这妖女明明在线，为什么总找不到她在哪儿？

风灵晓暗觉好笑，为了增添喜剧效果，她故意发了一句容易激起众怒的话。

【世界】灵风晓月：要灭就赶紧爬过来，我等着你呢。反正我是无辜的，信不信随便，真是懒得解释。╮(╯▽╰)╭

【世界】メ梦★羽メ：……

【世界】流水落裳烟雨梦：……

【世界】smile果冻：……

【世界】鸡蛋黄：总算认识什么叫无耻了。

【世界】最恨小三：TMD灵风晓月！没见过做小三还做成你这样嚣张的！

【世界】寒水浅浅：灵风晓月！你欺人太甚！

【世界】灵风晓月：冷笑，欺人太甚？就算我说自己是冤枉的也没人信吧？告诉你们，我也有一张截图，不过跟寒水空流小姐的截图内容完全不同，大家要看吗？

【世界】不明真相的群众：截图，什么截图？

【世界】寒水浅浅：呵呵，内容完全不同？你那张截图是PS的吧？

【世界】寒水小鱼：就是！

【世界】寒水落寞：想陷害空流姐姐？拜托不要用这样低B的招数吧！

【世界】寒水浅浅：你居然还好意思说出来？

怎么不好意思？真正被陷害的，是她才对！

【世界】灵风晓月：看看吧，你们早已经把我往死胡同里逼了，所以我还要解释什么？

风灵晓这一番愤言更像是挑衅，不少本来一直潜水看好戏的玩家也被激怒，纷纷跳了出来，将矛头指向了她。这下寒水小榭的人更加得意了，变本加厉地添油加醋。

【世界】频道吵得风生水起，风灵晓已经不再打算理会，正要屏蔽掉频道，突然一个陌生的马甲冒了出来。

【世界】姐姐，对不起：寒水空流姐姐在吗？在的话应一下好吗？

虽然这句话十分不起眼，很快淹没在其他言论之中，风灵晓还是敏感地注意到了。很快，寒水空流打出了一个“微笑”的表情，十分友好地回应道：

【世界】寒水空流：[表情/微笑]在呢，有事？

【世界】姐姐，对不起：寒水空流姐姐，刚刚你叫我PS的那张图，还没付钱呢，请先将钱打入我的网银里好吗？

这句话仿佛带了神奇的魔力，让世界在刹那间安静下来，所有的咒骂一下子消失得无影无踪。

【世界】寒水空流：你这话是什么意思？！

【世界】姐姐，对不起：[表情/害怕]没……没什么意思啊……我只是让你付钱而已……

【世界】寒水空流：谁让你陷害我的？！是不是那个妖女？！

【世界】姐姐，对不起：寒水空流姐姐，难道你不想付钱？喂！本来说好的，我帮你PS聊天记录，你就往我网银里打500块！

【世界】寒水空流：[表情/愤怒]你胡说！我根本不认识你！

【世界】姐姐，对不起：呜呜呜，你居然想赖账！大家快给我评评理啊！

这个叫“姐姐，对不起”的马甲连发了N个哭泣的表情，而且语气像极了遭人欺负的小女生，轻易激起了人的同情心，果然马上引起了世界上的一阵骚乱。

【世界】一只不是鸭的鸡：这是神马回事？论坛上那图，是P的？

【世界】一只不是鸡的鸭：……对啊，难道寒水空流真的蒙骗了大家的眼睛？

【世界】S.M王道：楼上的两只，我发现你们总同时出现，而且十分有默契，干脆……CP吧！

【世界】一只不是鸡的鸭：鬼才跟他CP！

【世界】一只不是鸭的鸡：鬼才跟他CP！

【世界】韩爷：果然是CP。不过那图是怎么回事啊？求真相。

【世界】最爱小萝莉：小妹妹别怕，大胆说出真相，哥给你做主！

【世界】ㄨ梦★羽ㄨ：对啊，求真相。

……

【世界】姐姐，对不起：呜呜，今天寒水空流姐姐找到我，让我帮她P一份聊天记录，P完后就将图给她，然后她给我500块。

【世界】姐姐，对不起：呜呜呜，谁知道她居然赖账！

【世界】姐姐，对不起：呜呜呜呜呜，我好伤心……

寒水小榭的成员急了，当即跳了出来。

【世界】寒水梦然：你别胡说！

【世界】寒水小鱼：空流姐姐才不是这样的人！

【世界】寒水罗罗：就是！

【世界】姐姐，对不起：什么啊！那为什么赖账？呜呜……

【世界】寒水浅浅：那个姐姐什么的，你够了吧？！

【世界】寒水浅浅：空流姐姐那图明明是我P的！

什么叫言多必失？这就是了！寒水浅浅很好地印证了这一事实。她这话一出，寒水小榭的人马上销声匿迹了。

【世界】姐姐，对不起：哈哈，终于肯说出真相了吗？我一开始就怀疑那图的真实性，现在一试，果然如此！

真相出来了，世界哗然了！再次掀开了一阵讨论的热潮，只不过这次的主角有“灵风晓月”变成了“寒水空流”。

世界上有跳出来向风灵晓道歉的，有说寒水空流的虚伪的，但居然也有同情寒水空流的！

真是戏剧性的转变啊！风灵晓对着屏幕自娱自乐了一番，才将【世界】频道屏蔽掉了，去敲好友列表上名字亮着的此去经年。

【私聊】灵风晓月：风凌云，那个小号，是你的吧？

【私聊】此去经年：……

【私聊】灵风晓月：装小萝莉挺像的啊，不错不错，这样的求原谅方式，亏你想得出来。

【私聊】此去经年：…………

【私聊】灵风晓月：嗯，想要我原谅你，帮我带个朋友升级吧。怎样？

【私聊】此去经年：………………

【私聊】此去经年：我突然肚子痛，去洗手间。

【私聊】灵风晓月：喂！！！你什么意思？！

【私聊】此去经年：没什么意思，洗手间中。

【私聊】灵风晓月：你滚吧！

【私聊】此去经年：滚了！

风灵晓这一刻，似乎除了囧，什么也说不出来。风凌云这家伙，实在令她无语……她想自己迟早有一天要被这家伙气死。

【私聊】灵风晓月：此去经年，滚回来!

【私聊】此去经年：滚远了！你去找姐夫吧，他上线了。

此去经年此话一出，那令她心惊胆寒的系统提示马上幽幽地飘了出来。

叮！系统提示：你的夫君，溯夜墨影上线了。

风灵晓颤抖了。

啊啊啊啊啊！为毛这个恶魔又出现了？！

明明是炎炎的夏日，为什么这个时候，风灵晓会觉得阴风飕飕，浑身在发颤呢？莫非……是自己的错觉？>O<

从系统提示溯夜墨影上线的那一刻，风灵晓一直对着电脑屏幕呈石化状态，以至于田濛濛叫了她好几声也没有反应过来。

“灵晓……灵晓？灵晓，你怎么了？”

最后，田濛濛终于怒了，深深地吸了一口气，对准风灵晓的耳朵大吼：“风——灵——晓——！”

“啊——”发出这一声犹如鬼叫的罪魁祸首风灵晓心有余悸地抚着受惊的小心脏，责怪似的瞟了田濛濛一眼，“濛濛，你搞什么，为什么突然这么大声？吓死我了！”

田濛濛瞪了她一眼，毫不客气地反驳回去：“明明是我叫了你好几声，你也不应，居然还反过来说我？”

“呃……”风灵晓愣了愣，嘿嘿干笑几声，吐了吐舌头，小声道歉，“那……真不好意思。”

田濛濛用鼻音哼了几声，当作是原谅她，眼神又不由自主地瞟了过去：“你在看什么？为什么这么出神？”

风灵晓慌张地解释：“没……没什么，一个坏人而已。”

“坏人？”田濛濛十分怀疑。

“是啦！等我解决了，马上来带你！”风灵晓含糊地一句搪塞过去，躲开了田濛濛探究的眼神，视线重新回到了游戏上。

隐藏药水的时效已经过，“灵风晓月”的红名重新显示了出来，按理说，溯夜墨影能马上找到她的坐标才对。但出乎意料地，到现在为止，溯夜墨影没有跟她说过一句话。

就在她深感疑惑的时候，寒水空流又在世界冒泡了。不过这一次，她再也不是来控诉自己的委屈，而是……

【世界】寒水空流：溯夜墨影！你干什么！你为什么要杀我？！

怎么回事？寒水空流这个恶毒的女人被那个无耻之徒杀掉了？

风灵晓有那么一瞬间突然觉得，恶毒VS无耻，若是他们组合起来，恐怕会是天下无敌呢。不过这事情自己YY一下就好，千万不要被溯夜墨影知道……

寒水空流再也没有了声息，一向维护自家家族利益为己任寒水小榭的成员，居然也没有出现，倒是【世界】频道因为溯夜墨影的出现，再次热闹起来。

【世界】一只不是鸡的鸭：溯夜大神！

【世界】一只不是鸭的鸡：溯夜大神！

【世界】无怨无悔：喂，怎么又是你们这对鸡鸭CP?

【世界】劳资是白鸽：嘎嘎，惊现溯夜大神！本服这么多大神，溯夜大神还是头一次冒泡！赶紧合照留念啊！

【世界】杨柳♀青青：赶紧截图。

【世界】一只不是鸭的鸡：都说鬼才跟他CP!

【世界】一只不是鸡的鸭：就是！

【世界】无怨无悔：……

【世界】幻夜无风沐雨：可为什么，溯夜大神要杀寒水空流？

【世界】莲花：啧啧，还用问吗？刚刚寒水空流陷害了妖女啊。

【世界】月の柔情★：哇！想不到溯夜大神如此情深……只可惜对方是妖女……

……

看到这里，风灵晓忍不住卧倒在桌子上用力捶打桌面，心里飙泪呐喊：不公平啊！为什么她出场的时候，就受到莫大的唾弃。而溯夜墨影这个看似很有风范实质无耻至极的人，却那么受欢迎？明明她才是遵纪守法、乐于助人、心地善良的好公民！

这个世界，太不公平了！

【世界】寒水空流：我承认之前的事是我不对，可是——

【世界】寒水空流：可是，杀女人，不是君子所为！

寒水空流这厮居然还敢出来说话？联想到之前寒水空流威胁自己要嫁给溯夜墨影的话，风灵晓忍不住讥笑出声。

啧啧，果然她急着洗清自己在溯夜墨影心里的印象吗？难道她真的如此喜欢溯夜墨影？

【世界】频道直播的精彩连续剧依然在继续。

【世界】溯夜墨影：我从来没有承认过我是君子。

【世界】寒水空流：你！

风灵晓的心蓦地一跳，嘴角浮上了一个邪恶的笑容。

哎？她看到什么？红果果的JQ啊！

啊啊啊！风灵晓激动得差点尖叫出声！这一段对话太JQ了！赶紧截图！她的双眼冒出闪闪光亮，趁【世界】频道还未刷新，赶紧按了全屏截图键，把“证据”截了下来！

将图图保存到心爱的文件夹，风灵晓继续收看直播。

【世界】溯夜墨影：还有，你与我何干？

言下之意，他想杀就杀，才不管你是谁！

真是不负责任的人！如果这是爱情狗血连续剧，风灵晓一定会这样想。可惜，溯夜墨影说这句话的对象是寒水空流。那么——

她承认，她乐翻了。-V-

【世界】寒水空流：溯夜墨影，你！！！

如此绝情的话，若是由“邪教第一妖女”说出的话，肯定会遭受到史无前例的围殴。可是现在是由正派第一大神说的，世界的反应便是如此。

【世界】勋章一枚：溯夜墨影，太帅了太MAN了！崇拜ing~

【世界】ㄨ梦★羽ㄨ：我开始有点怀疑寒水空流的人格了，啧啧。

【世界】一只不是鸭的鸡：永远支持大神不解释！

【世界】午夜熊玲：哈！恰好赶上直播了！寒水空流虽然有些可怜，但

PS图这件事她的确有大错，不值得同情。

【世界】我是衰哥：啊鸡，你们家小鸭呢？

【世界】一只不是鸭的鸡：你想干吗？[表情/警惕]鸭子是我的。

【世界】一只不是鸡的鸭：……

【世界】一只不是鸡的鸭：草！老子才不是你家的！

……

寒水空流再也没有了声息，【世界】频道热火朝天的讨论也开始逐渐降温，就在讨论的人只剩下寥寥无几的时候——爆炸性的事情发生了！

【系统】玩家溯夜墨影杀死寒水小榭帮主寒水空流，寒水空流等级为1，无法建立帮派，寒水小榭教派基石被毁，从此寒水小榭势力从江湖上消失。

众人哗然！溯夜墨影竟然洗白了寒水空流？难道他不怕被暗无殇报复吗？可是，大家很快得到了答案。

【系统】玩家溯夜墨影毁掉暗月无边教派初级基石，暗月无边帮派等级下降1级，降为杰出帮派。

世界震惊了，风灵晓也震惊了！

在《幻剑江湖》这个游戏里，帮派是分“无名”、“普通”、“优秀”、“杰出”、“精英”五个等级，而帮派每升一级，需要花费大量的时间去完成帮派任务，除此之外还要花费大量金钱。

暗月无边能升到精英，可想而知暗无殇花费了多少心血！现在竟然被溯夜墨影轻易毁掉，真不知道他会有什么反应……

世界一片缄默，似乎都在等待暗无殇出来发言。可是暗无殇明明在线，却久久没出来回应，似乎，自知理亏。

帮主没说话，帮众自然无法开口！暗隐在世界后的某些暗月无边成员只能憋着气，默默承受着帮派降级的怒火。反而某嚣张的无耻之徒继续放狠话。

【世界】溯夜墨影：暗无殇，请管教好你的女人！若我再见到她来欺辱我的娘子，下场绝对不是帮派降级这么简单！

“……”

风灵晓对着屏幕，第一次感到如此无语。

内心有一种复杂的情绪在翻腾。恐惧，震惊，忿忿不平，悲哀……

这个无赖！毁了人家教派基石不止，反而还去威胁别人！果然他的无耻程度，已经修炼到永无止境了吗……

(┬＿┬)可怜她一个被压迫的人啊……

这个时候，一直在一旁观战的田濛濛似乎也看出了端倪，激动地尖叫起来："灵晓，这个就是你游戏里的夫君？好帅啊啊啊啊啊……"她发泄完了，凑过头，神秘兮兮地笑，"嘿嘿，他对你这么好，你一定很感动吧？"

"……"风灵晓转头望向她，回她一个僵硬的笑容。

感动个毛线啊！你没看到我被他压迫得多么可怜吗？他对付别人已经这么心狠手辣，更不用说对她了……

风灵晓继续面对屏幕，内心已经泪流满面。(┬＿┬)

可想而知，她选择向溯夜墨影诈降，是正确的选择……

只是，总有一天，她会翻身做主人的！！！－皿－

突然，"叮"的一声，好友消息传来。风灵晓浑身一颤，对着游戏界面愣怔许久，才颤抖着用鼠标指针点开了信件。

果然，消息来自那一位无耻之徒……

【私聊】溯夜墨影：娘子，在？

风灵晓颤抖着打下一个"嗯……"，回了过去。

很快，她就得到了回复。

【私聊】溯夜墨影：坐标15，36，灵素山庄，到这里来。

第5章 神经神经

在田濛濛兴奋地挥着小手帕的告别下，黑衣少女飙着泪快马飞奔到灵素山庄。

传说中，灵素山庄曾是江湖第一名医灵素居住的地方。她曾在这片山庄内，栽满了各种药草毒草。百年过去，神医灵素已经归入尘土，而她苦心栽培的那片花草庄园依然存在，成了今日闻名天下的灵素山庄。而灵素留下的这些药草毒草，在吸收了百年的日月精华之后，竟然成了各种花精草精……

——这是《幻剑江湖》上所展示的一段简介。

所谓的栽种药草毒草的地方，其实是灵素山庄内的百草庄园，这是一个适合90−120级玩家练级的地方。里面的人型妖精，一般是以NPC形式存在的，这些妖精，平常不会攻击人，当你接到特殊任务的时候，它们才会化身成怪，跟你恶斗一番。

黑衣少女马不停蹄地赶到灵素山庄，远远地，风灵晓就见到山庄入口那抹明耀的白色身影，深深地刺痛了她的眼睛。

风灵晓深呼吸了一口气，一咬牙，用鼠标指挥着黑衣少女跑到他身边，下马。

溯夜墨影悠悠地开口——

【附近】溯夜墨影：娘子，你慢了。

【附近】灵风晓月：喂！什么叫慢了，你没看见我拼了命地赶过来吗？

叮！【系统提示】：玩家溯夜墨影邀请你入队伍？是否接受？

【队伍提示】你同意了玩家溯夜墨影的组队请求。

【队伍提示】你加入了队伍。

加入队伍后，风灵晓才发现，队伍里面还有另外一个人。

那个曾经在她跟溯夜墨影面前，狼狈逃跑而去的此去经年的夫君——堕落。

风灵晓不禁惊讶：他的自我治愈能力，这么强悍？

【队伍】灵风晓月：堕落……你没事了？

【队伍】堕落：啊？嫂子，你说什么？

【队伍】灵风晓月：我是说……

【队伍】灵风晓月：此去经年的事情……

【队伍】堕落：呵呵，其实也没什么。这只是一个游戏嘛，反正做不成夫妻，还可以做兄弟。

风灵晓感动了，为堕落的心胸广阔而感动！瞧瞧！这才是男人嘛，像溯夜墨影这样心胸狭窄的人……

风灵晓无奈地吸了吸鼻子，感叹般打下一句："堕落，你真是一个好人！"

果然，这一句话立刻遭到某无赖的不满。

【队伍】溯夜墨影：娘子，你这样关心堕落，为夫会吃醋的。

【队伍】堕落：……

【队伍】灵风晓月：……

风灵晓忍不住摔鼠标！这什么人啊！连跟别人说多句话都不给！>O<

【队伍】灵风晓月：你吃什么醋！你去吃硫酸吧！

【队伍】堕落：……

【队伍】溯夜墨影：娘子，即使我吃硫酸，也不会忘记你那一份。

T_T太可怕了，这是在警告她吗？

为了转移他的注意力，风灵晓假装很不耐烦地发话："少废话了，找我过来到底有什么事？我还有很多事情要做啊！"

果然队伍频道一下子安静了下来。过了一阵，才见溯夜墨影慢悠悠开口。

【队伍】溯夜墨影：任务，跟我来。

就这样，灵风晓月和堕落，随着溯夜墨影来到了百草庄园的入口，三人才刚接近守护百草庄园的紫蝶仙子，马上进入了场景对话。

【当前】紫蝶仙子：你……你们是什么人？

【当前】溯夜墨影：仙子息怒，我们是受灵素前辈遗孤所托，带着圣泉露来交付给牡丹仙子的。

【当前】紫蝶仙子：原来如此。

【当前】溯夜墨影：仙子为何叹气？

【当前】紫蝶仙子：侠士有所不知，牡丹平日里性子顽劣，专爱调皮捣蛋，连我也管不住她。这下她又不知道变作什么躲起来了，只怕一时找不到她……

【当前】溯夜墨影：仙子有什么需要在下帮忙的吗？

【当前】紫蝶仙子：这样吧，侠士。你见到牡丹的时候，能不能帮我将这只紫锦囊交给她？我定会好好酬谢你。

【当前】紫蝶仙子：另外，庄外来人不能在百草庄园逗留超过两刻钟，希望侠士抓紧时间。

【当前】紫蝶仙子话刚说完，任务提示随之响起。

叮！【系统提示】：你已接受任务：紫蝶仙子的托付。限时：30分钟。超过任务时间，任务将失败。

任务提示出来的那一刻，风灵晓不由得瞠目结舌，震惊不已地盯着屏幕，似乎不能相信自己的眼睛。这任务也太变态了吧？虽然完成任务后的奖励丰厚……但听这紫蝶仙子的话，这任务不仅限时，还要寻找一个会伪装还是随机移动的NPC？

而且这个任务属于超S级，任务失败后，每一次需要花1RMB才能重新接这个任务。

游戏公司，果然不会跟玩家的荷包过不去吧！实在太黑了！

风灵晓正在感叹，溯夜墨影已经毫不犹豫地下了命令："分头找！找到后在队伍频道说一声，抓紧时间！"话刚落音，白衣男子和紫衣男子，已经不见了踪影。

等风灵晓反应过来的时候，她才发现，扑簌着翅膀的紫蝶仙子身旁，只剩下孤零零站着的黑衣少女。

啊喂！这两个人，怎么说来就来，说走就走，一下子就不见了踪影啊？怎样分头找还没说清楚呢！

然而着急也没有用。无奈之下，风灵晓只好用鼠标指挥着黑衣少女，像

没头苍蝇一样一头扎入百草庄园。

百草庄园内种满了各种的奇花异草，满目琳琅的颜色争奇斗艳。各式各样的花草妖精在花丛中嬉戏打闹，呈现出一派生机。

灵风晓月在百草园内绕了一周，一路过来，看到了各种鲜花化身的妖精，虽然牡丹花也见了一丛，唯独不见什么牡丹仙子，队伍频道也不见有任何消息。

黑衣少女就这样，漫无目的地在百草庄园内乱逛。

时间一分一秒地流逝，风灵晓内心就越发着急。

正在她毫无头绪的时候，一个扎着包包头的粉衣小女孩，突然从花丛中跳了出来，拦住了她的去路。

【当前】灵风晓月：啊？什么人？

【当前】鼠姑姑娘：此花由我栽，此路由我开。若要此路过，留下路钱来！

叮！【系统提示】：鼠姑姑娘要你交出圣泉露和紫蝶仙子的紫锦囊，你是否同意？

鼠姑娘？那是什么？莫非是老鼠精，专来捣乱的？

大惊之下，风灵晓当然选择了“否”！

可是，鼠姑姑娘似乎怒了，叉起腰，一脸嚣张地地拦在路中央，丝毫没有离开的想法。

【当前】鼠姑姑娘：不交出东西，就别想离开！

紧接着，又是系统提示。

叮！【系统提示】：鼠姑姑娘要你交出圣泉露和紫蝶仙子的紫锦囊，你是否同意？

否！

【当前】鼠姑姑娘：不交出东西，就别想离开！

叮！【系统提示】：鼠姑姑娘要你交出圣泉露和紫蝶仙子的紫锦囊，你是否同意？

否！

【当前】鼠姑姑娘：不交出东西，就别想离开！

叮！【系统提示】……

……

就这样，风灵晓不断跟系统提示搏斗，直到筋疲力尽。她无可奈何地瞪着那再次跳出来的系统选择框，几乎吐血！这鼠姑娘，到底想怎么样？任务的物品，是绝对不能交出去的！否则就功亏一篑了！

【队伍】溯夜墨影：找到没有？

【队伍】堕落：没，连人影都不见一个。

【队伍】溯夜墨影：娘子呢？

【队伍】溯夜墨影：娘子？

……

风灵晓见到溯夜墨影，第一次像见到救星一样扑了过去！

【队伍】灵风晓月：[表情/哭泣]我被一个鼠姑娘拦住了，她要我交出任务物品，可是我点“否”的话，我就退不出任务场景对话，怎么办？！

【队伍】堕落：[表情/大惊]什么？！怎么会这样！

【队伍】溯夜墨影：你别动，我们现在过来。千万不要把东西交出去！

【队伍】灵风晓月：我想动也动不了啊……[表情/无奈]

风灵晓就这样站立在原地，跟粉衣的鼠姑姑娘大眼瞪小眼对峙着。直到溯夜墨影和堕落赶到她的身边。

【队伍】溯夜墨影：……

【队伍】堕落：……

【队伍】灵风晓月：喂！你们怎么了？没看见我现在脱不了身吗？

【队伍】溯夜墨影：娘子，你将东西交给她就是……

【队伍】灵风晓月：啊？什么？你疯了？！

【队伍】堕落：嫂子，你听溯夜的话就是。

【队伍】灵风晓月：= =!

【队伍】灵风晓月：好吧……

是你们要我这样做的，失败了，我可不负责哦……

风灵晓碎碎念着，在两人很肯定的决定下，咬着牙点了“是”！

然后……

叮！系统提示：你已失去物品圣泉露和紫蝶仙子的紫锦囊。

鼠姑姑娘：哈！算你知趣！

然后，风灵晓眼睁睁地看着她唱着欢快的歌儿，一蹦一跳，走远了。

就在她要泪流满面的时候……

叮！系统提示：恭喜玩家溯夜墨影、玩家堕落、玩家灵风晓月完成了任务：紫蝶仙子的委托！

哎？怎么回事？！

风灵晓一个激灵，无比震惊地看着不断上涨的经验条！

不是要将物品交给牡丹仙子吗，怎么……

【队伍】灵风晓月：……这是怎么一回事？！

【队伍】溯夜墨影：其实，娘子。

顿了顿，一个重磅炸弹扔了出来。

【队伍】溯夜墨影：鼠姑就是牡丹的别称。

【队伍】灵风晓月：！！！

【队伍】灵风晓月：不是鼠姑娘吗！

鼠姑就是牡丹？为什么她从来不知道？大惊失色之下，她连忙打开了百度首页，飞速搜索了一下——

鼠姑。

释名：牡丹、鹿韭、百两金、木芍药、花王。

……

原来是真的。(┬＿┬)

可、可是，她看到的明明是鼠姑娘，为什么……难道……难道……是她看错了……

天啊！风灵晓狠不得一头磕到桌子上。

【队伍】堕落：哈！明明是显示着“鼠姑姑娘”，嫂子你看错了吧……

【队伍】灵风晓月：……

【队伍】堕落：嫂子，其实你是天然呆吧？

堕落这句话才刚发出来，几乎马上——

叮！系统提示：队友堕落被队友溯夜墨影误杀，返回重生点，任务结束后，队友堕落的任务属性点奖励减半。

风灵晓目瞪口呆地看着这一幕戏剧性的转变，不由皱眉去责问溯夜墨影。

【队伍】灵风晓月：喂！溯夜，你干吗杀了堕落！

【队伍】溯夜墨影：我不允许任何人说我娘子的是非。

【队伍】灵风晓月：那你就可以随便杀人了？

【队伍】灵风晓月：我喜欢别人说还不行吗？！

【队伍】溯夜墨影：不行，只有我能说。

“……”风灵晓囧了，最后，心底爆发出一声震撼天地的呐喊。

啊啊啊！太无耻太令人郁闷了！还不让人活了！呜……

然后，她继续为自己黑暗的未来而悲催。

可是，她还是忍不住在心里小声地问：= =溯夜墨影，你还能不能再无耻一点?

没有人回答她，可是她已经清晰地知道了答案——

而答案，就是很肯定的，能！

堕落从重生点爬回来后，也没有说什么，只是哀怨地打了一个“哭脸”表情，让风灵晓有种“同是天涯沦落人”的辛酸感觉。而溯夜墨影这个无耻的家伙，连道歉也没一句，只是淡淡地说了一个“走”字，就带着两人离开了百草庄园。

【当前】紫蝶仙子：你们居然能将锦囊交到牡丹仙子的手上，实在太感谢你们了。

【当前】溯夜墨影：紫蝶仙子不必客气。

【当前】紫蝶仙子：牡丹仙子性子一直如此，各位不要见怪。只是……

【当前】溯夜墨影：仙子为何还是一脸忧愁?

【当前】紫蝶仙子：唉，此事说来奇怪，本来这是灵素山庄的内事，不想牵涉外人的……

【当前】溯夜墨影：仙子但说无妨，也许我们能尽一份绵力，帮助仙子。

【当前】紫蝶仙子：近日我发现，百草庄园内的花草不断减少，有些花草精灵被人恶意打伤。我怀疑百草庄园内潜入了外敌，不知道侠士能否帮我

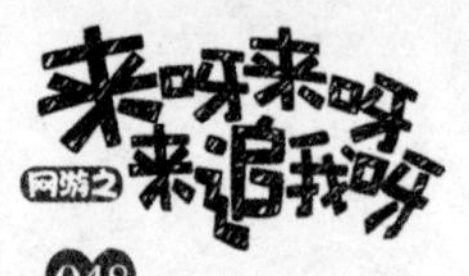

查探一下？

【当前】溯夜墨影：不知道，我们要怎样做？

【当前】紫蝶仙子：……这样吧。

【当前】紫蝶仙子：如果你们愿意帮忙，我稍后将你们传送到一个叫烟雨岛的地方。你们需要寻找一个叫烟雨的仙子，并向她讨来显形仙露，再回来我这来，我再告诉你们要怎样做。

叮！【系统提示】：你的队伍已接受任务：紫蝶仙子的请求（二）。任务中途不能退出游戏，否则任务失败。

又是寻人任务？风灵晓被刚才的寻人任务折磨不少，到现在还心有余悸，如今一见“寻找××”的字眼，不禁心惊肉跳起来。

她正思索着要不要上官网看下任务提示，就在愣怔的这一刻，四周的场景已经转换——

画面一黑，转眼间她已经身在一个缥缈空灵的小岛上。

这么快？她还没准备好呢！

风灵晓大惊失色，就见溯夜墨影果断发话——

【队伍】溯夜墨影：分头找，找到在队伍频道说一声。

【队伍】堕落：OK。

又分头找？风灵晓心中叫苦不迭，只好拖着鼠标让黑衣少女在小岛上乱走。

《幻剑江湖》为了增加任务的难度，B级以上的寻找NPC任务，都是没有自动寻路功能的。而且这位NPC，也不会在场景的小地图中显示出来。所以做这种任务，只能靠玩家自身的机缘。

虽然风灵晓一向都很有机缘，但她很明白，其实她就是一个路痴！

所谓的机缘，其实都不过是因为她的误打误撞。

可是为什么，即使这份机缘自动送上门，她也会像瞎了眼一样看不见？

想到那倒霉的种种过往，风灵晓又恨不得一头磕到桌子上。

不过这次的任务难度显然相对降低，就连风灵晓这种特级路痴也轻易找到了那传说中的“烟雨仙子”，并成功地认出了她。

风灵晓十分兴奋，正要扑上去跟烟雨仙子对话的时候，悲剧又发生了。

只听“啪”的一声，她的电脑屏幕，黑掉了。

“怎么回事？停电了？！”风灵晓惊呼出声，惊慌失措地看向田濛濛的电脑，却发现她的游戏界面完好如初！

“为什么我的电脑会突然……黑屏了？”风灵晓顿时慌乱无措起来。

完蛋了完蛋了，溯夜墨影不会以为她故意逃下线，然后对她进行什么报复吧？

天啊，她才不要……

“怎么办？怎么办……”

“风灵晓，你又在抽什么风？”田濛濛被她慌乱的抓狂弄得心烦意乱，没好气地瞪她一眼，却在这无意中的一瞥看到了她的电脑屏幕上诡异的画面，一下子傻了眼，“灵晓，你的电脑屏幕……”

“什么？”风灵晓在田濛濛的失声尖叫下，逐渐冷静下来，等她顺着田濛濛的目光看向屏幕时……

只听“啪”的一声，这次不是电脑屏幕被黑，而是，她的神经断裂掉了。

因为那漆黑的屏幕上，清晰地滑出了一行流光溢彩的大字——

灵晓，我爱你。请跟我交往吧！

——BY洛无言

神思瞬间灰飞烟灭。

风灵晓目瞪口呆地对着屏幕，她已经不知道用什么表情去回应了。倒是田濛濛最先反应过来，拉开宿舍门望着窗外，随即走廊外传来她的尖叫：“天啊！灵晓！洛无言那个富二代，又来向你表白了！”

KAO！果然又是那个洛无言搞的鬼！风灵晓的心中，莫名蹿出一股熊熊烈火！

洛无言一个是跟她同届同系的男生，在入学初期对她一见钟情，目前死缠烂打地追求她中。

他的长相在A大也算是数一数二的，只可惜风灵晓实在不喜欢他难缠的性格，所以总是很无情地拒绝他。

而之所以说洛无言是富二代的理由，那是因为他是A大校董的儿子。他总是仗着那么一点的特权，想尽一切办法，用尽学校一切资源去追求风灵晓。

虽然风灵晓一向当他是透明的空气，但这一次，她真的被惹毛了。

他居然敢在她做任务的时候，黑掉她的电脑？活腻了吧？！

于是，风灵晓二话不说，霍地站起身，随手抄起旁边的一支矿泉水，走了出去。

站在走廊上围观的田濛濛看到来势汹汹的风灵晓，不由大吃一惊，紧张地劝道："灵……灵晓，你你你不要冲动，高空砸物是违法的……"

风灵晓没有理会她，而是径直走到走廊栏杆前，探出头。

只见女生宿舍的楼下，站满了穿着花花绿绿衣服的男学生，他们捧着颜色各异的鲜花，站成了"风灵晓，我爱你"这六个大字的队形。而那个所谓的富二代洛无言，正站在队伍的前方，见风灵晓走出来，他马上仰起一张俊脸朝风灵晓大喊："灵晓，我真的很喜欢你，你就接受我，跟我交往吧——"

随着他这一声叫喊，他身后的那个队伍马上起哄："接受他吧——接受他吧——"

这热烈的场面让围观在走廊上不少的女生激动地尖叫起来，也跟着起哄："风灵晓，你就接受他嘛！人家也不容易啊！"

风灵晓握着矿泉水瓶的力道慢慢收紧。

殊不知，这响彻云霄的声音就像浇在火上油，让风灵晓心中的怒焰更盛。

下一秒，她在众目睽睽之下，做出了一个惊人的举动！

只见她突然拧开了矿泉水瓶，将里面的水，一股脑儿对准地面上的洛无言泼去！

洛无言始料未及，等他回过神来的时候，已经成了一只湿漉漉的落汤鸡！他依然保持着仰头的姿势，笑容僵在俊颜上，难以置信地看着一脸怒容的风灵晓。

这场面，实在滑稽得很。

全场鸦雀无声，所有人的焦点，都落在了风灵晓和洛无言的身上。

咚!

矿泉水瓶被风灵晓狠狠扔到地上！她也顾不上矜持，对着楼下就是一声怒吼：“洛无言你这个神经病！表白也不要挑人家玩网游的时候啊！”

说完，她再也不理会众人的目光，怒气冲冲地返回到宿舍，“砰”地关上了门。

见女主角已经走了，再也没有什么戏好看。不少围观的学生发出一声失望的叹息，也纷纷回到了自己的宿舍。

而地面上那位主角洛无言，依然站在原地，慢慢伸手抹去脸上的水迹。

这时候，他的一个死党走了过来，重重地拍了拍他的肩，哈哈笑道：“哈哈，无言。又被骂神经病了吧？都说让你不要这个时候跟风大美女表白，可你就是不听……”

“闭嘴吧！”洛无言阴沉着脸色，黑眸中神色暗淡，他一言不发地摔开死党的手，迈着急匆匆的步伐，离开了。

死党在他身后大喊，也匆忙地跟了上去，“喂喂！等等我——”

回到宿舍的风灵晓，心急如焚地等待电脑重新启动。

快点，快点啊……

看着“欢迎使用”的画面慢慢转换，她内心的着急不但没有消失，反而加重了几分。她从来没有一刻像现在这样，认为自己的电脑运行速度，慢如蜗牛。

等到电脑开启运行完毕，她迫不及待地点击游戏图标。

飞快地输入密码……验证完毕……成功登录!

等到游戏界面再次出现在她的面前时，她才发现，自己已经从烟雨岛退了出来，正站在了负责传送的紫蝶仙子身旁。

风灵晓长叹一声，果然任务已经失败了。

再看看周围，堕落已经不见了踪影，她的身旁，只有一位白衣如雪的男子在打坐，乌发随风飘扬。而他头顶上的名字，深深地刺痛了她的眼睛。

灵风晓月的夫君，溯夜墨影。

他在等她吗……

可是，溯夜墨影似乎没有看到她上线一样，依然静默地在原地打坐。

风灵晓的心蓦地惊了一下，小心翼翼地点开了溯夜墨影的名字。

【私聊】灵风晓月：那个，对不起……刚才我不是故意退出的，只是掉线了……

【私聊】灵风晓月：你能不能原谅我？我保证，这种事情下次再也不会发生。

……

风灵晓用尽一切能打动人心的措辞，可是就不见溯夜墨影一丝的回应。

她的内心越来越慌乱无措。

难道他在挂机？于是，她打出一句试探。

【私聊】灵风晓月：在？

依然没有回应。

【私聊】灵风晓月：呜呜，溯夜大人，你原谅我吧！只要你肯原谅我，就算要我做什么，我都愿意。

可是这一次，几乎立刻就有了回应！

【私聊】溯夜墨影：嗯，那你就以身相许好了。

【私聊】灵风晓月：%$#%&……

第6章 妖孽妖孽

溯夜墨影的回复，让风灵晓无言以对。

他的无赖，实在令风灵晓自愧不如。

她终于忍不住一头磕到桌子上，心里怒吼：作为一个男人，你怎么可以无耻到这个份上？！令人发指啊……

她似乎已经看见了自己悲惨的未来——在网游世界里被这个无赖一辈子吃得死死的。

想要摆脱他，似乎只有再也不玩这个游戏。但基本没什么可能，因为她已经对《幻剑江湖》产生了根深蒂固的感情，就仿佛毒瘾一样，再也无法摆脱。所以，想要逃离溯夜墨影的魔爪，机会只有百分之零点零一！

总结地说，就是——绝、对、没、可、能！

“灵晓，刚刚你的举动实在太让人……”田濛濛推门走入宿舍的时候，看到的就是这样的一幕——

刚刚英勇拒爱的风大美人用头磕着桌子，一脸伤心欲绝的悲痛。

这把田濛濛吓了一跳，什么赞叹的话语全部丢到了脑后，三两步冲上去，将她从桌上抓了起来，着急道：“灵晓，你在干什么？”

“我知道你很烦那个洛无言，但你也不用这样悲痛欲绝啊？”不等风灵晓开口，田濛濛心惊肉跳地已经BLABLA说了一大堆劝慰的话，“是不是呢？再忍耐一段时间，等毕业了，你就可以彻底摆脱他了！”

“……”风灵晓有些无语地望着她，囧囧有神地问道，“我这个样子……很悲痛欲绝吗？”她只不过是感叹一下而已，难道田濛濛认为她要去自挂东南枝吗？她可是下了决心，总有一天会翻身做主人的！

“难道不是吗？”田濛濛一脸惊慌，“不然你怎么一脸伤心得快要死的模样？”

(┬＿┬)原来她已经为溯夜墨影的无耻黯然销魂到这个无样了吗？可见……他对她的影响，是如此之大……

“灵、灵晓，你怎么了？不要吓我啊……”田濛濛看着风灵晓魂不守舍的样子，更加心慌无措了。

风灵晓见她这样关心自己，心中涌起一丝感动，不由得泪流满面了：“没事，我只是在想，怎样才能摆脱游戏里这个无赖……”

田濛濛囧，她保持着原来的姿势，慢慢地石化在原地。

游戏……原来是游戏……

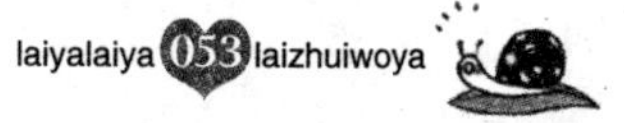

亏她以为风灵晓是为了洛无言的死缠烂打伤神，白白浪费感情了！

下一秒，田濛濛女王爆发出一声怒吼，猛地摇晃风灵晓："你这个沉迷网游的家伙！！！"

风灵晓被田濛濛晃得头晕目眩，好不容易阻止了她。在她的逼问下，风灵晓小心翼翼地，半真实半虚假交代了事情的经过。

然而，风灵晓悲惨的经历，却只是惹来田濛濛的不屑，"不过是一个游戏，你就告诉他你是人妖好了！看那些网游小说，通常女主角都被误认为是人妖，然后就被抛弃了。"

风灵晓闻言，非但没有生气，反而眼前一亮！

一语惊醒梦中人！

对啊，网游中的是是非非虽然复杂，却成了人用以伪装保护自己的工具。隔了一层互联网的保护层，网另外一头的人根本不知道你是谁，更不用说是男是女了。

如果她告诉溯夜墨影自己其实是人妖，说不定他会就此放过她呢……

田濛濛的主意实在太好了！

想到这里，风灵晓得意扬扬地笑了出声！

看着一个妙龄少女深受网络游戏的毒害，在旁边的田濛濛忍不住发出一声叹息："唉，这孩子没救了。"

说起来，溯夜墨影倒也耐心，见风灵晓许久没反应，淡淡地问了一句："娘子？"

然后便静静地站在她的身边，等待着她开口。

白衣明亮若雪，黑衣深如墨染，男子和女子站在一起，这样鲜明的对比与身后虚渺梦幻的背景构成美好的画面。但看着这一幕和谐的场景，风灵晓怎样也觉得无比刺眼。

【私聊】灵风晓月：对不起，刚刚掉线了。

刚打出这一句，风灵晓就觉得不妥，刚刚明明还在游戏界面，说掉线会不会太虚假了一点？想毕，她连忙改口。

【私聊】灵风晓月：不对不对，我说错了，刚刚我去洗手间了。

【私聊】灵风晓月：你要相信我，我刚才真的去洗手间了。

【私聊】溯夜墨影：……

【私聊】灵风晓月：真的，我刚刚真去洗手间了。

【私聊】溯夜墨影：娘子，我知道你刚刚去了洗手间，你也不用重复这么多次。

“……”这次轮到风灵晓无语了。╮(╯▽╰)╭

调整好心情好，风灵晓屏住呼吸，紧张地敲下一句：“对了，我有很重要的事情，要告诉你。”

溯夜墨影似乎惊讶风灵晓的举动，私聊频道安静了好一阵后，他才发出了回复。

【私聊】溯夜墨影：娘子请说。

【私聊】灵风晓月：其实……

【私聊】溯夜墨影：？

【私聊】灵风晓月：那个，我很难开口，我怕你接受不了。

【私聊】溯夜墨影：没事，你说吧。

【私聊】灵风晓月：其实……那个……

私聊频道沉寂了好几秒。

【私聊】灵风晓月：好吧！我老实告诉你，其实我是人妖！！！

风灵晓打出了这一句后，心里暗暗得意。这一次你还不死心？哇哈哈……

【私聊】溯夜墨影：哦。

出乎意料，溯夜墨影很快有了回复，而且反应是那么波澜不惊！

风灵晓傻眼了。

他为什么一点都不惊讶？！如果是普通的人，不是早拉黑名单、尖叫、崩溃、下线等等等等的吗？怎么他……

她不能置信地直盯着屏幕，十分急切地敲打起键盘。

【私聊】灵风晓月：怎么你一点也不惊讶？

【私聊】溯夜墨影：我什么要惊讶？

【私聊】灵风晓月：我是人妖啊！！！

【私聊】灵风晓月：你娶了一个人妖耶！你是男人啊！难道你不会感到

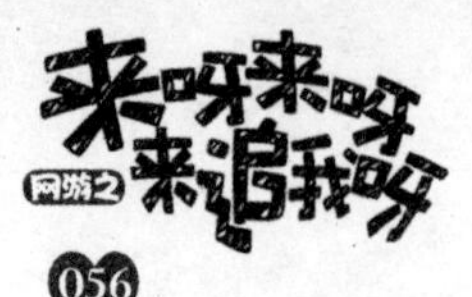

震惊吗？！

【私聊】溯夜墨影：……

【私聊】灵风晓月：喂喂，给个反应好吗？

【私聊】溯夜墨影：娘子，你的反应为什么比我还着急？

【私聊】灵风晓月：你是男人啊！男人！而我也是男人！你不觉得两人男人在一起很奇怪吗？

【私聊】溯夜墨影：没关系，我不介意。

大哥！你不介意，我介意啊！

风灵晓欲哭无泪，但她抱着打不死的小强的决心，继续循循诱导。

【私聊】灵风晓月：可是，你为了我一个人妖，而放弃一片森林，值得吗？何况两个男人在一起，会遭人鄙视的！

她特意强调“男人”这个字眼，力求打动他，哪知道……

【私聊】溯夜墨影：没关系，没人会知道你是人妖的。

【私聊】灵风晓月：……

【私聊】溯夜墨影：何况，即使你是人妖，我喜欢就行。

噗——

风灵晓喉咙一阵腥甜，险些一口鲜血吐在屏幕上。

她暗自庆幸，幸好没喝水，幸好幸好……

不过，这家伙为什么这么死缠烂打……T___T

【私聊】灵风晓月：大哥，我服了你了！为什么连一个人妖也不肯放过……

【私聊】溯夜墨影：因为你是我娘子啊。

回答得理所当然，让风灵晓再次吐血。

本来很严峻的问题，却被溯夜墨影一句轻描淡写，轻易绕回了原地！

风灵晓内伤了，她从桌子前爬起来，艰难地在键盘上敲打下一字一句。

【私聊】灵风晓月：如果有一天，你后悔了怎么办？

【私聊】溯夜墨影：从来没有一次后悔过我做出的决定。

【私聊】灵风晓月：……

【私聊】灵风晓月：其实，你是不信我是人妖吧？

【私聊】溯夜墨影：当然不是。

当然不是才有鬼！风灵晓哼了一声，很肯定地否认了溯夜墨影这句话的真实性。

【私聊】灵风晓月：既然不是，我们来语音吧？

用语音表示自己的“清白”，这下他总该信了吧？

主动表示语音，一方面可以加强她是“人妖”的真实性，另一方面……

现在的科技这样发达，光是她电脑里就有一款变声软件……

要是他真的要求语音，那她就勉为其难充当一回男人吧！

风灵晓如是想。

【私聊】溯夜墨影：不用。

【私聊】灵风晓月：那你信了？

【私聊】溯夜墨影：是不是人妖这样的事情，娘子何必介怀！

囧！风灵晓晕倒！

她几乎抓狂。

【私聊】灵风晓月：啊啊啊！你还是不明白啊！

【私聊】灵风晓月：可是……可是现在问题是！

【私聊】灵风晓月：现在的问题是，我是人妖啊！

【私聊】溯夜墨影：嗯，如果你是人妖，我就是妖人。

一句如此轻淡的话，让风灵晓的小心灵备受打击。

她……她彻底服了！

下一秒，风灵晓毫不犹豫地将鼠标移到右上角的大红“×”，嗖地退出了游戏。

然后，她无力地趴到在桌子上，对着电脑屏幕，欲哭无泪，心里发出一声哀嚎，为毛啊……

一旁的田濛濛看到这一幕，心底再次哀痛地发出一声叹息：完了，这孩子，真的走火入魔了！

为了摆脱溯夜墨影这个无赖，风灵晓狠下了决心。第二天上午的课才上完，风灵晓连饭都没吃，就急匆匆回到宿舍，快速打开电脑，敲开了风凌云

的QQ。

风小灵 11:03:45

老弟……

凌ᵒ云 11:03:46

主人现在不在，有什么事请留言。有麻烦的请滚蛋。

风小灵 11:03:50

风凌云，你就别装了= =

凌ᵒ云 11:04:10

咳咳，老姐你有什么事？/衰

风小灵 11:04:15

你有没有办法，给我弄一个幻剑的高手号？就我们服的。

凌ᵒ云 11:04:20

啊？你弄来干什么？

风小灵 11:04:25

你别管，就给我弄过来就行了。

凌ᵒ云 11:04:26

……

过了好一阵。

凌ᵒ云 11:28:30

弄到了，姐啊，回来你要还给我钱啊……

风小灵 11:28:33

= =

风小灵 11:28:35

知道啦，账号密码给来。

凌ᵒ云 11:28:53

柒殇，密码：XXXXXXXX

风小灵 11:29:05

……好奇怪的名字！

凌ᵒ云11:29:12

那你还要不要？

风小灵 11:29:15

当然要！拜拜！

关掉QQ，风灵晓按照着风凌云给的账号密码登上了《幻剑江湖》。

她发现这个叫柒殇的号，同样是一个声望为负的号，只是还不足以登上罪恶榜而已。柒殇是一名毒医，他一身血染般的红衣，眉目中透着妖娆的气息，像极了小说中描写的妖孽男。

可惜不是真人，不然会是怎样的惊艳啊……风灵晓心里惋惜着，顺手点开了柒殇的资料，不由得倒吸了一口凉气！

柒殇的装备无一不是极品，各属性点项之高让她瞠目结舌。她试着用普通攻击敲了旁边的小怪一下。

虽然这么的一击只让小怪的血条掉了一点。可是瞬间，小怪的状态已经转为了“中毒”！……红字接二连三从它的头顶冒出，它来不及反击，就已经挂掉了……

可见，柒殇这号的原主人，绝对是一个网游高手！

但是，这么好的号，他为什么要卖掉呢？难道是因为那负声望……

她的心突然“咯噔”一下，脑海里不由自主浮现出黑衣少女的身影……

算了算了，不要想了……>O<

提起负声望，风灵晓的心没来由一阵纠结。

于是她赶紧将不好的回忆丢到脑后，接着双开了自己“灵风晓月”的号，打开了好友列表，却没看见溯夜墨影在线。

灰暗的名字，就像一盆冷水，浇灭了风灵晓烈火般燃烧的热情。

这这这家伙……居然不在？亏她从来没有像现在这般期待他的存在！实在太可恶了……=皿=

风灵晓无奈地关掉电脑，对着漆黑的屏幕发出一声叹息。

她原本还信心满满，打算用这个“计谋”帮助自己脱离苦海。但是溯夜墨影居然不在！实在太不配合了……

看来计划只能延迟……天公不作美啊！

咕~这个时候，肚子君很配合地传出一声闷响。

风灵晓囧！难道连肚子君也不支持她现在进行这个计划？

望向墙壁上的时钟，不知不觉已经到了正午十二点。摸了摸干瘪的肚子君，风灵晓暗叹出一口气。

算了，还是先把肚子君安抚好吧。

学校的食堂距离宿舍有一定的路程，其中还必经一个令风灵晓闻之色变的地方——学生会！

但并不是因为学生会有什么可怕的事情让她恐惧，而是学生会里面的一个人……

已过中午，校道上的人开始明显减少。风灵晓经过学生会的时候，就只剩下她一个人了。

走过那栋大楼，风灵晓的脚步下意识加快。

四周的寂静衬托得她的脚步声格外清晰，几乎每走一步路，都让她心惊肉跳。

呼——

突然一阵阴寒的风从背后吹来，她浑身一颤，一阵毛骨悚然的感觉爬遍全身。风灵晓的神经绷紧，意识防御全开，脚步更加急促。

突然，不远处响起轻微的脚步声！

她的脚步也在那一刻戛然而止，瞳孔一点一点收紧，她的身体竟无法抑制地颤抖起来……

因为……因为……学生会的会议室出入口，走出了一个人。

从屋里走出了一位身穿白衬衫的少年，衣领微微趟开，带着诱惑的色泽。他的一双狭长的桃花眼深如幽泉，在眼光的映照下仿佛石子投入湖水那刻带开一片涟漪，阳光顺着他黑色的碎发流泻而下。

屋檐在阳光的投射下覆盖下一大片阴影，他从那片阴影下走出，午后刺目的阳光也变得暗淡。

妖孽！这是风灵晓的第一反应。

在看到那个人的一瞬间，她竟然不知不觉地联想到游戏里柒殇的红衣形象……

那一种近似的、让她心惊的妖孽气息。

她居然忘记了！

……其实，妖孽是真实存在的！>O<

她的第二反应，就是脑袋“轰”的一声，嗡然作响！

趁他还未发现自己的时候，她赶紧一阵小跑，躲到了旁边拐角的地方。然后，心有余悸地瞪圆了眼睛望向前方，脑袋飞快搜出了关于妖孽的信息。

——司空溯，现任学生会会长，A大数一数二的风云人物。记忆中的他，嘴边总挂着若有若无的浅笑，配合着他那双魅惑的桃花眼，只一个眼神，足可以秒杀A大一大片女生！

可是深知他真面目的风灵晓，却不以为然！

因为，她最害怕他那个眼神了，每当他对着自己笑的时候，她总惊得直打寒战。

司空溯其实是一个恶魔，一个总是以压迫人为乐的恶魔。他最喜欢的事情，就是看着人被他欺负，所以对司空溯，她总是敬而远之……

每当看到有他的身影，她总是绕着路走。

可是……可是！为什么RP之神总要跟她作对，总是要让她遇到这一个恶魔，将她逼到绝路的边缘？！

躲着拐角的风灵晓听着逐渐走远、直至消失不见的脚步声，她悬起的心终于放了下来。她虚脱般叹出一口气，终于慢慢地从角落里走了出来。

然而，悲剧总是在意想不到的情况之下降临的。正如现在的风灵晓——她再次遇到了人生中的一大“杯具”。因为她才从拐角的地方走了出来，她就发现，她所站的地方，被一片阴影覆盖了。

她一怔，迅速抬头，看见了一双犹如春水般潋滟明澈的桃花眼。

那一刻，风灵晓的心情不是用“惊讶”、“惊愕”等词语就可以形容的。她想，这个世界上，大概没有形容词可以表达出她的心情了。虽然她依然保持着一脸平静，但她的内心，早已经不能淡定地疯狂呐喊着——

啊啊啊啊啊！司空溯！

他他他不是走远了吗？为什么……为什么还会在这里？！

“小灵晓，你在躲我？”司空溯微一俯身，很自然将手搭落到她的肩上，眼波潋滟的桃花眼对上她的视线，唇角微勾，“似乎，每次见到你，总是落荒而逃。难道我真的那么可怕吗？”

你不是可怕，而是——很可怕！十分可怕！非常可怕！

风灵晓在他的控制下，无法动弹，只能睁着眼看着他，意识一片空白，连身体微微发颤，也不知道。

“怎、怎么会？”风灵晓强作镇定，勉强地扯开一个笑容。

司空溯微笑，宛如梨花映入一池春水：“那你刚才……为什么要躲到角落里？”

如此妖孽的笑容让风灵晓莫名一颤，她慌张地解释道：“我只是鞋子掉了，所以……所以……去系鞋带而已……”她说着，稍微低头望向自己的鞋子，不由暗松了一口气。

幸好自己今天穿了一双运动鞋出来，不然……

脑补着谎言被揭穿的下场，她不禁又是一个寒战。

“那就好。”司空溯眼中闪过一抹诡异的光芒，笑眯眯地道，“不然你这样对我，作为你的男朋友，我可是会很伤心的……”

“男朋友”三个字像一道狂雷，迎面将风灵晓劈得晕头转向！

她几乎是尖叫出声：“什么？男、男朋友？！”司空妖孽什么时候成了她的男朋友了？

“对啊，你不是说过，要对我负责的吗？”司空妖孽笑得一脸无辜，平淡的语气带着威胁，“难道……你想赖账？”

望着司空溯恶魔一般的笑容，风灵晓恐惧的心恍如受惊的小鹿，怦怦乱跳。

在他的提醒下，那些过往的不好的回忆一遍遍从她脑海中闪现……

风灵晓的身体，颤抖得更加厉害了。

她她她，似乎想起来了……

T___T好像……的确有那么一回事……

不过她都是被逼的被逼的……\(“￣□￣)/

这一切，都要从跟司空溯的孽缘开始的那一天说起……

是从哪一天开始的？她不记得了。但她至今，依然清晰地记得他们相遇的那一幕情景……

记得那一天，是一个乌云沉沉、阴风阵阵、诸事不宜的日子。

那个时候的她还未沉迷在网游的世界里，还是一个勤奋的好学生。早上的课上完后，她像往常一样，带着饭卡君匆匆向着食堂的方向进军。

谁知，在经过学生会大楼的时候，她看到了这样的一幕——

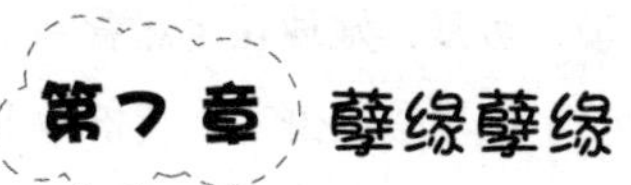

第7章 孽缘孽缘

如果RP之神能给风灵晓一个机会，让她选择重新来过。

那么她一定会选择——当作什么也没看见，就这样走过去！就算有人跳楼、放火、抢劫杀人也不关她的事！

虽然她见到的“东西”没有跳楼、放火、抢劫杀人那么恐怖，但是……但是……

一失足成千古恨呀！

她看见一个似乎是高她一年级的女生，掩着脸奔了出来，经过她身边的时候，还狠狠地撞了她的肩膀一下。

那个时候风灵晓刚上完课，手里拿了几本厚重的课本，被那个女生这么一撞，书哗啦哗啦全掉到了地上。

她本来应该把地上的书收拾好，装作什么事也没发生一样离开，就不会发生后面的“杯具”。可是在这种情况下，产生不满的情绪是很正常的。

就像风灵晓，她不满地皱起了眉，嘟囔了一句：“喂，有没有搞

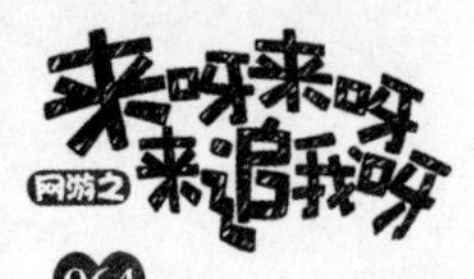

错……”视线随着女生的身影移去，她的声音戛然而止。

从侧面看，她很清晰地看到女生的眼睛红肿了，精致的妆容也被泪水打湿，却丝毫没有影响她的形象，反而给人一种种梨花带雨、楚楚可怜的感觉。

不过，这个女生似乎有点眼熟？她是……

风灵晓大脑迅速运转，很快就搜索到关于这位女生的信息——

刘碧缇，大二学生，经济系系花。

不过她的人缘，却不是怎么好。据传，有接触过她的人说她表里不一，经常在背后作出一些损人利己的事情。

但谣言究竟是谣言，刘碧缇在男生们的心目中，可是神圣不可侵犯的女神一枚！

人们都说，刘碧缇高傲冷漠像一个公主，对不熟悉的人的态度疏离冷漠。可是，她现在居然看到了刘碧缇在哭？

风灵晓惊讶了，收拾地上的书的同时，目光寸步没有离开刘碧缇。

到底是什么事情，令这样一个高傲美人，伤心到如此地步？

很快，风灵晓就知道了答案。那是她人生“杯具”的开始，也是这一段“孽缘”的开始……

她的目光还定定地落在刘碧缇跑远的方向，出了神。这时候，不远处响起一阵轻微的脚步声传来。风灵晓一怔，迅速抬头，眼前一亮。

她看到了帅哥！帅哥！

他那双狭长的桃花眼正向着她这边望来，微波荡漾的幽潭中带着似笑非笑的神色，那种眼神，是多么勾魂！

一向承认自己是正常花痴的风灵晓激动得就要尖叫起来的时候，她却皱起了眉……

因为她看到了桃花眼帅哥微微敞开的衬衫衣领，还有他额上闪烁的汗珠，嘴角微挑的弧度……

加上刚才刘碧缇大美女落魄跑开的模样……

似乎……似乎……刚刚发生了很不好的事情，而事实的“真相”，一目了然。

本来看见帅哥兴高采烈的心情烟消云散，风灵晓抱紧了怀里的书，在经过这位帅哥的面前，不屑地哼了一声："人渣！"

离开的时候，她好像感受到那位桃花眼帅哥的目光直盯着她的背脊。但是，她也没有放在心上，头也不回就径直向食堂走去……

随着时间的推移，风灵晓很快将这件事丢到了脑后。

只是有一次，同宿舍的火月无意中提到了现任的学生会主席。

俗话说得好，女人的八卦总是神通广大的。于是，风灵晓很快知道，原来她那天看到的桃花眼帅哥，就是现任的学生会主席，司空溯！

她不禁惊讶了，现任的学生会主席，居然是一个始乱终弃的人？所以真是人不可貌相啊！

真难相信，司空溯身为学生会主席，居然会做出这般人渣的事情！

这样想着，她不禁对刘碧缇产生了几分同情。她一怒之下，就跟舍友们讲了她那天看到的这件事情。舍友们听了她的描述，也跟着震惊了，连忙追着她问。

风灵晓在她们你一言我一语的追问之下，将她看到的和她的猜想，全部说了出来。果然引起了舍友们的共愤！

结果那一天，她们宿舍似乎都在以批判"人渣"为话题，直到深夜，才恋恋不舍地爬上床沉沉睡去。

然而第二天睡醒后，风灵晓就把昨天说的事情全都忘掉了。好像什么事情都没发生一样，如常地上课、下课、去食堂、回宿舍……

可是她的舍友们便将这件事情告诉了隔壁宿舍或自己朋友、以前的同学之类的……

结果，司空溯无情抛弃刘碧缇这件惊天事情一传十，十传百，转眼间已经传遍了整个A大！而这则八卦的始作俑者风灵晓，还恍然未觉，依然像无事人一样置身事外。

直到有一天，她匆匆回到宿舍的时候，被三个人拦在了宿舍的门口。

她一怔，微微抬头。

伸手拦住她的，正是一个有着一双勾魂桃花眼的帅哥。

“同学，你找我有事？”一向健忘的风灵晓就是如此“杯具”，她竟然已经把“绯闻”的男主角的模样忘得一干二净！还懵懵地望着他，一脸无措。

桃花眼帅哥似乎有些意外，眼中闪过一抹惊讶，随即唇角一勾：“你不记得我了？”

你是谁啊？我为什么要记得你？风灵晓心里莫名其妙，但她还是保持着很好的礼貌，客气地问：“你是……？”

“那么，我就来提醒学妹你一下吧。”桃花眼帅哥的笑容似乎越来越阴森，让风灵晓背后蹿上了一股寒意，莫名地打了一个寒噤，“十天前，学生会大楼外，刘、碧、缇！”

他几乎是咬牙切齿地说出这一句话！

风灵晓瞪圆了眼睛，难以置信地盯着桃花眼帅哥许久，直到他的脸上，完全恢复了妖孽般的微笑。

“你……你你你……”风灵晓浑身颤抖起来，“你你你是！！！”

\(“￣□￣)/

“没错，我就是你口中那位‘人渣’。”桃花眼帅哥眼中闪过一抹诡异的光芒，十分漫不经心地微笑道。

“啊啊啊！司空溯！”风灵晓大惊失色，不能自控地连连倒退数步，却被他一手抓住！

可怜的风灵晓害怕得颤抖起来。

“你……你想怎么样？”她的声音，轻得像缥缈的浮云，已经完全不像是自己的了。

她开始挣扎，想逃离他的魔爪。

“没想怎样。”司空溯朝她淡然一笑，握着她的手力道收紧。他语气一顿，正色道：“我是来告诉亲爱的学妹你一件事。”

“什……什么？”

司空溯视线定定地锁在她身上，黑眸深沉：“你误传的谣言让我的清白遭到了玷污，所以——”

几秒的停顿，却让风灵晓心跳加速，生不如死。而司空溯的下一句话，顺利地将她打入了十八层地狱，再也不能翻身——

“所以，你要对我负责。”

司空溯清浅而沉稳的声音，犹如魔音一样在风灵晓的耳边萦绕，久久不散。

囧！他……他说什么？……对他负责？！

看着他那双带着魅惑色彩、微微眯起的桃花眼，风灵晓的脑海里居然很“不由自主”地浮起了N年前看过的恶俗青春校园小说里的情节。

通常，青春校园小说里的男猪看上女猪后，总会故意找女猪的麻烦。并且还会在女猪“得罪”了他的时候，果断拦住女猪，很理所当然地对她说：“你要对我负责！”

然后，男猪和女猪纠结的狗血恋情又从女猪“负责”的情节开始了……

而如今，司空溯居然对自己说……对他负责？！

风灵晓不能置信地盯着他，背脊慢慢升起了一股寒意。

他这样说，难道……难道……

风灵晓用惊悚的目光打量着他，几乎是脱口而出：“你……你是不是狗血小说看多了？！”

说话不经大脑的下场，便是如此——

只见司空溯嘴角轻轻扬起一抹似笑非笑的弧度，慢慢向她逼近：“嗯？狗血……小说？”

“不是吗？”风灵晓紧张得直咽口水，但她还是假装镇定，“不然你怎么会说出这样的话？通常校园言情小说里男主通常都会跟女主说这样一句……”

司空溯眸中笑意加深，逼得更近了：“哦？看来学妹……你已经想好了怎样对我‘负责’了？”

无形的压力迎面而来，加上司空溯不断向她逼近，灼热的气息扑到她脸上，风灵晓不禁脸红着跳开，大声反驳道：“我哪有！”她缓了缓气，一脸警惕地望着他，“还有我凭什么要对你负责？！”

司空溯挑眉，“那个谣言，是你传出去的吧？”

“是又怎样？不过是一个谣言，你就要我负责……也太小气了吧？”风灵晓忍不住嘟囔，直在心里鸣叫不平。

司空溯没说什么，只是淡然微笑着紧盯着她，那种诡异的眼神让风灵晓浑身不自在。

谁也没有再开口说话，四周的气氛一下子变得怪异起来。

最后，倒是跟司空溯一起来的其中一个男生忍不住开口道："学妹，如果只是谣言的问题，我们当然不会来找你！问题是——"说到这里，他忍不住用手抚额叹息，却没有了下文。

"问题是什么？"风灵晓奇怪地问。

另外一个男生接话道："问题是，你这个谣言，令'刘鼻涕'系花以为溯对她的爱'至死不渝'，最近不断来纠缠他，除了短信攻击和每天的纠缠，还给他了一大堆情书……哎，你自己看！"连他也说不下去了，一脸痛不欲生般摇摇头，捂着脸哆哆嗦嗦递给风灵晓一张粉红色的纸。

"这是……？"风灵晓疑惑地看了看司空溯，又疑惑地看了看那张粉红色的纸张，终于迟疑地接过。

不看不知道，一看吓一跳！风灵晓的视线接触到纸上的内容时，瞳孔猛地收紧，手像是受到惊吓一般一抖，差点拿不紧手中的纸。

只见那张粉红的纸张上画满了五彩缤纷的心形，还写满了密密麻麻的爱的诉说：

亲爱的溯溯，我爱你！一天不见，如隔三个世纪……

风灵晓的身子抖了又抖。许久，她才惊魂未定地从纸上抬眸，神情恍惚地望向司空溯。

司空溯依然是万年不变的妖孽笑容："学妹，这下你明白了吧？"

"对、对不起，我……我不是故意的……"风灵晓哭丧着脸，显得慌张无措。

"现在说对不起，好像太迟了吧？"

风灵晓两颊通红，低下头看向自己的脚尖："那……那你想怎样？"

"本来想找学妹你直接对我'负责'，然后用你去推脱掉刘碧缇……"司空溯眼睛微眯，"不过学妹好像不太愿意……"

T_T当然不愿意，事关她终身幸福，她怎么能这样轻率地将自己卖掉？

司空溯突然停止说话，目不转睛地直盯着风灵晓，让她又是一阵紧张。

过了好一阵，他才缓缓道："既然这样，我还有一个解决方法。"

风灵晓悬起的心随着他缓慢的语气放下，又高高悬起！她紧张地问："什么方法？你说！"

司空溯黑眸澄亮："我给你半个月的时间，你帮我澄清这个谣言。"

"……澄清？"

"没错。"

"但是……但是……"风灵晓犹豫了，小心翼翼地看了他一眼，弱弱地问道，"如果我做不到呢……"

"如果你在这段时间内不能把这件事情澄清，那么我只能抱歉了，学妹！"司空溯眼中掠过一丝诡异，他一脸严肃地道，"你必须对我的清白负责到底！"

一句话，让风灵晓大惊失色！她蹬蹬蹬往后退了数步，忍不住大叫出声："你……你怎么可以这样无耻！"

"无耻？"司空溯挑眉。

他望了她一眼，又道："那我问你，做错事情是不是应该去纠正呢？"

风灵晓点头。

"这个谣言，是不是你散播出去的？"

迟疑地点头。

"你是不是做错了？"

继续点头。

"那你是不是应该去纠正错误？"

还是点头。

"纠正错误是不是要对我负责？"

点头点头。

"那不就对了嘛！"

哎？不对！她刚刚干了些什么？

风灵晓愕然地看向笑得一脸狡黠的司空溯，猛地醒悟过来，顿时欲哭无泪。不……不是啊……她不是想说对他负责的……绝对不是……T__T

吼！司空溯这个坏人！居然将自己引入了误区……

风灵晓低头咬着唇，可怜巴巴地说道："那，如果……如果……我有男朋友呢？"

"我不介意的。"司空溯风轻云淡般回答。

"啊？"

司空溯懒慵地抬了抬眸，勾唇浅笑："嗯，其实你多养一个人没什么所谓吧？反正我不介意你一脚踏两船，只要你对我负责就行了。"

风灵晓："……"

她这一刻终于知道了，原来世上竟有这样的人，可以无耻到这种地步！

不过……T_T好吧，她还是不知不觉将自己卖掉了啊……

回忆到此结束。

"小灵晓，记起来了吗？"司空溯似笑非笑地望着她，漆黑的眸底深不见底，"半个月的时间已经过去了，你好像还没有履行自己的诺言吧？"

风灵晓脸色煞白地看着笑得一脸阴森的司空妖孽，忍不住微微发颤。她似乎还带着一丝侥幸的心理，声音颤抖道："那个……那个……事情过去这么久了，也许刘碧缇……早、早就忘记了……"

"是吗？"司空溯故意拖长了语调，变戏法似的将几张花花绿绿的纸塞到了风灵晓的手中，阴恻恻地笑道，"你看看这是什么？"

五颜六色的信纸，折成了心的形状，表达着爱的心意。风灵晓愣怔怔地望着自己手中画满了红心的纸张，手又无法抑制地抖起来了。

似乎不用看，她就知道这是什么了……

风灵晓欲哭无泪，直在心里骂司空溯变态！一边要自己帮他摆脱刘碧缇，一边又将刘碧缇的情书这样珍藏！真是心理变态啊！

司空溯似乎看出了她内心的想法，淡然一笑，"这些东西，我没拆开过哦。你要不要拆来看看？"

什么？拆来看？饱受过刘碧缇肉麻情书"摧残"的风灵晓一听此话，顿时大惊失色！上次那封信的内容已经叫她生不如死，现在还要她看……

"司空大人，我错了……"风灵晓的心里早已经泪流满面了，她扯着司空溯的衣角凄凄戚戚地哀求道，“我不应该把这么重要的事情给忘掉的！你原谅我吧……”

司空溯不为所动。

见他无动于衷，风灵晓继续哀求：“你再给我三天时间，我一定……一定帮你澄清谣言……”

“三天？”司空溯挑眉，似乎很不满意这个回答。

风灵晓连忙道：“两天？”

司空溯继续沉默。

“一天！一天就够了！司空大人……”风灵晓急切地说着，还忙装出可怜楚楚的模样。

“……”看着风灵晓欲哭无泪的模样，司空溯的俊眉挑了挑。过了好一会儿，他终于缓缓道：“好吧，就一天。”语气一顿，他又继续道，“如果明天，我听不到谣言被澄清的消息的话，你知道的……”

他的嘴角，不由自主扬起一抹弧度。

风灵晓点头如捣蒜，生怕他反悔一般。

“嗯，很好。”司空溯满意地点了点头，桃花双眸一眯，又露出他妖孽式的微笑，“那么，小灵晓，再见了哦。”

风灵晓被他的笑容惊得一震，意识尽散，连他动作亲昵地摸了摸自己的头也不知道。等发现过来的时候，已经迟了……

T_T混蛋！居然吃她的豆腐！

就在风灵晓以为一切就要结束的时候，司空溯丢下了一句风轻云淡的话，让她寒战连连——

“小灵晓，其实……我很期待让你负责呢……”

他意味深长地看了她一眼，转身悠然离去，只留下一脸惊悚的风灵晓……

他他他说什么？！居然期待让她负责？她到底招惹他什么了？为毛啊为毛！为毛总不肯放过她啊啊啊！！！\(“▔□▔)/

惊吓之下，风灵晓连饭也忘记了吃，泪奔着回到了宿舍，随便找了几块

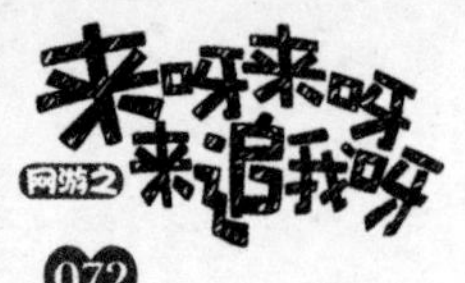

饼干填饱了肚子，然后颤抖着打开了电脑。

登录了游戏，她发现溯夜墨影的名字居然亮着。于是，还没等他开口，她已经十分主动地飙着泪跑到了他的身边。

【私聊】灵风晓月：TAT溯夜夫君……你这么聪明，你帮帮我好不？[表情/泪奔]

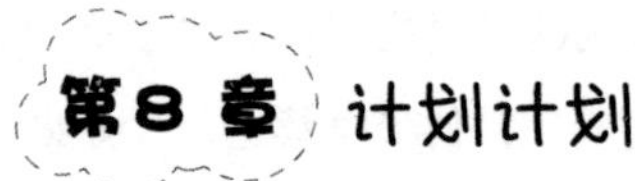

第8章 计划计划

从风灵晓知道溯夜墨影的“真面目”那一刻起，从未试过如此亲密地叫他一声“夫君”。即使曾经叫过，也是心不甘情不愿的。

而现在，溯夜墨影很明显被一声“夫君”震住了，过了好一阵，才缓缓开口。

【私聊】溯夜墨影：嗯，娘子有事？

【私聊】灵风晓月：是啊。

【私聊】灵风晓月：是这样的……如果要澄清一个谣言，最好的方法，是什么？

可是她这话一出，溯夜墨影那边，却没有了反应。

难道他掉线了？可他的人物明明还在啊。风灵晓不由一阵着急，就要发消息去“轰炸”他的时候——

【私聊】溯夜墨影：谣言？我不太明白，你想表达什么。

【私聊】灵风晓月：其实就是这样，那个……

风灵晓打字的手指顿在了键盘上，她犹豫了。

应不应该告诉他呢？可是，不告诉他，怎么让他想办法？

好矛盾的心理……>O<

算了！反正不过是一个虚拟的网络，对岸的他又不知道她姓甚名谁，告诉他又何妨？

风灵晓一咬牙，下定决心。然后，噼里啪啦地将事情的简略经过打了出来。当然，其中丢人的细节，被她省略了。

溯夜墨影很耐心地听完了她的诉苦，慢条斯理地回复她："这样啊……那你打算怎么办？"

她要是知道怎么办，还要来低声下气地问他吗？

风灵晓头痛地想，手指飞快在键盘上打字。

【私聊】灵风晓月：不知道TAT，我应该怎么办？溯夜夫君，你救救我吧。

【私聊】溯夜墨影：……

【私聊】溯夜墨影：那，你可以跟你的舍友说，其实你是因为暗恋那人，因为见到那人跟系花在一起，一时心生妒忌，才说出了这样的气话。

【私聊】灵风晓月：= =!

风灵晓囧了。

溯夜墨影出的是什么馊主意！这样说，跟直接对司空溯负责有什么区别？

似乎更丢脸一点……

暗恋啊，妒忌啊什么的，会被人鄙视的。如果她这样做，还可能被人说是阴险狠毒、抢人男朋友的"小三"……

【私聊】灵风晓月：还有别的办法吗？

【私聊】溯夜墨影：这个是最好的办法了，虽然是有点丢脸，但你可以直接宣布现在对他没兴趣了，以后跟他一刀两断之类的。

【私聊】灵风晓月：囧！

【私聊】溯夜墨影：如果你不愿意，你只好继续对他负责了。

【私聊】灵风晓月：难道就没别的办法了吗？T__T

【私聊】溯夜墨影：没有了。

见溯夜墨影这般阴险的人都无能为力，风灵晓很无力地卧倒在桌子上，心底发出一声哀嚎。

现在她面临着一个重大的选择题：

A、直接对司空溯负责

B、向大家承认自己暗恋司空溯，出于妒忌，散播了谣言

选A，她的未来就断送了，所以坚决不行！

选B，她的面子就丢掉了，也绝对不能选！

难道你就没别的选择了吗？

小C啊小C，你在何方？

难道自己的命运，真是如此杯具？她不想就这样把自己的一生断送了啊！！！

心里默默垂泪着，风灵晓垂头丧气地从桌子上爬起来，无力地回了一句："谢谢了，我再自己想想办法好了。我先下了，拜拜。"

她将鼠标移到到右上角的"×"上，正要退出游戏，就见溯夜墨影发话道。

【私聊】溯夜墨影：娘子，先等一等。

【私聊】灵风晓月：？

【私聊】溯夜墨影：你好像，还欠我一个解释。

【私聊】灵风晓月：解释？什么解释？

【私聊】溯夜墨影：上次娘子似乎跟我说过，你是一个人妖。为什么今天……难道娘子去做了变性手术？

风灵晓一下子僵住了！

"变性手术"四个字跟平常私聊的普通字体没什么区别，可此刻映入风灵晓的眼中，却放大了数倍，成了一个可怕怪物，深深刺痛了她的眼睛！

完蛋了！她她……她竟然忘记了上次跟他说过自己是人妖的事情，现在不打自招，该如何是好？

风灵晓浑身冒出一身冷汗，连忙噼里啪啦在键盘上打出一大堆解释。

可是她的大脑一片混乱，打出来的字句也凌乱不堪，打完之后只能无奈地删除。接着再打，再删除……

这样机械地重复着，键盘似乎已经被手心冒出的冷汗浸湿了……

她应该说些什么？说那个不是她，是她的一个朋友，她还是一个“人妖”？

不行，刚刚明明跟溯夜墨影说了那个人就是她，所以这样狡辩，他一定不会信的！

啊啊啊，她应该怎么办？！

【私聊】溯夜墨影：娘子？

【私聊】溯夜墨影：难道娘子掉线了？

这般“没可能”的问话明显在催促她出来。

风灵晓挣扎许久，终于从桌子上爬起来。她面对着屏幕，苦着一张脸，艰难地敲下一字一句。

【私聊】灵风晓月：没有……

【私聊】溯夜墨影：那娘子，是不是应该解释一下，这是怎么一回事？

这家伙，果然在逼她往绝路走吗？难道她不说，他就不肯罢休？！

风灵晓咬牙切齿，硬着头皮回答。

【私聊】灵风晓月：过去的事情，就让它过去吧。是男是女还是人妖，不过是浮云。

【私聊】溯夜墨影：哦？

【私聊】灵风晓月：溯夜夫君你不是说过，你不在乎我的性别的吗？如果我是人妖，你就是妖人，为什么现在……

溯夜墨影果然一下子没了声息。

风灵晓长舒了一口气，擦去额上的汗水，又不禁得意起来了。

小样，你自打嘴巴了吧？

可是——

【私聊】溯夜墨影：原来娘子是那么在乎我的话，至今还铭记于心，为夫真感到高兴。

【私聊】灵风晓月：……

风灵晓一下子被打败了！

原来这家伙的注意力，根本不在她话的重点了！

亏她还深感得意……

【私聊】灵风晓月：[表情/哭泣]溯夜夫君，你到底有没有看到我的话的重点啊？！

【私聊】溯夜墨影：有。

【私聊】溯夜墨影：可是夫妻间需要诚信。

【私聊】灵风晓月：……

【私聊】溯夜墨影：我对你如此信任，你却欺瞒我，我会很伤心的……娘子……

【私聊】灵风晓月：……

【私聊】溯夜墨影：所以娘子，我需要你的解释来治愈我受伤的心灵。

【私聊】灵风晓月：我可以拒绝回答吗？

【私聊】溯夜墨影：不——能——

风灵晓欲哭无泪了。

说到底，这家伙还是不肯放过自己啊！

【私聊】溯夜墨影：娘子，我不会逼你说的。但如果你不肯给我一个满意的解释，那么你每次上线的时候，我都会问你，直到你愿意告诉我为止！

【私聊】灵风晓月：！！！

还说不会逼？！他这样的做法，分明是变相的逼问啊！=皿=每次上线都逼问，那不就等于不让她玩游戏吗？还不如让她删号自杀算了！

可是她玩了这么久依然是负威望都不愿意删号自杀，她会为这么小的事情删号自杀吗？

答案是肯定的，不会！

风灵晓连忙泪流满面地扑上去，苦着脸解释：

【私聊】灵风晓月：TAT溯夜夫君，我错了啊……你原谅我吧……

【私聊】灵风晓月：我不应该欺骗你，我是人妖。我只是觉得一时好玩而已……

【私聊】溯夜墨影：嗯？一时好玩？

【私聊】灵风晓月：不不不，我那天的大脑一时间抽掉了，说出来的东西都是不经大脑，乱七八糟……

【私聊】灵风晓月：总之总之，都是我的错！我下次绝对不会再欺骗你

了，溯夜夫君，你原谅我吧……TAT

……

风灵晓接连打了一串内疚、忏悔的话，几乎整个私聊频道都是她的身影。

终于，溯夜墨影发话了。

【私聊】溯夜墨影：好吧，我原谅你了。

【私聊】灵风晓月：真的？！

【私聊】溯夜墨影：嗯，我很满意娘子能主动说出事实。不过下次绝对不要这样了哦，不然我会伤心的。

溯夜墨影说着，打了一个笑眯眯的表情，成功地用一道狂雷将风灵晓劈得外焦里嫩。

……明明是他“逼”着她说出来的，还非要说她“主动”说的。

苍天啊!

(┬_┬)为毛啊为毛，为毛她在游戏总要受这么一个无耻男的压迫……

【私聊】灵风晓月：T_T……

【私聊】溯夜墨影：娘子不要内疚，我带你去刷副本吧?

他哪只眼睛看到她内疚了!

她分明是为自己“杯具”的人生而伤心好不?

风灵晓在内心愤怒地咆哮!

不过，溯夜墨影这一句话，倒是很好地提醒了她。

对了，她记起来了，自己还有很重要的事情没有办呢……

差点就将“摆脱溯夜墨影这个无赖”这个重要的计划给忘掉了!

想起重要的正事，风灵晓精神一振，马上把伤心的事情抛到了脑后，在心里默默为自己打气。

【私聊】灵风晓月：副本？哪个副本?

【私聊】溯夜墨影：最近新出的“魂归忘川”。

【私聊】灵风晓月：“魂归忘川”？

【私聊】灵风晓月：对了，我有一个朋友也要过这个副本，你能不能带

上他？

魂归忘川是《幻剑江湖》最近新增的一个副本。

故事，源起于一段江湖恩怨……

端木雪出生于江湖上赫赫有名的端木世家，她是端木家族的唯一继承者。因为母亲早逝的缘故，她从小就被宠得骄纵。特别是到花季年华的时候，她更是叛逆任性，原本她跟唐家的三公子唐浙有婚约，可她却看不上那个总是对她唯唯诺诺、一脸傻笑的书呆子唐浙。于是到了该成亲的日子，她——逃婚了。

似乎看多了言情小说的玩家都能看出接下来的剧情，一如以往的狗血。

因为一次意外的邂逅，端木雪遇上了魔教教主冷冽，并跟他相恋了。

按照这样的剧情下去，一直跟魔教存在隔阂的端木家族最终与之冰释前嫌，唐浙也放手，然后端木雪和冷冽会隐居世外，过上只羡鸳鸯不羡仙的日子。

然而，这段爱情却出乎意料地得不到完满的结局。

端木家主在得知女儿喜欢上一个魔道中人的时候，勃然大怒，并将她锁在了闺房，不再允许她出门半步，并下令三日后举行大婚！

端木雪慌了，连夜逃出了端木山庄，跟着冷冽私奔了。

知道这个消息后的端木家主勃然大怒，为了维持端木世家的颜面，他毅然跟端木雪断绝了父女关系。但这之后，端木世家和唐家，也再没有消息。

端木雪以为爹爹顾念往昔的情分，就此作罢。她以为，她和冷冽，就可以从此过上与世无争的日子……

哪知道一直看起来憨厚温柔的唐浙竟阴险地设计陷害冷冽，让他受到了重创，并将端木雪抢回了唐家。

那一天，他疯狂地撕碎了端木雪的衣裳，赤红了眼。

唐浙好像变成了另外一个人。他说，她是他的，永远也不能逃离他的手心！在她恐惧的注视和不断反抗挣扎下粗暴地占有了她！

一夜过后，满地碎花……

后来，端木雪还是带着累累的伤痕，逃出了唐家。

再次见到冷冽，他已经是一个半死不活的人了……

他竟然被唐浙设计废去了武功，并打断了他所有的经脉！

脸容苍白的端木雪小心翼翼地抱着冷冽，流下两行清泪。而冷冽凄然微笑，抬手拂去她的眼泪："雪儿，若有来世，我……"

话未说话，他的眼睛已闭上，手无力垂落。

他死了，伤口渗出的团团血红，瞬间染红了冷冽雪白的衣裳，染红了端木雪的视线，染红了她的整个世界……

一滴殷红的液滴顺着端木雪的脸颊落下，那是——血泪！

后来，端木雪疯了。她亲手灭掉了唐家，割下了唐浙的头颅，抛入了大海。她还亲手杀掉了自己的爹爹，毁掉端木家族，杀掉了曾经伤害过冷冽的人！

但是，她依然不肯收手，她还杀了许多许多无辜的人……

每当看见有相爱的恋人，她总是很残忍地杀掉男或女的一方，看着另外一方痛不欲生的模样，疯狂大笑着离开。因为，她最痛恨那些相恋的人！他们都该死！

她完全失去了理智，她已经不再是那个调皮可爱的端木家小姐，现在的她，成了一个滥杀无辜、遇人杀人、人人畏之的女魔头！

就这样，端木雪带着一身的血腥，拿着那把沾满鲜血的剑，一路南下，直到来到烟雨朦胧的江南，任务开始的地方——

画面定格在少女衣服染满了鲜血的那一刻，颜色褪去，宛如一切逝去、不能换回的东西，逐渐变得灰蒙，最终……

场景逐渐由故事画面转回到发布任务NPC的地方。

村妇：……那一天，女魔头突然闯入了我们的村庄，屠杀了大批的村民。幸好不少的村民成功逃脱，躲入了山中。没想到居然被女魔头发现了他们的踪迹！求求三位侠士救救我们的村民，求求你们了。

一位已经哭得泣不成声的村妇面前，站着三位衣袂翩翩的剑侠。

虽然端木雪染血的衣衫一角已从画面中消失，但那带着苦涩无奈还有几分疯狂的笑容，却深深地印入了风灵晓的脑海中……

她不由发出一声感叹。

【队伍】灵风晓月：端木雪实在太可怜了！

【队伍】溯夜墨影：别忘了，她才是最终的BOSS。

【队伍】灵风晓月：最终BOSS又怎样？先是被强迫占有，然后爱人又死在了自己怀里，她之所以会这样，都是因为受到封建礼教的迫害！她有什么错？游戏公司居然将副本弄成这样，实在太不厚道了……= =

之所以说这个副本不厚道，原因有二：第一，悲剧的故事最容易博得女生的同情，特别是那种多愁善感的女生，见到了如此可怜的女BOSS，还怎能下得手？第二，进副本不能吃商店里的药，必须用特定的物品去换副本药水，不然会扣副本的评分。而这个副本指定的物品是七情花，掉落的几率极低……而女生的同情心一泛滥起来，就不想杀掉BOSS了，而不想杀掉BOSS的下场，就是……被BOSS杀掉。

可明知道这样，看到端木雪那沧桑落寞的背影，风灵晓就是不忍心狠下杀手。

所以说，游戏公司真会骗钱啊……

【队伍】溯夜墨影：……娘子，这只是一个游戏。

【队伍】灵风晓月：切，你真没情趣！是不是，小殇？

为了避免让溯夜墨影看出她同时控制两个角色的漏洞，她又故意问出这样一句，然后迅速切换到柒殇的号上回答。

【队伍】柒殇：嗯。

溯夜墨影无语了，他默默地转身，才慢慢吐出两个字："走吧。"

一袭白衣在屏幕上划出一条漂亮的弧度，溯夜墨影朝着副本的方向走去。

风灵晓对着那白衣翩翩的背影窃笑，连忙控制着两个号跟了上去。

很好，离成功又近了一步了！她要加油！>O<

副本的入口就是妇人口中村庄旁边的山野，入口前面站着两位NPC，一位绑着绷带，佝偻着腰；另一位手拿着锄头，警惕地站着，环视四周。而两人均是村民模样的打扮。

绑着绑带的人其实是卖副本药水和治疗的NPC；而拿着锄头的村民，是设定副本难度的NPC。看着两人逼真的神态，风灵晓不禁赞叹这游戏美工的精细。

买完药和设定好副本难度后，风灵晓控制着两个角色跟着溯夜墨影踏入了副本。

刚一进去，她就发现，一群浑身长刺的仙人球已经向着三人包抄而来！

风灵晓却有点囧了！

这这这不是江湖背景吗？怎么成了仙人球妖精的世界？

来不及多想，她连忙控制灵风晓月和柒殇去对付群拥而上的仙人球怪。

可是她渐渐发现，同时控制两个号打怪是一件吃力的事情。

趁着灵风晓月招式冷却的空当，她又切换到柒殇的号开始放招，这样重重复复，她开始有些力不从心了。

风灵晓不禁苦恼。这样下去也不是办法啊？如果让柒殇“偷懒”，必定会引起溯夜墨影的怀疑……

那么有什么好的方法，可以让自己不用这么辛苦控制两个号，又能不引起溯夜墨影的怀疑？

转念一想，柒殇这号一小下的物理攻击，其实就等于向对手下了毒，说不定就这么简单的普通攻击，溯夜墨影也看不出他在“偷懒”啊？于是，怀着这样侥幸心理的风灵晓很干脆地将柒殇这号设置成自动跟随、自动物理攻击、自动吃药回复。

将柒殇这个角色的一切功能都设置成自动后，风灵晓惊讶地发现效果出乎意料地好。

溯夜墨影在前方拉怪，她在远方施展群攻，而柒殇负责撒毒，不但没有增加她的负担，反而那毒的效果，令她杀起这群皮厚血多的怪来特别顺畅！

顺利地清理掉一批又一批的怪物，一路走来，竟然显得畅通无阻。

风灵晓也有些诧异了。

论坛上的人都说“魂归忘川”这个副本十分变态，怎么到了他们，却变得这么容易呢？到底是溯夜墨影的操作强悍？还是他们之间的默契太好？

默契？

她的脸刷地涨红。

不对不对！她在乱想什么！她怎么会想到默契这个词？！她跟溯夜墨影哪有什么默契！

于是，她赶紧将这个不好的想法压了下去，继续打怪打怪……>O<

不知道是不是因为一路上畅通无阻的缘故，到达最终BOSS所在地的时候，风灵晓和柒殇一共才啃掉两瓶红药和三瓶蓝药。

爬上了山坡，远远就看见衣衫染血、持剑而立的端木雪，她的身边，躺着一具具倒在血泊中的尸体。

这场面，是那么触目惊心。

风灵晓倒抽了一口凉气，正为那抹站立在孤独中央的身影同情时，就被溯夜墨影的一句话拉回现实。

【队伍】溯夜墨影：到了，要小心。

风灵晓清醒过来，回了他一个“嗯”，同时解除柒殇的自动状态，作好了准备。

虽然风灵晓是为这个故事的结局感到哀伤，但她不得不承认——这只是一个游戏！

何况她还要利用这个号去摆脱溯夜墨影这个无赖呢……= =|||

可才刚走近BOSS，还没等他们发动攻击，四周的场景倏然转换！

“怎么回事？！”风灵晓大吃一惊，还以为是自己的电脑又出现了问题。仔细一看，才发现原来是进入了对话场景……

端木雪：你们是谁？为什么……为什么要阻止我！

灵风晓月：为什么要杀无辜的人？

端木雪：无辜？哈哈哈哈哈！可笑！这是我至今听到最好笑的笑话。

灵风晓月：你……

端木雪：你知道吗？当初我带着冷冽到这里……可是这里的人却像看见地狱恶鬼一样，避我们如蛇蝎……

端木雪：如果他们肯收留我们，冷冽也不会……也不会……

灵风晓月：端木姑娘，苦海无边，回头是岸啊。

端木雪：回头？哈！我已经不能再回头了！既然他们将我当成地狱，那我就做一回地狱恶鬼！

灵风晓月：为什么要这样做？！

端木雪：为什么你不要管！对了，你跟着两位情郎的模样，也很讨厌呢……既然刚刚有离开的机会你也不肯离开，那我就奉陪到底好了。

灵风晓月：你想怎样？他们是我的朋友！你不可以伤害他们！

端木雪：哈！朋友？好！我就看你可以为他们做到哪个份上！

端木雪话刚说完，屏幕马上跳出了一个选框。

端木雪要你选择：若你们三人之中必定要死一人才能离开，你会选谁？

A、我愿意死，让他们离开！

B、他们其中一人死，让我离开。

C、我不选！

风灵晓望着这个选项，有点困窘了。怎么这BOSS不是直接打的，还要做选择题？莫非选对了，就能直接跳过打BOSS的环节？

犹豫之下，她还是发了一个信息询问溯夜墨影。

不一会儿，只见溯夜墨影回复道：

【队伍】溯夜墨影：既然是副本，BOSS肯定要打的，娘子你就随便选吧。

【队伍】灵风晓月：= =！

【队伍】灵风晓月：囧，那好吧。

风灵晓一咬牙，将鼠标移到了“A”选项上，正准备点下，哪知道——

手一滑，错点了“B”！

风灵晓的脸色刷地变得煞白！恨不得一头撞到屏幕上！

啊啊啊啊啊！她这个白痴！居然选错了！！！

只见浑身浴血的端木雪冷冷地笑道：“哼，想不到你是如此自私的人！那么——你就去死吧！”说着，还没等众人反应过来，只见屏幕上一道冷光闪过，端木雪手中的剑已经飞快如电地向灵风晓月刺去！

糟糕！大事不妙！

大惊失色的风灵晓手忙脚乱地操作灵风晓月的号躲开，哪知道一个心

急，竟然忘记了没把柒殇的号切换回来，红衣的妖孽男子一个闪身，已经冲到了黑衣少女的面前！

就因为风灵晓这么一个弄巧成拙，端木雪的剑刺入了柒殇的身体内！

然后，柒殇的头顶升起一个大大的红字。

血条已空，柒殇软软倒在地上……

风灵晓在那一刻，傻掉了。她双目失神地望着屏幕，双手不由自主地微颤起来。

完、完蛋了！柒殇挂掉了！可是她的计划还没有完成啊！怎么办？！

第9章 宣战宣战

柒殇死了，风灵晓不知所措了。

她眼睛失神地望着屏幕，似乎忘记了自己还在打BOSS中……

柒殇挂掉了，计划不能继续了，她应该怎么办？是不是应该想另外的办法补救呢？可是还有什么好的办法啊？

端木雪杀死了柒殇，仇恨的视线再次转回到灵风晓月身上，她冷笑：“哼，没想到你的情郎如此痴情，可惜你这么一个自私的人！这下再也没有人帮你挡了吧？看剑！”

说着，端木雪再次一剑刺来！

而风灵晓还陷在懵然的状态中，根本不知道危险逼近，只是愣愣地望着屏幕，完全没有反应过来！

电光火石的一瞬间，一直被忽略在一旁的溯夜墨影已经一剑刺入了端木雪的身体里！

端木雪的头顶冒出一个加粗的伤害值，虽然不足以致命，但溯夜墨影这一击，已经成功转移了端木雪的视线，救了灵风晓月一命！

【队伍】溯夜墨影：娘子，别发愣了，赶紧杀BOSS！

风灵晓一怔，马上清醒过来，心里隐隐觉得奇怪：他怎么知道自己在发愣？

不过时间紧迫，她来不及思考这个问题了，连忙控制灵风晓月配合着溯夜墨影，以拉锯战的方式，相互不断吸引端木雪的注意力，而另一方就趁这个机会对端木雪进行攻击。

端木雪看上去十分柔软，但她的招式技能却十分变态。

而且她的每一击，都能轻易命中人的要害。攻击如此心狠手辣，难怪被《幻剑江湖》的玩家评为十大最狠毒的BOSS之一！

风灵晓操作着灵风晓月艰难地躲过端木雪的一击，却没想到还是挨上了她的剑尖，血条簌簌往下掉。

风灵晓连忙啃了一瓶红药，正要跑到溯夜墨影身后，将战场转交给他的时候……

端木雪双眼突然变得赤红，双手亮起什么，向着灵风晓月扔了过来！

系统：端木雪向你使用晕眩咒，15秒内你无法动弹。

黑衣少女的脑袋上有一圈圈星星的东西在转动。风灵晓囧了，她竟然被BOSS定住了，她的运气还真背到了极点！

无法弹动，只能等死。

眼看着端木雪哈哈大笑着，手中的剑就要刺入灵风晓月的身体里——

风灵晓已经预料到结局了，无法做任何的事情，只能眼睁睁地等待着死亡的来临。可是，就在端木雪的剑尖离灵风晓月还有一小段距离的时候。

端木雪的身体僵直了，伴随着一个巨大的伤害值从她的头顶冒起。

端木雪的身体向着地面倒去！

怎么回事？风灵晓大吃一惊，直到端木雪倒在地上的那一刻，她才发现——原来是溯夜墨影在端木雪的背后刺了她一剑！

站在黑衣少女面前的白衣男子衣袂翩翩，手中是还来不及收回的长剑，动作似乎定格在他出招杀死端木雪的那一刻。那个场面导致风灵晓有一瞬间

的错觉，仿佛看到了真实的人一样……

随着端木雪的倒下，地面爆出了一大堆的金钱装备。

见风灵晓站在原地无动于衷，溯夜墨影只好将地面上的东西尽数收入囊中，然后才发出一句：“娘子，该走了。”

风灵晓的思绪明显还滞留在某个地方，见到这么一句，才愣愣地回了一句“哦”，接着指挥着黑衣少女飞快地跟上他的脚步。

走出副本，一袭红衣的柒殇果然复活在副本入口了，因为没有人操作，他只是静静地站着，一身红衣似火一般红烈，却显得孤独落寞。

风灵晓的目光接触到柒殇的那一刻，才赫然记起正事，不由又着急起来了。而溯夜墨影似是不记得刚刚柒殇挂掉的事情一样。

【队伍】溯夜墨影：我们走吧。

风灵晓一急，不管三七二十一就切换到柒殇的号，红色的身影一动，飞快窜上前拦住了溯夜墨影的脚步。

【队伍】柒殇：等等！

【队伍】溯夜墨影：嗯？

风灵晓却不知道怎样说下去了，心里直懊悔自己的冲动。无奈，她只好按照自己脑袋里排练的剧本，跳过某些情节，硬着头皮在键盘上敲打起来——

【队伍】柒殇：溯夜墨影，我要向你挑战！

此话一出，副本入口的场景中，只剩下一片缄默。

白衣男子的衣袂飞扬，但却只是静默地站立着，没有开口说话。而红衣男子站在他的对面，两人之间，仿佛已经形成了一道让人心惊的气场！

静默，静默，静默。

队伍频道的字句停止了滑动。

原本只有对话和音乐的游戏显得更加死寂了。

溯夜墨影终于缓缓开口。

【队伍】溯夜墨影：我不喜欢跟人PK。

= =!

风灵晓囧。难道他误会了自己的意思了？

无奈，只好让“柒殇”的意思明确一点。

【队伍】柒殇：不是为了PK，你懂的。

【队伍】溯夜墨影：抱歉，我不明白你的意思。

通常人说不是为了PK，往往都会想到另外的方面吧？更何况刚才柒殇“舍身”救了灵风晓月，他居然还不明白？

……他是在装傻还是真的不懂？风灵晓只好继续“解释”。

为了增添扰乱溯夜墨影的视线，她先用灵风晓月发了一小回言，再切回到柒殇的号。

【队伍】灵风晓月：哎？小殇你怎么了？

“柒殇”没有理会“灵风晓月”，而是继续将矛头对向溯夜墨影。

【队伍】柒殇：我跟灵风在现实认识。

溯夜墨影沉默了一阵，才回答。

【队伍】溯夜墨影：嗯，娘子跟我说过。

风灵晓黑线，心想，我什么时候跟你说过？

她小声嘟囔了一句，又接着跟他拉锯。

【队伍】柒殇：现在你明白我为什么要跟你决斗了不？

这样提示够明显了，这回溯夜墨影应该能懂她的意思了吧？

可是——

【队伍】溯夜墨影：抱歉，我还是不明白你的意思。

靠！这么明显的意思，他怎么还说不明白？

风灵晓气得对着屏幕直磨牙。

=皿=溯夜墨影这家伙，一定是装的！

【队伍】柒殇：我喜欢灵风。

【队伍】灵风晓月：小殇你……

【队伍】溯夜墨影：哦？

【队伍】溯夜墨影：喜欢，那是你的想法，我无权干涉。还有，这跟PK无关吧？

【队伍】柒殇：我知道她并不是心甘情愿跟你在一起的，所以我要跟你

PK，如果你输了，请你自动离开她，别再纠缠她！

一口气打下这么长的一段话发出去，风灵晓长长地舒了一口气。这回说得这么直白，溯夜墨影应该能懂了吧？

如果他再说“不明白”，她马上冲上去跟他拼了！

幸好，在风灵晓的循循诱导下，溯夜墨影终于明白了“柒殇”所表达的意思。

【队伍】溯夜墨影：我凭什么要跟你PK？

【队伍】柒殇：你对灵风不是真心的！灵风不是你的所有物，请不要束缚着她一辈子不放！

【队伍】溯夜墨影：那也跟你无关，她是我的娘子。

【队伍】柒殇：我喜欢她，这就跟我有关！

【队伍】柒殇：溯夜墨影，你不敢跟我PK，是不是因为你是缩头乌龟？！

溯夜墨影再次沉默。

风灵晓得意扬扬了。

这下，被她逼得无路可退了吧？

果然，溯夜墨影没有再找理由拒绝了、

【队伍】溯夜墨影：好，我跟你PK。

风灵晓激动得差点尖叫起来，可她的兴奋才从心里冒了出来，又见溯夜墨影说道：

【队伍】溯夜墨影：但是，你要在【世界】上对我宣战。

嘎，居然有条件？还是在世界上……

如果让世界上的人知道溯夜墨影、柒殇还有灵风晓月之间的“事情”，恐怕又会引起一番风波吧？这不是让她难堪吗？

风灵晓有些窘了，连忙转回灵风晓月的号。

【队伍】灵风晓月：不行！我不同意！你们要决斗就自己决，不要扯我上世界！我的名声还不够臭吗？

【队伍】溯夜墨影：娘子，男人间的事情，女人不要管。

＝＝

这个家伙……

风灵晓无言应对，只好用柒殇发了一句："没错！"

然后战战兢兢地拉开了决斗邀请系统。

很快，世界上就飘起了这样一条消息——

【系统】玩家柒殇对玩家溯夜墨影发起挑战，等待玩家溯夜墨影接受。

下一秒。

【系统】玩家溯夜墨影接受玩家柒殇的挑战，10秒后PK传送系统将开启。

消息一出，沉寂已久的【世界】频道再次因为话题的出现而热闹起来了！

【世界】星星言：(⊙o⊙)哇！我没看错吧？溯夜大神居然接受了PK？他不是从来不跟人PK的吗？

【世界】默默の泡沫：不过，柒殇又是谁？我怎么从来没听过这个名字？

【世界】一只不是鸡的鸭：又见溯夜大神……

【世界】一只不是鸭的鸡：同鸭子。

【世界】一只不是鸡的鸭：KAO！死鸡你能不能不要阴魂不散？老子暴躁了！为毛总跟着老子？我得罪你哪里了？我改还不行？！

【世界】一只不是鸭的鸡：鸭子我错了，你原谅我吧！[表情/伤心]

【世界】哎呀呀：嘎？鸡鸭搭档发展出JQ来了！星星眼！围观！

【世界】泡沫猪：同求柒殇身份？他是谁？为什么溯夜大神会接受他的挑战？

……

幸好没怀疑到她的身上……

风灵晓长舒了一口气，刚关掉了【世界】频道，私聊频道却在这个时候急急地跳动起来了。

【私聊】此去经年：不是吧？姐！你用那个号跟姐夫挑战？

风灵晓一愣，迅速回答。

【私聊】灵风晓月：是啊，怎么了？

【私聊】此去经年：天啊！不是吧？！你赶紧取消PK！

取消PK？为什么？

风灵晓有些诧异，正要问清怎么回事，却见系统提示PK还有三秒钟开始，于是她急急回了此去经年一句。

【私聊】灵风晓月：行了就这样，不跟你说了，PK要开始了。

【私聊】此去经年：不对！等等啊，姐——

此去经年的话来不及说完，就已经被系统强制打断！

只见游戏界面一转，柒殇和溯夜墨影已经被传送到系统的PK场上！

《幻剑江湖》的PK系统，又是游戏中的一大特色。

当玩家接受对手的挑战后，有10秒的时间让双方考虑是否反悔。10秒过后，PK双方就会被系统传送到PK场的随机地图上。其余玩家可以通过购买门票观看现场PK，但PK中的主角，却是察觉不到的。

为了防止外界的干扰，PK此段时间内，系统会自动为玩家屏蔽一切来自外界的信息。而在PK场上，除非有一方死亡或认输，否则永远不会收到外界的任何消息。

也就是说，现在的风灵晓，根本就是与世隔绝。

【私聊】此去经年：姐！你听我说！

【系统提示】：对不起，您发送的对象不在区域内，请稍后再发送。

【私聊】此去经年：姐！！！你不是真的去PK了吧？

【系统提示】：对不起，您发送的对象不在区域内，请稍后再发送。

……

心急如焚的风凌云接连发送了好几封短信，都被系统以“您发送的对象不在此区域内”的理由顺利退回。

完了完了，姐真的被传送去PK了……

又试了几次，得到的还是同样的结果。最后，风凌云终于放弃了，颓败地软倒在椅子上，仰头望着天花板无奈叹息了一声——

姐啊，对不起了，你节哀顺变吧……

由于没有设定PK场景，柒殇和溯夜墨影被系统随机传送到任意的场景。等游戏界面上的黑暗完全消退后，风灵晓才发现，他们居然被传送到一个鸟不拉屎的沙漠场景中去了。

一望无际的沙海不见一丝人影，烈日当空，炙烤着大地，光秃秃的流沙上只长着一两棵孤零零的仙人掌。在那猛烈的日光圈圈光晕斜映下，风灵晓竟产生了一种身临其境的错觉。

她此刻的心里，其实也是叫苦不迭的。

虽然说PK的场景是随机传送，对PK效果没什么影响，但游戏公司为了增加游戏中PK的乐趣，设定了PK时有一定几率传送到特殊的场景地图。而场景的特殊，体现在周围的景物对角色属性所产生的影响。

正如现在的沙漠地图，竟然是……减速和削防。

这要命的两点，恰恰是柒殇的死穴！

柒殇虽然是用毒的角色，但是他的招式基本上都是近身攻击，而且都跟自身的武器有关。因为是他的武器沾上了毒的属性。

似乎脱离了武器，柒殇就只剩下一招“撒毒”的群体攻击了。可是这招群体攻击伤害不高，不及用武器物理攻击的50%。

所以说，柒殇是天生的近战者，而在这种减速和削防的地图上，显然是对他不利的。

信心满满的风灵晓开始有了退缩的想法。

原本以为，她可以利用柒殇的毒一点一点把溯夜墨影的生命磨掉。可是速度和防御突减，能不能将毒撒在溯夜墨影身上都是个问题……

在这种对柒殇极为之不利的条件下，对付溯夜墨影这种擅长远程攻击的角色，还有获胜的可能吗？

PK倒计时还有3秒正式开始，时间已经来不及让风灵晓思考对策了！

她一咬牙，毅然决定——

先下手为强！

可是，系统才宣布PK开始，风灵晓还来不及出招，只觉屏幕一道白光亮起！

一眨眼的功夫，面前的溯夜墨影居然不见了踪影！

人呢？

风灵晓大吃一惊！不过，吃惊之余，她迅速让自己冷静下来，飞快思考寻找原因。

是了，她记得了。溯夜墨影的角色，似乎有一招瞬移的技能，一般会在对手的正前方消失，然后出现在——

没有迟疑，风灵晓马上让柒殇使出撒毒的技能，一把毒就往身后的方向撒去！

虽然由于沙漠场景的缘故让柒殇释放技能的时间和速度有所延迟。

但，这已经够了！

果然，下一秒，溯夜墨影那一抹明亮如雪的身影在柒殇身后出现了，而且正好迎上了柒殇撒出的那一把朱色毒粉！

小样儿！竟然跟她玩瞬移？

风灵晓心里一阵得意，但她丝毫不敢松懈，趁溯夜墨影中毒停滞的空当，对着他放出大招——

屏幕上一阵带着黑雾的蓝光骤闪，溯夜墨影根本没有丝毫反抗的余地，他的头顶已冒出一个大红的数字！

因为中毒状态，他的血不断地减少着，转眼间，他的血条已经去了三分之一。

不断下掉的血条让风灵晓信心大增，她的嘴角不由自主地扬了起来，而攻击的狠劲，亦不知不觉加大了！

溯夜墨影，这回——你死定了！

不知道是溯夜墨影不想躲避，还是根本无法可避，他居然站在原地一动不动，任由柒殇凌厉的攻击砸到他的身上。

很是奇怪，他不闪不避，也不反抗，也不补血。

随着柒殇的蓝条不断减少，溯夜墨影的血条也不断减少。

终于——

血条耗尽，溯夜墨影倒下了。

一阵沙尘随之纷扬而起，将那一袭白衣淹没。

风灵晓扬起的嘴角弧度加大，她长舒了一口气，得意地拍了拍手。

溯夜墨影，这回你没话可说了吧？

正当风灵晓要为自己美好的“未来”而兴奋的时候，她突然察觉到不对劲了。

为什么溯夜墨影挂掉了，系统还不出现PK胜利的提示？按理说，一方死亡后，系统很快就会出提示才对啊！可是风灵晓确信她已经杀死了溯夜墨影……难道是系统出现了BUG？

突变总在人意料之外发生，一道白亮的剑光陡然划过柒殇的背脊！

伴随着大红的数值从柒殇头顶升起，一个雪亮的身影缓缓从柒殇身上出现，而躺在地上的“溯夜墨影”的“尸体”，正一点点地淡去……

风灵晓被这突如其来的变故吓得大惊失色！

溯夜墨影……不是被她杀了吗？

难道刚才被杀的只是他的替身？

他什么时候，学会了这么阴险的一招？

风灵晓强作镇定，想要将局面扭转过来。可是……

她再一望那空空如也的蓝条，不禁失望了，心里直骂溯夜墨影的卑鄙！

这家伙的目的，竟然是耗空柒殇的MP，好让他没有反抗的余地！

风灵晓开始慌张了。

怎么办？难道要眼睁睁看着溯夜墨影将自己杀死吗？不行！绝对不可以！

她焦虑的视线，落到了柒殇的身上——

火红的颜色跃入自己眼中。

这个时候，她才蓦然记起，柒殇是一个“毒医”啊！他不但会“毒”，还会“医”啊……

惊喜之下，她正要发招补血，就发现蓝条早已经在狂P溯夜墨影的时候消耗殆尽了……风灵晓连忙点击蓝药补充MP——却发现已经来不及了！

蓝条上升的速度，根本比不上血条下降的速度！

就这样，原本还占据了上风的风灵晓，眼睁睁地看着柒殇被溯夜墨影毫

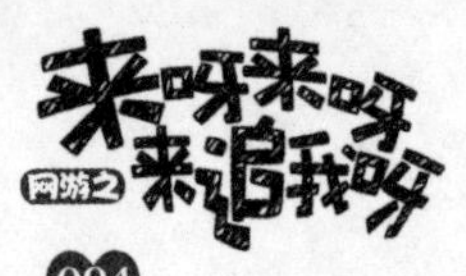

不留情地杀死了……

而且系统一点“面子”也不给她。

当柒殇倒下的那一刻，系统大神直接弹出一个“YOU LOSE”的大红字提示，让风灵晓瞠目结舌……

为毛啊为毛？为毛她杀了“溯夜墨影”，系统就“不闻不问”，而溯夜墨影杀了她，系统却十分果断地判定她输了……

不公平啊吼吼！！！

气得几乎卧倒在电脑前的风灵晓用力捶桌，没有留意到柒殇的人物，已经从PK场景中退出了，被传送回原来的地方。

【系统】柒殇VS溯夜墨影之战，溯夜墨影胜！

此公告一出，【世界】频道，又因为这场激烈的PK之战，沸腾起来了！

【世界】星星眼：哇！实在太精彩了！不愧是溯夜大神！那一招调虎离山之计，用得实在太好了！

【世界】一只不是鸡的鸭：呵呵，的确是，溯夜大神要是不能赢，就不叫大神了。

【世界】一只不是鸭的鸡：同意同意！

【世界】双眼皮君= =：我对鸡鸭同盟无言。

【世界】樱ぜ菱：同上。

【世界】泡沫猪：不过，大神为什么要跟那个人PK啊？

【世界】洛水凝香：同疑问。但是，溯夜大神实在太英勇了！崇拜！(★^__^★)！

【世界】樱ぜ菱：是啊是啊！

……

当风灵晓看到【世界】频道上的对话，气得几乎吐血！她内心极为不甘，于是噼里啪啦在键盘上打下一大堆字！

【世界】柒殇：溯夜墨影，你这个小人！居然如此阴险暗算于人！卑鄙！无耻！

柒殇的出现，再次让这次的轩然大波掀起一波小巨浪。

【世界】求偶“群”殴：哎？主角之一出来了！围观！

【世界】洛水凝香：愤怒！居然骂大神！你一个失败的人，有什么资格骂溯夜大神？！

【世界】灬贪恋你的吻：哎，输了通常这样了，不用管他……

【世界】萝卜啊萝卜：可是溯夜大神为什么要跟这人挑战？疑惑？

【世界】嘎吱の嘎吱：莫非内有隐情？

【世界】簌簌：隐什么啊？！输了就是输了，认了就是！那柒殇什么的，气量也太小了吧？

……

风灵晓恼怒之下，不顾一切豁出去了！

【世界】柒殇：溯夜墨影！灵风晓月已经明说了不喜欢你，你为什么还要耍这些下三滥的招数，死缠住她不放？！

打完这一句，风灵晓似是出了一口恶气般得意地笑了。

哼哼，溯夜墨影。反正横着竖着都是死，不如就这样闹大它吧！

于是【世界】频道，果然如风灵晓所料，哗然了！

【世界】洛水凝香：什么？！惊！居然是情杀？！

【世界】小天桥：又是妖女惹的祸？哇！那妖女的魅力怎么这么大？鸡肚……

【世界】520sb：哦漏！(⊙0⊙)……

【世界】八卦人士：特大新闻啊特大新闻！这次的PK，居然是一场情敌之争？！

【世界】洛夫金发晶：不是吧？溯夜大神……难道真是那位柒殇兄弟说得这样卑鄙？我不相信哦……

【世界】あざい：啧啧，知人知面不知心……

……

八卦果然是最好的攻击武器。风灵晓如是想，心里的气也不觉畅顺了许多。

她原以为，溯夜墨影这种从不在【世界】频道上发话的人定不会说什么，而是任由这风波发展下去。可是——

向来少言寡语的他，居然再一次“稀有”地在世界上说话了！

而他说的话，像是一道惊雷狠狠劈落到风灵晓的身上，让她的神思瞬间灰飞烟灭——

【世界】溯夜墨影：叹气。娘子，玩够了。乖，我知道你还在生我的气，但是，别再开着我的小号说一些令我伤心的话了，好吗？

第10章 极品极品

风灵晓觉得自己一定是疯了，要不就是她眼花了。不然，怎么会看到溯夜墨影说出这么一个惊人的秘密！

他说——

我的小号……

他的小号……

屏幕前的风灵晓风中凌乱了，手指不觉地按住了键盘，于是对话框中出现了一排诡异的“AAAAAAAAAAAAAAA……”

那一刻，她只觉得自己的身体轻飘飘的，好像快要飞起来了……

OTZ！溯夜墨影说了什么？她简直不能相信自己的眼睛！

溯夜墨影说，柒殇是他的小号？怎么可能？！这个号明明是她老弟买回来了的，怎么……

突然，风灵晓心中涌起了不好的感觉。她突然记起，好像某一天，她老弟在炫耀“溯夜墨影”这个号的时候，也是跟她说……

“姐啊，这个号是我买回来的。”

这样一想，风灵晓才发现了不妥的地方。难怪刚刚此去经年的反应会这么大，难怪溯夜墨影胸有成竹，难怪……

风灵晓心中的不安越来越强烈，现在她满脑子只有一个念头——

完蛋了！她又上了那个家伙的当……\(“￣□￣)/

不止是风灵晓，似乎整个【世界】频道的玩家，都被溯夜墨影这一句雷得外焦里嫩……

【世界】一只不是鸡的鸭：…………

【世界】一只不是鸭的鸡：…………

【世界】fall：…………………

【世界】茉莉小小花：……………

【世界】パ独特之蕞月シ：…………

【世界】新月剑痕：………………

【世界】咒怨イ：…………………

【世界】心之无月：………………

【世界】月上白色清：……………

【世界】墨迹|.莫记：……………

……

这一刻，整个屏幕是一排整齐的省略号……放眼望去，眼花缭乱……

于是XXXX年XX月XX日X时X分X秒，《幻剑江湖》【世界】频道出现了如此灵异的一幕，挂满了囧囧的省略号……后来有人总结道，那是因为省略号星球人入侵地球了！

也许有人是真的被溯夜墨影的话惊到，也许有人是兴起跟风而已——

总之，这场省略号风波，持续了十几分钟后才停息。

众人纷纷发出感叹。

【世界】烈烈：原来柒殇是大神的小号，囧，我还以为是什么人。

【世界】寒冰刀：又是妖女！这个妖女一天不搞事她不安心吧？哎……真苦了大神！向大神致敬！

【世界】花落_未殇：溯夜大神！抛弃妖女，娶我吧！我一定会好好对你的！溯夜大神！抛弃妖女，娶我吧！我一定会好好对你的！溯夜大神！抛弃妖女，娶我吧！我一定会好好对你的！

【世界】碧落、青青：胡说！溯夜大神是我的！妖女快滚出游戏！

【世界】o拾圄叭匋o o O：原来是人家夫妻的事，哎~跟我无关，挂机洗衣服去……╮(╯▽╰)╭

【世界】巴拉巴拉：等等！我也去！

【世界】o拾圄叭匋o o O：((`□′))！怒！你去什么？警惕，莫非你在觊觎我的衣服？！

【世界】巴拉巴拉：……

【世界】头上一朵小花= =★：喂，楼上两位，限制级话题回家自个儿说……

【世界】月の柔情★：我还以为又有什么激动的争斗要发生，没想到是大神自家的矛盾。哎，夫妻间的小矛盾，正常正常~

【世界】彼岸凝时：没想到妖女如此JP，溯夜大神也对她不离不弃。哎，妖女，你就不能安分一点么！

【世界】花落_未殇：溯夜大神！抛弃妖女，娶我吧！我一定会好好对你的！溯夜大神！抛弃妖女，娶我吧！我一定会好好对你的！溯夜大神！抛弃妖女，娶我吧！我一定会好好对你的！

……

面对某些女玩家热情似火的表白，溯夜墨影从容应对。

【世界】溯夜墨影：抱歉，我只忠贞于我家娘子。

忠贞……

风灵晓愣怔了好久，才蓦地清醒过来，气得想摔鼠标！

忠贞个毛啊！溯夜墨影，你这个伪善男！

【世界】柒殇：溯夜墨影！你在胡说什么！

【世界】溯夜墨影：娘子，莫非你还在怨我吗？为夫会伤心的……

【世界】柒殇：别乱叫！我才不是你娘子！

风灵晓刚气急败坏地敲下这么一句，就发现私聊频道震动起来了。她一愣，马上点开，居然是溯夜墨影！

【私聊】溯夜墨影：娘子，别装了，我知道是你。

【私聊】灵风晓月：……

【私聊】灵风晓月：……我不明白你在说什么。

【私聊】溯夜墨影：柒殇的确是我的小号，不信的话，你可以问问此去经年。

此去经年！

当看到这四个敏感字的时候，风灵晓气得双眼冒火、咬牙切齿，几乎要将握在手里的鼠标捏碎！

果然又是这个臭小子耍了自己？

这样想着，风灵晓拉开了好友列表，双击了此去经年的大名。

【私聊】灵风晓月：风、凌、云！

【私聊】此去经年：[表情/冷汗]……

【私聊】灵风晓月：混球小子！柒殇那号是什么回事？！

【私聊】此去经年：哈......

【私聊】此去经年：姐你知道了......

果然是他！

风灵晓无力抚额，继续愤怒地敲打键盘质问他。

【私聊】灵风晓月：混蛋！你不是说这号是买回来的吗？！为什么要这样陷害你姐！这样很好玩吗？还是你收了溯夜墨影那无赖什么好处？

【私聊】此去经年：嘿嘿，姐姐你不要生气啦……其实……是我一时贪图方便，让堕落给了我一个小号……

【私聊】此去经年：……没想到他会给我姐夫的小号。我真的不知道啊……(┬_┬)姐，你原谅我吧……

此去经年为了表达自己的“无辜”，又BLABLA打了一大堆解释。

“……”看着满屏幕密密麻麻的文字，风灵晓无语了，她索性屏蔽掉此去经年的消息，对着屏幕泪流满面了。

她应该说此去经年是聪明过度还是脑筋短路？居然去向溯夜墨影的“亲密好友”堕落“求助”？难道他是唯恐溯夜墨影不知道她的小计谋？

天啊！豆腐呢？她的豆腐呢？谁偷了她的豆腐？！她还需要豆腐君然后一头撞死啊啊啊！（豆腐君：你要撞死也不要找我啊T_T，会痛的……）

这个时候，溯夜墨影发来一个“微笑”的表情。

【私聊】溯夜墨影：娘子，问的结果如何？

【私聊】灵风晓月：磨牙！溯夜墨影，你这个腹黑狼！你早知道我在用柒殇的号是不是？为什么还要假装不知道？！混蛋！

【私聊】溯夜墨影：娘子，你激动了。

【私聊】灵风晓月：混蛋！混蛋！

【私聊】溯夜墨影：叹气。娘子，为夫是一片用心良苦。

良苦他个大头鬼！

他分明是以捉弄她为乐呀！

【私聊】溯夜墨影：我不告诉娘子，是为了给娘子一些乐趣。

【私聊】溯夜墨影：何况娘子不是玩得不亦乐乎？

【私聊】溯夜墨影：若是这样我惹娘子生气了，那么我道歉好了。

乐趣……

不亦乐乎……

这个家伙分明在看她的猴子戏！还说得自己那么心胸宽广？！

风灵晓气得脸色发青。想到自己在溯夜墨影面前那番早已经被看穿的自导自演，风灵晓就恨不得马上挖个洞将自己埋起来……

呜！太丢人了！

【私聊】灵风晓月：哼！我就不承认柒殇是我，你能怎么办？！

【私聊】溯夜墨影：唔？娘子此话何解？

【私聊】灵风晓月：你可以说柒殇是你的号，我也可以说柒殇不是你的号！网络世界之大，谁知道你说的是真假！哼哼！

【私聊】溯夜墨影：娘子当真要这般做？

【私聊】灵风晓月：当然！

风灵晓冷哼了两声。

反正在网络上说什么都行，真亦假时假亦真，谁知道你说的什么是真，什么是假？只要她死不承认柒殇那号……

谁知，溯夜墨影发了一个“无奈”的表情。

【私聊】溯夜墨影：这样，娘子，我只好在世界上说你跟柒殇的号被人盗了呗。

被盗？风灵晓大惊，马上警惕起来了！

【私聊】灵风晓月：你——这是什么意思？

【私聊】溯夜墨影：没什么意思。若我说柒殇和灵风晓月的号被盗了，必然会在世界上激起一阵风波，你知道这里的人是多么痛恨盗号贼，到时候娘子你就等再重新练回来吧……

好冷，风灵晓突然觉得好冷……

太狠了！溯夜墨影这家伙居然用“盗号”来威胁他！

可谁让她的把柄在他手上？！

风灵晓恨得咬牙切齿。无奈，一番利益衡量之下，风灵晓最终还是选择了放弃。

只是，她还是很不甘地回敬了溯夜墨影一句。

【私聊】灵风晓月：溯夜墨影，你的言行都可以去写一本《威胁论》了！我相信这本书绝对比爱因斯坦的《相对论》更声名远播！

【私聊】溯夜墨影：过奖，哪天出版了，我一定给娘子送一本。

【私聊】灵风晓月：……

风灵晓心中气愤不已，无耐一向作为“乖乖女”的她实在拿不出什么骂人的粗言秽语，只好如常一般打下两个字。

【私聊】灵风晓月：无耻！

【私聊】溯夜墨影：哎？无耻？娘子，你不是早就知道为夫无耻至极吗？

【私聊】灵风晓月：你——

【私聊】溯夜墨影：娘子，其实你是不是应该为你私用我的小号的行为解释下？

生气？他还不够资格！风灵晓哼了一声，决定不再理睬他。

溯夜墨影自讨没趣，只好叹息一声，淡淡道：

【私聊】溯夜墨影：解释一事就罢了……娘子，为夫有事，先下了。

【私聊】溯夜墨影：你……自己好好思过吧……

话刚说完，他再也没有停留。白衣如雪的身影周围泛开一圈圈柔和的光芒，他的身影逐渐淡去，直至完全消失不见。

望着溯夜墨影消失的方向，风灵晓气得几乎吐血！

他还好意思让她面壁思过？！明明是他拼命死缠着她，然后用小号引诱她作出一些无用的功夫，最后还用这个为理由堂而皇之威胁她……

这个无赖，实在太让人心惊胆战了！

总结一句：她做了这么多，到头来都是白费工夫啊，一切努力都化为一汪江水顺流而去，她心中的泪也随之而去了……

T_T刚刚溯夜墨影的冷笑话再冷，也不及她心底的冰冷啊……

风灵晓一怒之下，不顾一切将鼠标移到了好友列表上，点着溯夜墨影的名字就往黑名单里拖！

可是——

【系统提示】：对不起，对方是您的永久夫君，您无法进行此操作。

【系统提示】：对不起，对方是您的永久夫君，您无法进行此操作。

【系统提示】：对不起，对方是您的永久夫君，您无法进行此操作。

……

风灵晓囧了。

为什么连系统大神也要跟她作对？她删除不了溯夜墨影的理由居然是“永久夫君”……特别是“永久”那两个字，太雷了……

风灵晓不信邪，继续右键——删除好友——

【系统提示】：对不起，对方是您的永久夫君，您无法删除该好友。

【系统提示】：对不起，对方是您的永久夫君，您无法删除该好友。

【系统提示】：对不起，对方是您的永久夫君，您无法删除该好友。

……

“永久夫君”这四个大字再次深深刺痛了风灵晓的双眼。

好吧，她认输了……

风灵晓泄气了，可是她不甘啊！难道她这个账号，要一辈子困死在溯夜墨影的手心里？

再这样下去也不是办法，风灵晓无奈地叹息一声，指挥黑衣少女走动起来。她决定，要去刷BOSS以发泄心中的怒气！

这样想着，风灵晓控制着黑衣少女顺着山路一路走下去。无论路上遇到什么怪，无论它们会不会自动攻击，风灵晓第一时间就让黑衣少女扑上去，然后将怪物狠狠蹂躏一番。

于是一路上，又是一堆惨遭灵风晓月毒手的怪物尸体……

随着怪物的尸体数增加，风灵晓的心情有了好转。可还没等她得意起来，她杀怪产生的愉悦心情，就被完全扼杀在摇篮里了。

因为前方，有一只全身冒着幽蓝光芒的小BOSS拦住了她的去路！

她颤抖了。

如果问她：为什么颤抖？那是因为这只是变异的小BOSS……

如果问她：不过是一只变异的小BOSS，为什么连这个都怕？那是因为这只小BOSS等级在她之上

如果问她：等级在她之上，可以一点点把它磨死，为什么要怕呢？那是因为这只变异的小BOSS，是一只小神兽……大风。

大风，是中国古代传说中一种凶狠的鸷鸟。因为为祸人间，在青丘之泽被后羿射杀。

大风高攻、高防，擅长远程的风系攻击，灵风晓月根本就不是它的对手！

至于为什么会在这里看见大风，那是因为这里根本就是青丘之泽！她居然忘记了青丘之泽专出神兽BOSS，就算一个小神兽也足以将她秒掉。她这个白痴却还在这里胡乱游荡……

灵风晓月转身就逃！可是大风已经发现了她，马上拍打着羽翼丰满的白翅膀追赶上来，羽翼外轮廓那一圈红纹在半空划出亮丽的红色弧线。

转瞬间，四周刮起了一阵飓风！树叶灰尘乱舞。

因为风的缘故，灵风晓月的速度和防御簌簌下掉，快速奔跑的脚步开始慢了下来，最后竟然像蜗牛一样慢！

风灵晓努力“拖”动着黑衣少女，可就是无法让她迈出半步！

风灵晓的心底发出一声哀嚎。

就在这个时候，大风已经扑了上来，翅膀一扇，狂风将黑衣少女卷起。

然后……她被秒了……

复活完毕的风灵晓无力地拖动着黑衣少女走出野外重生点，心中欲哭无泪。

神啊！为什么连一只小BOSS也敢来欺负她？快来一道闪电把她劈死吧！

她刚这样祈祷完,马上有一道闪电从天而降，伴随着“轰”的一声雷鸣，准确无误地劈落到黑衣少女身上!

风灵晓再次囧了。

= =果然RP之神一直在看着她的笑话么，还落井下石……

它太狠毒了!

看着簌簌地往下掉的血条，风灵晓才赫然清醒过来，连忙吞下一瓶红药补充HP值。

在血条慢慢回复的空当，她终于知道是哪个混蛋用雷劈她了，因为她注意到了【附近】频道……

【附近】寒水空流：哎呀，老公啊，我明明看到是一只很丑的黑色怪物啊？怎么突然变成了人了？

【附近】暗无殇：嗯，你看错了吧。

【附近】寒水空流：怎么会？我眼神这么好!

一个黑衣男子和一个绿衣女子向着这边走来，风灵晓惊讶之余内心不禁有些怒火!

吃惊的是，他们居然是寒水空流和暗无殇那对极品夫妻！而怒火则是……寒水空流不跟暗无殇私聊，故意在附近频道说这话，摆明就是讽刺她是“很丑的黑色怪物”!

你才是很丑的黑色怪物，你全家都是很丑的黑色怪物！风灵晓愤怒地腹诽，又见寒水空流故作惊讶地说道。

【附近】寒水空流：哎呀！那个不是灵风晓月吗？

【附近】寒水空流：哼哼，老公，是那小三灵风晓月啊。

【附近】暗无殇：你不用说，我看到的。

【附近】寒水空流：喂，灵风晓月，我警告你，你赶紧跟溯夜墨影离婚！别以为你有他撑腰，我就不敢灭了你！

风灵晓还没从“小三”这句话的愤怒中回过神，又见寒水空流一番狂妄的言论，不禁又是好气又是好笑。

她实在想不明白，为什么寒水空流宁愿冒着生命危险，也要逼她跟溯夜墨影离婚。

想到上回某人对寒水空流的警告，料定她现在不敢对自己做些什么，风灵晓大胆地回复。

【附近】灵风晓月：哎，凭什么？你也会说，有溯夜墨影帮我撑腰。如果我跟他离婚了，还有谁帮我撑腰啊？

【附近】寒水空流：你你你不要脸！做小三还那么嚣张！

【附近】灵风晓月：小三？麻烦空流小姐你百度一下“小三”这词是什么意思，语文不好就别出来丢人。

【附近】寒水空流：你——

【附近】寒水空流：好，我明白。你不肯跟溯夜墨影离婚，不过是怕没有人罩你吧？你跟他离婚，我愿意把暗无殇让给你！

让？说得好像施舍一样……

风灵晓心中冷笑。她把自己当做什么了，乞丐？

但同时，风灵晓心中划过一丝疑问。

暗无殇那家伙，怎么能忍得自己的“老婆”这般脑残？他肯定会拒绝吧？哪知道，暗无殇缓缓开口道。

【附近】暗无殇：没错，我会娶你。

如果风灵晓在喝水，那么她现在一定会“噗”地喷了！

啊啊啊，原来不止是寒水空流脑残，暗无殇也是一个脑残！她终于明白暗月无边为什么总是出脑残了，原来有这么一个脑残帮主……

她总算见识了，比溯夜墨影更加JP的人……= =

真是大开眼界啊……

被雷焦了的风灵晓良久才回应道：“……你们撞坏脑袋了吧？”

其实她是想回“你们两个是神经病吧”这么一句，可是觉得太直接了，于是就改了下内容，但意思其实一点也没变。

【附近】寒水空流：喂！你这个不知好歹的女人！我已经让步了！你为什么还不肯答应。

风灵晓暗觉好笑，我为什么要答应？虽然她是很想摆脱溯夜墨影那个大麻烦……

【附近】灵风晓月：我为什么要答应？何况你们没有离婚，谁知你们说的是真是假？

【附近】寒水空流：你别得寸进尺！

【附近】灵风晓月：我没寸如何进尺？

【附近】寒水空流：你——

【附近】暗无殇：好了。灵风晓月，你要我们离婚是吧？那么，我就离给你看。

哎？他说……离给她看？

事情发展过于快速，风灵晓还没从暗无殇的话反应过来，【世界】马上飘起一条公告！

【系统】玩家暗无殇和玩家寒水空流感情破裂，宣布离婚，从此男婚女嫁各不相干，实在令人惋惜，惋惜……

……

她灵魂出窍般望着电脑屏幕。这条公告直接化作五雷轰顶，将风灵晓轰炸得体无完肤。

不是吧？她还以为暗无殇在开玩笑！没想到……

由于风灵晓屏蔽掉了【世界】频道，所以无法看见此时【世界】上的玩家发言。但她完全可以想象，这一刻的【世界】频道该有多么轰动，多么欢乐了……

风灵晓深切地怀疑今天是不是精神病院休假，所以才放了这么一对儿出来……

他们两个真是一对神经病！

在她愣怔的时候，暗无殇敲响了她的【私聊】频道。

【私聊】暗无殇：怎么样？我已经跟寒水空流离婚了，你嫁给我吧！

噗——风灵晓再次喷了，但这次不是喷水，而是吐血。

确切地说，她内伤了……

风灵晓无力地趴倒在桌子上，囧得泪流满脸……

天啊！谁来拯救她……RP之神啊，拜托好心一回，把面前这两只神经病带走吧！

过了好一阵，她才哆嗦着在键盘上艰难敲下“你们这对疯子”这六个字，发出。

然后，她受到惊吓般迅速关掉了游戏，匆匆奔下了网！

第11章 家教家教

内伤的风灵晓泪奔着飙下了线，受到惊吓的心久久未能平复。今天发生的一系列事情实在令她无法一下子适应过来……

从溯夜墨影的小号事件，到暗无殇一对JP夫妻，无一样不是令她几欲吐血的。

世间上竟然有如此JP的人，还让她接二连三地遇到……莫非是RP大神不想让她活了，故意整她的？T_T

于是，她连心爱的网游也不管了，颤抖着关掉了电源，早早爬上床睡觉去了。

后来几位舍友们陆续回来，看见她行为异常，就关切地问了几句，她也只是含糊地说了一句“不舒服”蒙混过去，然后用被子蒙上头，假装睡着。

舍友们没有再管她，风灵晓又在床上翻来覆去了一阵，心里不断默念着“忘掉吧，忘掉吧……”打发时间。就这样，她终于在纠结的心情下迷迷糊糊入睡了……

结果第二天六点多，风灵晓的生物钟就准时唤醒了她。

揉着朦胧睡眼的风灵晓从床上坐起身。望向窗外，天还没完全亮透，几位舍友也还在呼呼大睡……

她是不是太早起来了？还答应了今天……风灵晓有些懊恼地揉了揉头发，起身下床的那一刻，动作僵住了。

脑海里飞快地闪过昨天发生的一幕幕，然后风灵晓心里大叫一声“不好”！

糟糕了，她昨天似乎答应了某人一天之内要澄清那个谣言……可惜她昨天被某两只JP弄得内伤，居然把这么重要的事情抛到了脑后！

大事不妙！

想到这里，原本仅剩的些少倦意烟消云散。

风灵晓匆匆奔了下床，手忙脚乱地整理好内务，又将自己的行装打了包。也不管还在睡觉的几位舍友，风灵晓就这样拖着沉重的行李箱，踏着只有清晨安静得只倒映着晨曦的影子的校道，飞也似的逃出了A大，坐上了回家的长途车……

显然昨天司空溯和她都忽略了一件事情。

昨天，其实是这个学期最后的一天了。而今天，就是暑假的开端了，她可以名正言顺地回家了！

安然无恙地坐上了长途车的风灵晓长舒了一口气，她擦去额上的汗水，心里暗暗庆幸自己逃过一劫。

至于司空溯什么的，下个学期再见吧。那个时候，他也许已经忘记了这个“八卦事件”了吧……

想到这里，风灵晓情不自禁捂嘴窃笑起来。

从倒后镜看到这一幕的司机大叔摇摇头，发出一声同情的叹息：“哎……现在的女孩子啊，失恋也还要强作苦笑……想哭就哭出来呗，这样笑得一脸抽搐，忍得那么辛苦，真是可怜……”

结果听到这么一句的风灵晓真的抽搐了：“……”

当风灵晓拖着行李回到家的时候，看到的确是这样的一幕：

家里天花板和地板都被拆得不成样子，墙壁上滴满了圆圆点点的油漆印，她的房间已经被所有的家具电器堆满，根本走不进去。除了父母的房间，整个家简直……

不能住人了……

如果不是看见自家妈妈从屋子里走出来，她还以为自己穿越到外星球了囧。

风灵晓连忙迎了上去：“……妈，这是怎么回事？”

“灵晓你回来了啊。”风妈妈笑得眉眼弯弯，却不是因为跟自家女儿久别重逢后的喜悦，“我和你爸打算趁假期把家里重新装修一番。你看，已经弄得七七八八了……”

风妈妈兴奋地絮絮叨叨起来，似乎已经完全无视了一旁的风灵晓。

风灵晓动了动唇，好不容易才等到风妈妈停顿的空隙插话：“妈，我的房间都被东西塞满了……那我晚上住哪里？”

“哎呀！对了！”风妈妈这才恍然地喊了一声，然后笑眯眯解释起来，“是这样的，我跟你爸商量过了。你爸单位有位同事愿意让你搬到她家住，等到我们家装修完。正好她想帮儿子请一位家教，你爸就说你刚好放假，不如就让你做她儿子的家教，当作答谢她的收留吧……”

风灵晓右眼皮猛跳：“然后呢？”

“所以我们一致决定，这个暑假你就先搬到你爸同事那里住吧，顺便当她儿子的家教。”风妈妈笑眯眯地说。

看着自家老妈溢满了笑意的眼睛，风灵晓突然有种，被卖掉的感觉……

更囧的是，因为风妈妈以“要看家所以走不开”为理由，被“卖掉”的风灵晓还要捏着写着“买主”地址的小纸条，自己送上门去了。幸好风爸爸同事的家并不难找，风灵晓只用了十五分钟，就来找到了正确的地址。

出门迎接是一位年约四十的和蔼阿姨。她自称姓罗，让风灵晓以后叫她

罗阿姨就行了。

通过她的介绍，她知道了罗阿姨的丈夫早逝，只剩下一儿一女陪伴她过日子。听到这里，风灵晓不禁对罗阿姨产生了几分同情。可是，当她听见罗阿姨介绍自己儿子的名字时，她就不淡定了。

因为罗阿姨指着她家茶几上那张照片里一个笑得龇牙咧嘴，中间却空了一个大洞的小正太笑着对风灵晓说："这个就是我儿子，沈正泰。这是他小时候，呵呵，可爱吧？"

风灵晓大囧，沈正太？

"……难道他妹妹叫萝莉？"风灵晓打趣地随口问了一句。而她的目光依然停留在照片上那个小正太身上，为什么，她总觉得照片上那个正太有点眼熟啊……

谁知道下一秒，罗阿姨眼前一亮，惊喜出声："你怎么知道？"

风灵晓黑线。＝＝‖

原来沈正泰的妹妹真的叫"萝莉"，不过是沈珞梨……

罗阿姨将风灵晓带到客房，帮她将行李放好，又笑眯眯地叮嘱道："这个月，就委屈灵晓你住在这里了。正泰他知道他表哥今天要回来，所以一大早就吵闹去了表哥家，也许明天才能回来，补课什么的，就迟点再说吧。"她又指了指台上的电脑，"你如果闷的话，就开电脑玩玩，把这里当作自己家可以了。"

风灵晓连忙摆手，笑道："不委屈不委屈，罗阿姨你肯收留我，我高兴还来不及，怎么会觉得委屈呢？"

"哎，灵晓你真是乖孩子，要是我家正泰和珞梨也这么听话就好了……"罗阿姨自言自语般喃喃起来。

风灵晓："……"好吧，她真的不是忘恩负义……可是她一听见"正太"和"萝莉"这名字就忍不住想笑啊……TAT罗阿姨你为什么要给自己女儿和儿子弄了个这么奇怪的名字？这不是变相在搞笑吗？

"哦，瞧瞧我，又在胡言乱语了……"罗阿姨突然发现风灵晓眼睛一眨不眨地望着她，清醒过来，有些不好意思地笑了笑，"我不打搅你了，灵晓你好好休息吧。"

“嗯，我会的，谢谢罗阿姨。”

送走罗阿姨后，风灵晓关上门。转身的下一秒，风灵晓已经眼睛发亮地扑到了电脑君身上。

她还以为，这个暑假都不能碰电脑了呢……现在能有理由光明正大地上网打游戏，能不感动到“热泪盈眶”吗？

打开电脑，风灵晓更加惊喜地发现，这部电脑里居然有安装《幻剑江湖》这个游戏！莫非这家的小正太或者小萝莉，也是《幻剑江湖》的玩家？

不过风灵晓并没有仔细去想这些无谓的问题。

登上游戏后，她第一时间做的事情就是——查看溯夜墨影是否在线！

当风灵晓看见溯夜墨影灰暗的名字时，不禁松了一口气。幸好幸好，这无赖并不在。敌情也随之解除，她也不用伤神经去想办法应对这家伙了……

控制着黑衣少女在郊外转着，不知不觉来到了游戏中有“人间仙境”之称的镜月湖。

镜月湖是60—70级玩家练级专区，却因为那梦幻的景色被玩家评为游戏中最美丽的地区之一，因此成为了情侣约会的胜地。

风灵晓控制着黑衣少女走到湖边，不知不觉被周围的景色吸引住，控制鼠标的手也停了下来。最后，黑衣少女像是有意走到湖边停下一样，呆呆望着湖面。清明如镜的湖水倒映着少女的身影，显得清冷落寞。

风灵晓不禁发出一声赞叹。以前到这里，不是为了任务就是杀怪，从来没停下欣赏过这里的景色。她竟然从来不知道，镜月湖是这样的美丽。可是她的好心情，很快因为两个人的到来，而消失得无影无踪。

湖水的倒映突然多出了两个身影，一男一女。她认出了其中一个正是曾经在【世界】频道上对她恶言相向的寒水浅浅！另一个ID名叫“许你一世情愁”的男玩家她并不认识，这个名字她从来没有听过。她可以确定，这人在本服并不出名。但他身上金光闪闪的装备，却将她的目光吸引住了！

封神套装！《幻剑江湖》刚推出的神级套装，游戏中暂时没有一处能打出这套装备。也就是说，这套装备只能在RMB商城花钱购买。而这套装备的价格虽然经过几次调整，但仍然高达999RMB！

风灵晓很是鄙夷地瞟了寒水浅浅跟她身旁那个男玩家一眼，又是一个花钱大手大脚的RMB玩家。她还奇怪寒水浅浅这种人怎么会找一个名不见经传的男人呢，原来是傍上金主了啊……

完全将寒水浅浅两人当作透明的风灵晓正要离开的时候，却见寒水浅浅在【附近】频道发话了。

【附近】寒水浅浅：灵风姐姐……在？

【附近】寒水浅浅：上次的事情，是我不对。我知道错了，你能不能原谅我？

寒水浅浅的语气可怜戚戚，更带了几分哀求的意味。好像风灵晓不答应她，她就会成为罪大恶极的人一样。可这种行为进入了风灵晓眼中，却变得无比的假惺惺。

风灵晓对寒水浅浅的行为嗤之以鼻，她并不打算理会这两个人。控制着黑衣少女绕过寒水浅浅，就要离开的时候，【私聊】频道却被那位名叫“许你一世情愁”的男玩家敲开了！

【私聊】许你一世情愁：刘碧缇，你适可而止吧，别那么过分！

如果许你一世情愁拦住她，是因为她的态度顶撞了寒水浅浅。

如果许你一世情愁拦住她，是因为他要对她进行打击和报复。

如果许你一世情愁拦住她，是要骂她不知好歹之类的话……

如果这样，风灵晓还能理解接受……

但是，他说的却是——

“刘碧缇，你适可而止吧，别那么过分”？！

“刘碧缇”这三个字仿佛在眼前赫然放大数倍。

风灵晓操作键盘鼠标的手齐齐僵住，眼睛一眨不眨地盯着屏幕，感到十分不可思议。大脑“轰”地嗡然作响，心里是无法形容的震惊！

这个“许你一世情愁”是谁，他为什么会叫自己做“刘碧缇”？

还有，他怎么会认为自己是“刘碧缇”？莫非他也是A大的……

想到这里，风灵晓迅速打字以问清情况。

【私聊】灵风晓月：你是谁？

【私聊】灵风晓月：你为什么叫我刘碧缇？

对方很快回应，但语气却横得像二百五。

【私聊】许你一世情愁：我是谁你不用管，晓晓已经被你伤害得很深了，拜托你别来找她的麻烦！不然我见你一次杀你一次！

晓晓？不是浅浅吗？风灵晓一愣，正要问清是怎么一回事，却见对方转头就走。

【私聊】灵风晓月：喂！！！等等啊！！！我还没问清楚呢！！！

系统提示：对不起，你已经被对方拉入黑名单，信息无法发送。

【私聊】灵风晓月：许你一世情愁，你这是什么意思？！

系统提示：对不起，你已经被对方拉入黑名单，信息无法发送。

……

接连看到系统提示发送不成功的消失，风灵晓这才醒悟过来，急忙切换了频道，将消息重新发送了一遍。然而许你一世情愁没有答话，反倒是寒水浅浅可怜楚楚地开口了。

【附近】寒水浅浅：哎哟，她的语气好凶。我好害怕她会杀了我，怎么办？[表情/哭泣]

【附近】许你一世情愁：晓晓，不用怕，我会保护你的！

【附近】寒水浅浅：[表情/脸红]你真好……

风灵晓被寒水浅浅这个虚伪的女人的言语雷倒了，一时没有反应过来。直到两人的身影从视线中消失，她才蓦地反应过来！

糟糕！她还没有问清这是怎么一回事呢！

许你一世情愁为什么要叫她“刘碧缇”？他口中的“晓晓”是寒水浅浅的真名字？还有，他又是谁？被多个疑问困扰着的风灵晓急得直摔鼠标。

这是什么跟什么啊！说她不是的是他们，现在逃得最快的又是他们。她又不是什么豺狼猛兽，用得着像见到鬼那样跑得这么快吗？

“真是莫名其妙……”风灵晓皱着眉嘟囔了一声，最终还是放弃了继续纠结这个问题，继续回到了她的网游上了……

翌日中午，在餐桌上，风灵晓终于见到了传说中的沈正泰小朋友。

那个时候，她刚帮罗阿姨把饭菜从厨房里端出来，就看见餐桌旁多了一个年约十二三岁、模样清秀的小男孩。

他似乎刚从外面打完篮球回来，身上穿着一件湿透的球衣，还来不及换下。他把篮球放到一边，接过罗阿姨递过来的毛巾擦去满头大汗。而罗阿姨站在旁边一脸慈爱地望着他，温和地问话道："正泰，是自己一个回来？表哥呢？"

小男孩一边擦汗一边回答："表哥说他有事，先走了。打完篮球我就自己一个回来了。"

他顿了顿，突然放下了毛巾，眼睛晶亮地望向罗阿姨，仿佛在期待她答应什么："妈，表哥说，明天他想来我们家住一段日子，顺便给我补补数学，可以吗？"

"哦？"罗阿姨眼中闪过一抹惊讶，随即为难看向风灵晓，缓缓开口道，"可是我们家有客人，没有空余的房间了。而且补习这事情我已经拜托了……"

小男孩打断她："没关系，表哥跟我一间房就可以了。"

"好吧……这事儿迟点再说。"罗阿姨似乎不忍拒绝他，随口应了下来。她又转头和蔼可亲地对风灵晓说道："对了灵晓，我还没给你介绍，这是我儿子沈正泰，昨天你见过照片的。"

说着又对沈正泰介绍起风灵晓来："正泰，这位是我同事的女儿风灵晓，她跟你表哥一样也是A大的学生。她会在我们家住一段日子，你有什么不懂可以问问灵晓。"

风灵晓微笑着朝沈正泰点了点头，哪知道沈正泰有些不屑地翻了翻白眼，语气夹杂了几分傲慢和怀疑："嗯？A大？"

风灵晓的笑容僵了僵，这家伙好像不太友好啊，而且他看她的眼神，有点熟悉……特别是那双斜挑起来的眼睛所迸出的冷光，分外刺目。

"正泰，注意礼貌！对客人要友好。"罗阿姨看出了不对劲，马上肃容教训起沈正泰来。

沈正泰连忙干笑几声，换上甜甜的笑容："妈，怎么会呢？我这是惊讶呢。对了，妈，我饿了，可以吃饭了吗？"

“那就好，你要跟灵晓好好相处哦。”罗阿姨满意地点了点头，叮嘱了几句后，转身走入厨房。

罗阿姨的身影消失在厨房门口，沈正泰终于长舒了一口气。

下一秒，他脸上伪装的笑容已经消失得无影无踪，一副跩跩的模样斜视着风灵晓：“你是谁啊？我以前怎么从来没见过你？第一次来？”

“……”风灵晓沉默，继续用微笑去应对，尽管嘴角的笑容已经开始变僵，她依然在心里不断告诫着自己：风灵晓，你一定要忍！要忍住！毕竟这里是别人的地方。

沈正泰用鼻子哼了一声，似是很不屑她的行为：“别装了，通常来我家的女人都是对我表哥图谋不轨的。唔，不过我没想到你居然认识我妈，你是想潜入我家然后伺机接近我表哥吧？”

这个家伙……风灵晓继续沉默。然而她在心里直翻白眼：伺你个头！你表哥是哪根葱！((╯□′))

沈正泰用手指抚摸着下巴，得意地笑了出声：“嘿嘿，你死心吧！我表哥是不会看上你的！不过说实话，你喜欢了我表哥多久？”

= =小鬼，你琼瑶剧看多了吧！风灵晓终于忍无可忍了，恼怒地喝断了他的翩翩联想：“鬼才喜欢你表哥！”

沈正泰没有生气，而是若有所思地望了气急败坏的风灵晓一眼，眼中闪过一抹戏谑的笑意，恍然大悟般点了点头：“哦……原来你是只鬼？”

“你——”风灵晓快要被他气死了！可是……算了算了，她大人不记小人过，不跟一个小孩子一般见识。于是她压制下内心涌起的怒火，努力使自己冷静下来，反驳道：“我根本不认识你表哥，何来‘喜欢’！”

沈正泰马上一本正经地点了点头：“嗯，我明白的。”

风灵晓一愣，为他态度的转变而感到愕然。这么快就明白了？

她正要为“误会”的解开而长舒一口气，却听沈正泰嘿嘿笑道：“你害羞嘛，我知道的……每个来我家的女人都是这样忸怩着不肯承认，最后见到我表哥的时候还不是那个花痴样。”他顿了顿，一脸严肃地清咳一声，“所以，在我面前装13是没有用的……”

“……”风灵晓顿时欲哭无泪。

这个家伙根本就是不可理喻嘛！跟他说了这么多，到头来还是白费工夫……T_T

看到风灵晓一脸挫败的模样，沈正泰笑得更加得意了：“知道本大爷的厉害了吗？知趣就拿来吧？”

风灵晓被他的语气霹雳了，过了好一阵才缓过神，愣愣看向他：“拿什么？”

沈正泰鄙夷地瞟了她一眼：“广告费啊，你不是不知道规矩吧？只要你交了广告费，我会尽我所能在表哥面前推荐你了！对了，看在你认识我妈份上，就收你八折好了……”

“……”

见风灵晓囧着不为所动，沈正泰的眼神更加鄙视了：“喂，你还呆着干什么？你不会是……没钱？”

“……”

沈正泰的话一下子戳中了风灵晓的痛处，她终于怒了，从一只温顺的小绵羊变成了……冒火的小绵羊……

风灵晓暴走了，于是可怜的沈正泰的小脑袋毫无防备地挨了重重的一下，“你少给我自作多情了！小屁孩！”骂完这一句，风灵晓的心情顺畅了。

可谁知，沈正泰的小脸突然变得通红，双眼也红了起来。他一言不发地瞪着风灵晓，好像她做了一件罪大恶极的事情一样。

风灵晓被沈正泰锋利的眼神瞪得毛骨悚然。

“喂你干吗……”风灵晓开始慌张了，但她依然假装镇定地瞟他一眼，似乎毫不在意。明明是他不对在先，为什么反而变得像她欺负他一样？

沈正泰依然用恶狠狠的红眼睛死瞪着风灵晓，仿佛要用眼神杀死她。

风灵晓终于忍不住了，赶紧撇过脸去不再理会他。

就在这个时候，耳畔飘入一个委屈兮兮而阴恻恻的声音：“姓风的，你会后悔的！”

这句怎么听都像是威胁的话成功地让风灵晓打了一个寒战。

她好像……惹了一个不该惹的人了……

果然，沈正泰小盆友就这样跟风灵晓扛上了。

第二天风灵晓刚揉着曚昽睡眼走出客厅，就被坐在沙发前翘着二郎腿装出一副大爷相的沈正泰叫住了："喂，过去帮我把那叠书搬过来。"

风灵晓顺着他的目光看去，只见门口旁边的角落堆放着一叠的小学课本。依然在半昏半醒状态下的风灵晓愣愣地问："为什么是我啊？"

沈正泰马上一个锐利的眼神杀过来，让风灵晓一阵战栗，顿然清醒过来。

"……"寄人屋檐下……好，她忍！

于是风灵晓咬了咬牙，十分不情愿地按照他的吩咐去搬那叠课本。但当她气喘吁吁、大汗淋漓地把沉重的课本搬到沈正泰面前的时候，沈正泰摁着遥控器，漫不经心地瞟了她一眼，风轻云淡地说了一句："我不要了，你搬回去吧。"

"……"=皿=风灵晓突然有种想狠狠揍他一顿的冲动。

好，事不过三，她继续忍！于是她咬牙切齿地将书搬回去……

当她经过大门的时候，门铃忽然"叮咚"地响了起来。风灵晓吓了一跳，险些拿不稳手中的书。

"来了，请等等——"风灵晓努力用一只手将书紧紧抱在怀里，然后腾空一只手去开门。

然而大门打开的那一刻，风灵晓的目光接触到门外的来人……

她手猛地一颤，手中的书全掉落到地上，散落得一片凌乱！

门外的来人竟然、竟然……竟然是——

第12章 表哥表哥

时间，在那一刻静止。

原本为了欢迎“有客远道而来”的笑容凝住，风灵晓愕然地张着嘴站着，依然维持着捧书动作的双手定在半空。她瞪圆了眼睛看着面前的那个人，眼中尽是不能置信的神色。

她似乎已经忘记了她把所有的书都摔到了地上，似乎已经不觉得被书砸到的脚很痛很痛，似乎已经忘记了动弹……

她的呼吸开始紊乱，脑子里只有一个念头——

怎么会是他！！！

“表哥，你来了！”原本还在沙发上装大爷的沈正泰童鞋一溜烟般冲上来，将风灵晓挤开。

风灵晓踉跄一步，退到一边，但双眼依然愣怔怔地望着门外的来人。

她好像已经忘记了自己的存在，后来沈正泰和那个人说了些什么，她也完全没有听见。

许久之后，风灵晓突然发出一声尖叫：

“啊啊啊——司空溯！怎么会是你？！”

然后，风灵晓囧住了，完全不知道应该说些什么好。她悲催地发现，她好像连说话也不会了……T_T

正太童鞋的表哥……竟然就是——司空溯！！！

怎么可能？！

风灵晓大惊失色，连身体也不觉开始发颤。她横看竖看“沈”和“罗”这两个姓都不能挤出一个“司空”来！难道……他是罗阿姨姐妹那边的？

难怪第一次见到沈正泰总觉得他看自己的眼神那么相似……原来……

可是为什么？她千辛万苦想要摆脱某人的魔爪，到头来还是绕回了原点……

真是欲哭无泪……

站在门外的司空溯随口回答了沈正泰几个问题，那双勾人的桃花眼稍微一抬，视线便落到了风灵晓身上。

风灵晓的目光接触到他那双令人难以捉摸的黑眸，连忙慌乱地垂下眼睑，躲开他的视线。她的心忐忑不安起来，她刚刚的尖叫，大概……

她忍不住偷偷抬头望了他一眼。

按照司空溯的性格，他百分之九十必定会慢条斯理地露出他妖孽般的笑容，然后回答一句："为什么不能是我？"

只见司空溯唇角微勾，一抹诡异的笑容漾开……他现在是露出了妖孽的笑容没错，但是他为什么要说……

"这位同学，你认识我？难道……你是A大的学妹？"

风灵晓闻言再次怔住。

司空溯他这样说，是在假装不认识自己？

可是为什么？莫非是突然良心发现想帮助自己摆脱尴尬的局面？

不可能！深切认识司空溯阴险程度的风灵晓，绝对不会相信他会是因为好心才这样说的……

否决掉"好心"这个想法，风灵晓将警惕的目光投向了司空溯。

"难道我说错了？"司空溯从容不迫地接过风灵晓投掷过来的眼神，双眉一挑，疑惑地问。

"……"

风灵晓还来不及组织语言回答，就被奸笑着的沈正泰抢白："表哥，你没说错，她的确是A大的……"沈正泰嘴角咧起阴险的弧度，眼睛眯起，"哈，姓风的，你还敢骗我？你果然是对表哥图谋不轨！"

风灵晓小脸一红，急忙反驳道："你别胡说！"

"我可没胡说哦……"沈正泰笑得一脸欠扁，头一仰，像换了一张脸一

样，他对司空溯露出孩童般天真的神情，“表哥，你知道不？风姐姐她昨天跟我说‘鬼才喜欢你’……”

风灵晓充满警戒的眼中透出几分疑惑不解。沈正泰想干吗？

“哦？”司空溯发出一声疑问，探究的目光在风灵晓身上一扫，黑眸中有什么意味不明的光芒在隐隐流动，让风灵晓心中寒意森森。

沈正泰嘿嘿一笑，瞟了风灵晓一眼，故意拖长了声音：“然后她说，她、就、是、个、鬼……”

“我才没有！”话未说完，风灵晓已经气急败坏地打断了他，冲上前捂住了他的嘴，“小屁孩你不许胡说……”

“我才没有胡……唔唔……”沈正泰正要得意地嘲笑她一番，却被捂住了嘴，说不出话，不由瞪大了眼睛挣扎起来。

而看到这一幕的司空溯微眯起的狭长桃花眼中迸出了冷冽的光。

风灵晓一惊，手像触电般一颤，慢慢从沈正泰的嘴巴移开……

沈正泰一愣，随即脸色一沉，故意狠狠撞了风灵晓一下，怒气冲冲地大步朝屋里走去。

风灵晓心神不宁，加上突然被沈正泰撞了一下，重心不稳，一下子往后倒去！

“啊——”风灵晓已经预料到她即将倒地的命运，只是……只是为什么……腰间为什么会有温热的触感传来？

她茫然地睁开眼，一看，顿时惊得慌神！

扶住她的人竟然是司空溯！

风灵晓站稳身子，脱离他的“魔爪”，哪知道他好像有意一样，反而抱得更紧了。风灵晓不由恼怒地喝了一声：“放手啦！”

司空溯深深看了她一眼，嘴角扬起一抹别有深意的微笑，终于松开了手。只是松手之前，他凑到风灵晓耳旁，低声说了一句：“小学妹，小心点。不过，其实我不介意‘鬼才喜欢我’的……”

司空溯此刻的举动像极了一个爱护学妹的慈爱学长，不仅帮扶学妹，更亲切慰问。但谁又知道，此刻的风灵晓是有苦说不出？

看着司空溯走入室内的翩翩身影，风灵晓恨恨地关上了门，在心里磨牙。

T_T混蛋司空溯！居然吃她的豆腐！！！

还有这家伙明明装作不认识她，却对她图谋不轨……

她又忿忿地腹诽了他好一阵，最后得出了一个结论：

司空溯，绝对是一个无赖！

中午的时候罗阿姨因为有事要忙不能回来，所以打了个电话回来让沈正泰好好招待风灵晓。

而还在记恨风灵晓的沈正泰小朋友笑容可掬地盖上电话后，脸色马上一变，对风灵晓说："妈中午不回来，你去做饭吧。"

"为什么是我？"刚从房间中走出来的风灵晓指着自己，吃惊地问。

沈正泰童鞋回答得理所当然："我又不会做饭，当然是你啦！"

风灵晓急了，正要以自己不会做饭的理由来推脱，哪知道有人抢先她一步……

司空溯微笑摊手："我不会做饭，那么拜托学妹你了。"

"……"看着这一大一小的两只腹黑，风灵晓彻底无语。她一咬牙，毅然向厨房的方向走去，嘴里嘟囔着："很好，是你们要我做饭的，做出来的东西不能吃别怪我！"

司空溯依然笑得淡定如初。只是不知道为什么，沈正泰小朋友突然打了个寒战。

当风灵晓将她的杰作端出饭厅的时候，沈正泰嘴角得意扬扬的笑容终于消失得无影无踪。

他目瞪口呆地死盯着饭桌上那一团团焦黑的东西，许久才颤抖着问出声："这……这是什么？"

风灵晓被他的反应吓了一跳，有些委屈地缩了缩："炒蛋……还有水煮白菜……我真的……真的不会做饭嘛……"

一双筷子伸到风灵晓那盘所谓的"炒蛋"中，轻轻将黑焦的表皮挑开，嫩黄的炒蛋瞬间从那骇人的"外壳"中露了出来。

"嗯，应该还能吃。"筷子的主人司空溯不是十分确定地下了结论，但

他依然微笑着看向沈正泰，“学妹难得做饭，正泰你就别挑剔了，这样多对不起人家。是不是呢，学妹？”他说这句的时候，别有深意地看了风灵晓一眼。

风灵晓别扭地撇开视线。

然而沈正泰一脸苦相地对着面前那两盘菜，似乎在做一番思想的生死斗争。

“可不可以不吃……”原本还十分嚣张的沈正泰弱弱地说，将询问的目光投向司空溯。

司空溯确认风灵晓的注意力不在他们身上后，马上回以两道锐利的目光，很明确地告诉沈正泰一个信息：不行！

于是沈正泰小朋友欲哭无泪了。这算不算，自作孽不可活？

在司空溯无声的“威迫”下，沈正泰颤抖着伸出筷子夹了一块看起来还能吃的炒蛋，如临大敌一般慢慢慢慢地将那块嫩黄的炒蛋放入口中，然后痛苦地咽入口中，顿时……

“呕——”沈正泰顿时热泪盈眶，他捂住嘴巴一溜烟地冲入了洗手间。

“呜哇——”洗手间爆发出一声惨绝人寰的哀嚎，“我以后一定养个童养媳天天给我做饭！”

“……”其实受到多重打击的风灵晓已经淡定了，她早就知道自己的厨艺水平去到什么地方。当沈正泰作出如此强烈的反应的时候，她也只是郁闷地埋头继续扒白饭。

可怜的风大小姐，在这个世上活了十九年，唯一会做的就是白米饭，虽然是半生不熟的……

不过……她做的菜真的有那么难吃吗？/(ToT)/

但是当她无意抬起头的时候，却发现司空溯竟然十分淡定地挑去被她烧焦的表层，然后……吃掉！

风灵晓诧异了，沈正泰不是说很难吃吗？怎么他还能吃得下？难道他是怕自己伤心，所以……

脑补过盛的风灵晓竟然开始感动了！

只是，察觉到风灵晓在望着他的司空溯慢条斯理地抬头，悠悠开口：

“其实第一次下厨能做到这样已经很不错了，只是蛋炒得太咸，菜虽然焦了还没煮熟。”

“……”=皿=果然感动就是那浮云。而且，他的下一句话更让她有种想要揍他一顿的冲动……

只见司空溯狭长的双眸里满是促狭的笑意：“以后要努力学做饭了，不然没人敢娶你的，童养媳……”

最终，“煮饭”事件在风灵晓惨遭打击、沈正泰精神崩溃和司空溯无声完胜的结局下完美落幕了。

风灵晓除了忿忿地腹诽司空溯“你才是童养媳，你全家都是童养媳”之外，也别无他法。只能任由着这个腹黑无耻的家伙继续在暗地里欺压自己了。

终于熬到了罗阿姨回来的时刻，风灵晓长舒了一口气。她正要为自己即将脱离苦海而感到高兴的时候，司空溯却在下一秒说了一句让她想撞墙的话。

他说，往后这段日子要在这里住下，所以麻烦姨妈了……

可怜的风灵晓被瞬间秒杀。看着司空溯脸带微笑、不动声色地从自己面前走过，她欲哭无泪，心里直喊不甘！

为什么她的生活总是要跟这个人扯上关系？无论是在学校，还是现在？

她不明白，为什么司空溯可以大条理论、光明正大在罗阿姨家住下？就因为他是沈正泰的表哥？

风灵晓顿时觉得乌云罩顶……她的世界一片黑暗。

她有预感，她的“杯具”生活才正式开始……

很快到了晚上，依然是饭桌前。只是主厨的人换成了罗阿姨，效果便截然不同。

饭桌上一盘盘色香俱全的菜式，香辣美味的炒肉丝、色泽诱人的可乐鸡翅、盐水白菜，还有清甜可口的豆腐萝卜汤。虽然都是简单的家常菜，却让沈正泰感动得热泪盈眶了。

“妈，我以后都不挑食了。”沈正泰面对满桌的“人间美味”，眼睛晶亮地看向罗阿姨，发自肺腑般赞美道，“你做的东西简直是人间美味！”

沈正泰一番感激涕零的话吓得罗阿姨还以为自家儿子撞坏了脑袋，连连问他什么地方不舒服。

而被忽略在一旁的风灵晓只能郁郁不闷地埋头喝汤，拼命把汤里的豆腐扒到口里，把它们想象成欺负她的那两个混蛋，狠狠咬碎咽掉。

“妈，我没事，我真的没事啦！你别大惊小怪……”沈正泰也被自己老妈的反应吓着，急急争辩。

“真的？”罗阿姨满脸虑色，想伸手去触碰沈正泰的额头，却被他躲开，“你不要骗妈妈。”

“妈那你别这样！都说没事……我好好的，饭都能吃几碗……”沈正泰上窜下跳，不断躲开罗阿姨的“魔爪”进攻，一边着急地将目光投向四周，寻找求救的对象。

“可是你的脸色不太好……”

沈正泰的目光落到风灵晓身上，以及她手中那个碗的时候，突然眼前一亮。他灵活一闪，躲开罗阿姨的又一次“攻击”，扯开嗓子大叫出声：“姓风的，你拿错碗了——”

哎？还在郁郁不乐的风灵晓一怔，抬起头满头雾水看向沈正泰。罗阿姨的注意力也被吸引过去了。

沈正泰童鞋庆幸地松了一口气，继续嚷道：“你吃的那碗，是我表哥的！”

风灵晓先是不明所以地眨了眨眼，接着猛地一颤，迅速把碗和筷子扔开，用惊恐的目光盯着这两样东西，仿佛看到了恶毒的蜘蛛蛇蝎。

可是，当惊魂未定的她慢慢平复下来，仔细回想刚刚她入座时的场景，不由疑惑道：“不对啊，刚刚我来的时候，明明只有你跟罗阿姨……”明明她出来的时候，司空溯连鬼影没见一个呢！这个碗理应也是干净的才对……

肯定是沈正泰在捉弄自己。

风灵晓点了点头，想到沈正泰这家伙一向很“仇视”自己，更加肯定心里的想法了。于是很淡定地坐回去，继续喝汤……

这时，罗阿姨的脸上浮现出一抹尴尬的神色："呃，那个……灵晓，这个的确是……"

她话未说完，就被沈正泰的高声急急打断："你还没出来的时候，表哥已经在这里啦！只不过你来之前他接了一个电话，就走去阳台了……"

风灵晓身体一僵，脸上血色顿失。她刚喝了一口的汤含在嘴里，吐出来不是，吞咽也下去不是，只能脸色煞白地看着沈正泰，不知所措。

就在她陷在两难关头的时候，事件的主角之一司空溯终于走出饭厅，而沈正泰在看到他出现的那一刻，马上亢奋地叫唤起来："表哥！姓风的暗恋你，把你碗里的东西都吃光了……"

风灵晓的脸色越发惨白，她现在只想挖个洞把自己埋起来。可是这个想法实在太不现实了，所以她只能无措地坐着，视线在周边胡乱兜转。

司空溯聊完电话，才刚踏入饭厅的时候，忽然听见沈正泰童鞋的一声高呼，不由顿住脚步。他下意识地看向风灵晓，只见她脸红耳赤，一副恨不得撞到墙上的模样。

目光再落到她坐着的位置和面前那个碗和筷子上，眼底掠过一抹意味不明的笑意。唇角微翘，他缓缓开口，语气带着几分调侃的笑意："小灵晓，原来……你喜欢吃我的豆腐？"

听到这句话的风灵晓，终于忍不住破功了，"噗——"地将口里含着的汤汁全部喷到了……幸灾乐祸大笑的沈正泰脸上。

成了落汤鸡的沈正泰再也笑不出来了，张着嘴愣愣望着前方，任由汤从自己身上滴滴答答落下……

风灵晓泪了，是因为司空溯说的那句话。

沈正泰傻了，是因为他被风灵晓喷汤了……

风灵晓欲哭无泪地望着那个已经空空如也的饭碗，正想着泪奔着跑回房间，可是竟然有人快她一步！

面前黑影一闪，一阵风掠过，沈正泰童鞋已经不见了踪影。只听房间里传出他惊天动地的哭喊声："呜哇——我以后一定要生个儿子天天给我喷水！"

风灵晓："……"

司空溯："……"

罗阿姨："……"

好吧，她受到伤害的心已经被治愈了。

折腾了一天，风灵晓终于能回到"自己"的房间，她顺手开了电脑，疲倦地瘫坐到桌子前，叹气。

她从来不知道一天可以过得那么漫长……

本来晚饭后，她就想找借口溜回房间，可是司空溯那个家伙竟然以"探讨学术上的问题"为由硬是逼她留下。

结果跟他周旋许久，才有机会逃回到房间。不过也罢了，她现在终于可以快快乐乐地玩游戏了！~\(≧▽≦)/~

一想到自己心爱的网游，她的精神马上振奋起来了。

登录上《幻剑江湖》，她意外发现溯夜墨影依然没有上线，不禁惊讶了好一阵。

每当她登录游戏，十有八九总会遇到她，怎么这些天，总是不见他的踪影？他是没空上，还是以后也不上了？

她正忐忑地猜测着，【私聊】频道被人敲响了，点开一看，竟然是此去经年！

【私聊】此去经年：姐……[表情/得意]

风灵晓一愣，马上回复。

【私聊】灵风晓月：小子，你在家？

【私聊】此去经年：当然不是。

【私聊】灵风晓月：那……你在哪里？

【私聊】此去经年：哇哈哈，我早知道老爹老娘要把家拆了，所以学校一宣布放假我就跑到同学家住了。他家的别墅有游泳池、有健身设施、有电脑，什么都有，真是爽极了-V-

【私聊】灵风晓月：……

【私聊】灵风晓月：！！！混蛋！你早知道他们要装修为什么不早点告

诉我？！

【私聊】此去经年：你又没问我。[表情/挖鼻]

好吧，现在他春风得意了就来嘲笑她的失魂落魄？

想到自己可怜的遭遇，心里莫名地升起一把无名火。风灵晓气得咬牙切齿，迅速地丢了一把“染血的刀”的表情过去，正想要打“没问你不会主动说吗”发过去的时候——

砰！门被人粗暴地打开了。

风灵晓吓了一跳，手一抖，就把游戏关掉了。那反应像极了她高中时偷偷玩游戏，老妈进房间突击检查的时候……

然而她关掉之后，却囧囧地想：我又没有做错，为什么要把游戏关掉？难道这就是传说中的“条件反射”？

进来的人居然是沈正泰。

风灵晓郁闷地看向他，开口问他有什么事情。

沈正泰显然还在为晚饭时候的事情记着仇，狠狠瞪了风灵晓一眼，很不客气地开口：“你一边去，让我用一下电脑。”

“……”风灵晓虽然心有不甘，但还是乖乖让座了。

“你房间里不是有电脑吗？”看着沈正泰毫不客气地坐下，风灵晓又疑惑地开口。

沈正泰冷哼一声，很不耐烦地答了一句：“坏了，表哥正在帮我修。”

“……”所以就来跟她抢电脑吗？T_T风灵晓在心里默默垂泪，她果然是被欺压的主儿。

然而，当她再次看向电脑屏幕的时候，她心中的伤感随之消失得无影无踪。

沈正泰打开的文件，居然是《幻剑江湖》。他……也是《幻剑江湖》的玩家？

风灵晓看着沈正泰熟练地输入账号密码——密码验证中——登录成功——然后，画面慢慢地跳转到游戏界面——

一个虚拟的玩家形象出现在游戏画面上……

风灵晓的瞳孔却在那一刻收紧，身体猛地一抖，竟差点站不稳脚！

沈正泰，他他他的游戏角色竟然是……

暗无殇。

第13章 震惊震惊

沈正泰居然是暗无殇？

暗无殇居然是沈正泰？

怎么可能？！

看着屏幕上那个顶着熟悉而刺眼的名字的黑衣男子，她风中凌乱了！

到底是她眼花，还是电脑君穿越到暗无殇的号码上了？

沈正泰为什么能登上暗无殇的号？

大脑乱如麻团，腿无意识一软，她无力地跌坐到床上。

一天之内，竟然被这么多狂雷劈中。让风灵晓觉得她现在居然还没有疯，她的心理承受能力真是好啊……

不过回想起暗无殇过去的所作所为，沈正泰是暗无殇的事实也不是没有可能的。

她好像有些明白过来了，于是，脑子莫名其妙地形成了一个诡异的推理过程——

难怪暗无殇每次出场都只会说一些“替天行道，惩恶锄奸”之类的十分有大侠风范的口号。那是因为沈正泰深受武侠小说的荼毒。

……亏得游戏里的不少玩家还以为他很有深度，将他当神一样膜拜。

难怪暗无殇会突然变得如此“神经病”，不断地逼“灵风晓月”嫁给他。那是因为沈正泰童鞋的思想已经被狗血小言所侵蚀了。

……亏她还以为那是暗无殇和寒水空流为了恶意打击报复她所作出的行为。

难怪暗无殇跟她说话时的举止总是很幼稚。那是因为他根本就是一个思想还未成熟的无知小正太!

无形的事例已经解释了一切。但是,即使明白了这个事实的风灵晓,也无法接受——那个从她成为“邪教妖女”那刻开始就不停追杀她的变态暗无殇,就是眼前人!

打击突如其来,风灵晓还不能一下子适应过来,依然陷在深度的重击中。

突然听见沈正泰喃喃出声:“奇怪,那个妖女怎么不在?”

“妖女”一词深深地触动了风灵晓敏感的神经,她条件反射般一惊,猛地抬起头的那瞬间,才发现是沈正泰对着电脑屏幕在自言自语……

风灵晓暗松了一口气,用手擦去额上的冷汗。然而目光再次接触到沈正泰的那刻,她蓦地想起一件十分重要的事情!

是了,为什么沈正泰总要追杀着她不放,到最后还要闹得跟寒水空流离婚?

寒水空流又是谁,值得他这样维护?

难道沈正泰跟自己有仇?不对!之前的她,根本跟沈正泰毫无瓜葛,何来“仇”之一说?

但凡事总有它发生的理由,正如暗无殇不肯放过灵风晓月,也必定有他的理由……

想到这里,风灵晓竟然有些庆幸,她刚刚一时手抖把游戏给关掉了。她努力让自己冷静下来,迅速平复了心情,暂时将“沈正泰是暗无殇”这个震惊的消息丢到脑后。因为她决定,先要弄清灵风晓月跟暗无殇之间恩怨的一切真相!

此时的沈正泰显然还沉醉在网游世界中,对风灵晓的动静浑然未觉。他时而敲敲键盘,时而点击鼠标,时而……对着屏幕自言自语道:“奇怪,刚

刚还看见那个妖女在线，怎么电脑坏了这么点儿的时间她就不见了？”

风灵晓先是一怔，随即更加肯定了，他找的就是她！

她不动声色地走近沈正泰，假装好奇地问：“你在玩什么游戏？画面好漂亮啊！”

果然不出风灵晓所料，沈正泰很是鄙视地瞟了她一眼，十分不耐烦地回答道：“连《幻剑江湖》也不知道？真是个土包子！”

“土包子”一词在风灵晓耳中自动过滤，她继续保持好奇宝宝式的笑容：“这游戏叫‘幻剑江湖’吗？刚刚听到你说‘妖女’，那又是……”

风灵晓的声音戛然而止。

屏幕上，一个碧绿色的身影，正向着暗无殇盈盈走来。

竟然是——寒水空流。

风灵晓异常冷静地盯着屏幕，只是双手不觉握紧。

不一会儿，暗无殇的【私聊】频道便被敲响，沈正泰浑然未觉身后风灵晓的异样，毫无防备地点开了【私聊】频道。

【私聊】寒水空流：老哥，溯表哥是不是来我们家了？

滑出来的一行字，让风灵晓有种如被雷劈的感觉。虽然她看上去依然保持着一脸平静的模样，但是谁又知道，她只是被雷劈得多了，已经麻木到不知道如何去表达了……

寒水空流叫暗无殇做“老哥”？而暗无殇是沈正泰，这么说来……

沈家的那只萝莉，居然就是寒水空流？囧！

天啊，谁来告诉她这是怎么一回事！

怎么现在的孩子……都变得如此的……

她形容不出来了……

沈正泰依然在和自家老妹悠然自得地聊天。

【私聊】暗无殇：对啊。

【私聊】寒水空流：讨厌！人家刚去了流鼻涕那个女人的家住，表哥就来了！泪奔，要不是我要对付流鼻涕，我真想马上飞奔回来……TAT

【私聊】暗无殇：我也没料到他会突然决定来我家住嘛。老妹，要以大局为重，尽快解决流鼻涕那个白痴女人吧！

【私聊】寒水空流：我当然知道……[表情/大哭]

【私聊】暗无殇：放心吧老妹，我会给你看好表哥，不让他被人抢走的！虽然最近家里住了一个讨厌的女人……

【私聊】寒水空流：什么？！那些花痴女又来了？老哥，快赶她走啊！

【私聊】暗无殇：放心吧，那个女的好像没什么杀伤力，表哥似乎也不太喜欢她。

【私聊】寒水空流：真的？

【私聊】暗无殇：是啦，我什么时候骗过你？我们现在还是先想想，怎样把灵风晓月那个妖女从表哥身边弄走！

【私聊】寒水空流：嗯嗯！不过我们得小心点了，千万不要让他知道是我们搞的鬼。不然下场……你没看见上次他多生气，不但洗白了我，还将你的帮派降了一级……

【私聊】暗无殇：放心，我一定不会让表哥知道这个秘密的，我们要加油！

【私聊】寒水空流：没错！我要嫁给表哥！握拳！[表情/坚定]

风灵晓还未从“讨厌的女人”、“花痴女”的愤怒中反应过来，又被这对兄妹的极品对话雷得体无完肤了，以至于，她根本看不明白他们两人之间的对话。

但是有一句，却是格外刺目——

把灵风晓月那个妖女从表哥身边弄走……

妖女……表哥……

这两个词分开来解读的确是十分普通毫无意义，但是当它们联系起来，却变成了令人心惊胆战的事实……

可是，沈正泰为什么会将这两个可怕的词语联系起来？

妖女显然是在说她，表哥应该是说司空溯吧？

难道说……

风灵晓颤抖了。

怎么可能？怎么可能！冷静些，这一切又怎么会这样巧合呢？一定是她弄错了……

这个时候，沈正泰突然回头瞪了她一眼："喂，你刚刚想问什么？"

风灵晓猛地惊醒，愣了半晌才回过神："没、没什么……我只是想问问你刚刚说的'妖女'……嗯，'妖女'是什么意思……"不知道是不是因为过于慌张，她现在说出的话竟然开始语无伦次了。

"嘿嘿，这个？"沈正泰咧嘴奸笑起来，眯眼看向风灵晓，"你想知道？"

然而风灵晓还没答话，沈正泰已经接下说出下一句："好吧，既然你想知道，那么我就大发慈悲地告诉你吧！哈哈！"

……这句话怎么听着这么耳熟？看着突然抽风地大笑起来的沈正泰，原本慌张无措的风灵晓也忍不住满头黑线。

沈正泰清咳一声，接而一本正经地道："所以我说，让你早点死心。我表哥其实有喜欢的人！"

"喜……喜欢的人？"风灵晓目光涣散地看向沈正泰，颤抖出声。那种不好的预感，越来越强烈了。

"没错！你现在失望了吧？"风灵晓那副失魂落魄的模样落入沈正泰眼中，自然成了失恋后的伤心状，他得意地睨了她一眼，继续说道，"那个人，就是刚刚我说的'妖女'了……"

"可是……可是……"

沈正泰有些不耐烦地打断她："你是不是想问，我为什么要弄走她？"他干笑了两声，得意扬扬地解释原因："其实是这样，我曾经立过誓——我一定要将表哥的女人抢到手，哈哈哈！"他说这句话的时候，双眼蹭地发亮，仿佛暗夜中的幽幽绿光，阴森得让人发寒。

风灵晓不能置信地瞪圆了眼睛："你……你不是很崇拜你的表哥吗？"

"崇拜？"沈正泰瞟她一眼，不屑地冷哼，"谁告诉你的？我这只是装的，懂不懂？我那不叫崇拜，叫妒忌！你不知道，我从小到大就很妒忌他，他长得那么祸水、那么帅，实在太可恶了！所以，我一定要把他的女人抢过来，让他一尝失败的滋味！哈哈哈……"

妒忌果然是个可怕的东西，以至于让沈正泰突然抽风般疯狂大笑起来，让风灵晓一度怀疑，今天是不是精神病院放假了囧。

显然沈正泰也意识到这一点，他很快止住了笑声，轻咳几声以掩饰自己的尴尬：“刚刚有点激动了，你别介意。”

风灵晓：“……”

沈童鞋，你确认这是激动而不是精神错乱吗？= =

受到多重打击，意识逐渐迷糊的风灵晓动了动唇，最终还是问了出声：“你表哥……也玩这个游戏吗？”

沈正泰点了点头：“对啊，刚刚不是告诉你了吗？”

风灵晓虽然很努力地让自己冷静，但身体却无法抑制地颤抖起来了：“那，他……他叫什么名字？”

“溯夜墨影。”沈正泰童鞋随口答道，又同情地看了她一眼，第一次用柔和的声音安慰她，“那个……其实你也不用这样伤心，虽然我表哥不喜欢你，但天涯无处觅芳草？更何况……啊喂！姓风的！你干什么？！”

沈正泰话未说完，双脚突然腾空，整个人已经被风灵晓拎起。他连忙挥手挣扎并大喊起来，但来不及反抗，已经被拖着“扔”出了门外！

砰！风灵晓重重地关上门，然后顺着门板虚脱般滑落，茫然无措地望向天花板。

怎么办？怎么办！

那个事实，已经可以确认了……

司空溯刚从沈正泰的房间走出，就看见他灰头土脸地从地上爬起，对着风灵晓房间的门大嚷了一声：“姓风的你给我记住！”

司空溯蹙眉，快步走了过去，问道：“正泰，怎么了？”

“鬼知道！那个女人突然发起疯，把我丢出来了！”沈正泰满腔怒火地控诉着风灵晓的罪行，“真是的，亏我还同情她失恋……”他不满地嘟囔一声，径直从司空溯身边走过，忿忿走入自己的房间。

司空溯朝沈正泰离开的方向望了一眼，目光接着落到了风灵晓房间的门上，久久停留，深邃的黑眸中有意味不明的神色慢慢沉淀……

又坐在地上发了一小会儿呆，风灵晓终于慢慢恢复过来，浑浑噩噩地爬上了网。

由于刚刚“掉线”的缘故，风灵晓才登录了游戏，就发现自己的游戏信箱早已经被此去经年发来的邮件给塞爆了。还未等她查看，此去经年又在【私聊】频道活跃起来。

【私聊】此去经年：姐啊，你刚刚怎么突然下了？

【私聊】此去经年：你没事吧？

……

看着此去经年接二连三轰炸过来的私聊信息，风灵晓突然觉得很头疼。她揉了揉太阳穴，随手回了一句：没事，刚刚掉线了。

看到这句话，此去经年像是松了一口气般发来一个“微笑”的表情。

【私聊】此去经年：那就好，我还以为你生气了。

【私聊】灵风晓月：我为什么要生气？

【私聊】此去经年：哈，没事没事。

【私聊】灵风晓月：我问你一个问题。

【私聊】此去经年：你问吧。

【私聊】灵风晓月：你……是不是知道些什么？

【私聊】此去经年：嗯？什么？

【私聊】灵风晓月：柒殇是溯夜墨影的小号，还有关于溯夜墨影的……

这句带了省略号结尾、意犹未尽的话才发出——

【系统信息】：您的好友此去经年下线了。

非常速度地屏幕上滑出这么一行字。原本面无表情的风灵晓嘴角浮起一抹冷笑，不知苦涩还是嘲讽。

多么心虚的表现啊，这是不是比胡扯的解释更能证明事实？

原来一切都是早有预谋的！

难怪当初此去经年可以如此顺利登上溯夜墨影的号。

难怪他会这么顺利地搞到柒殇这个小号回来。

难怪他见到自己总是一副心虚的样子……

原来到头来，不过是她被人出卖了而已！而出卖她的那个人，居然还是自己的老弟！

一想到自己曾经自以为是地开着某人的小号去“讨伐”某人，风灵晓就羞愧难当，恨不得穿越过去将风凌云那个混球劈死！想到这里，风灵晓更是气得咬牙切齿。她一激动，在心里狠下了决心！

实在太可恶了！等风凌云那臭小子回来，她一定要好好收拾他！

而电脑另一端，才关掉游戏的风凌云突然连打了十多个喷嚏。

一定是姐姐在诅咒自己……完了完了！她一定是知道了什么，所以才有那么反常的表现……

算了算了，看来近期都不宜回家，他还是在同学家躲一段时间好了。再不行的话……他可以向他家“夫君”求助……

没错！就这样！风凌云像是抓到了救命稻草一样，迅速掏出了手机，开始给自家“夫君”发求救短信……

司空溯发现，最近的风灵晓似乎很不对劲。

最近，她总是有意无意地躲着自己，连看自己的眼神也带了些几分怪异的神色。每当远远看见自己，她就会马上折路而返，逃得不见踪影。即使不得不跟他面对面，也只是随便敷衍他几句，就溜走了。

更离谱的是，每当到了吃饭的时候，她或者是用“跟朋友出去”的借口不回来吃饭，或者是随便扒了两口饭，就冲回自己的房间。

譬如这天早上——

司空溯走入弥漫着一片缄默的饭厅的时候，风灵晓和沈正泰正在饭桌前默默无语地吃着早餐。

沈正泰的默默无语是来源于对早餐的无爱；而风灵晓……却是十分的不妥。她每咬一口包子，都显得心不在焉，以至于好几次咬到了自己的手指，才后知后觉地皱了皱眉。

似乎察觉到司空溯的到来，风灵晓突然浑身一颤，手中的包子抖落到地上，骨碌骨碌在地上滚了一圈，最终撞到墙壁上，壮烈“牺牲”了。

风灵晓一怔，茫然地看了看自己空空如也的双手，又看了看静静躺着地上，被咬了一半的包子，就要起身去捡。

突然一只手按住了她刚伸出的手，她抬头，对上一双深邃的黑眸。

“脏了，不要捡了。”司空溯淡淡地说道，转身拿了一个新鲜的包子递给她。

风灵晓却像触电一样猛地收回了手，反应剧烈地从椅子上弹跳起来，蹬蹬蹬后退数步，用惊慌的目光望着他。

司空溯眼睛微眯，有什么光芒隐隐流过，他试探着开口：“……小灵晓？”

“我……我吃饱了，嗯……就这样，你……你们慢慢吃……”风灵晓勉强挤出一个僵硬的笑容，语无伦次地用几句话搪塞过去。尾音未消，她已经迈着匆匆的步伐往自己的房间走去。

司空溯的眼底闪过一抹黯光。

她真的在刻意地躲着自己……

到底发生了什么事情，让她避他如蛇蝎？

司空溯的大脑飞快运转，近几天发生的事情像是电影般在脑海中重演一次。似是想起什么，他蓦地一惊！

难道——

“沈正泰！”司空溯的黑眸猛地对上沈正泰的视线，眼中闪过一抹犀利的光，成功将沈正泰震慑住了！

沈正泰浑身一颤，身体扳直，哈哈干笑了两声：“哈？表哥，有……有什么事？”

司空溯凌厉的黑眸逼视着他，似要将他看透一般：“你跟小灵晓说过什么？”

“唔？没……没有啊……”沈正泰心里“咯噔”一下，没来由地慌了，难道……难道上次告诉风灵晓的事情，被表哥知道了？他慌张地摇头摆手：“我什么……什么都没有跟她说。怎么了？难道……她跟你说过什么？”

面对沈正泰的死不承认，司空溯也拿他没办法了。

他收回目光，低头沉吟起来。再这样下去不是办法，他必须要主动出击才行……

能坐上A大学生会主席位子的司空溯做事果然够果断，主意刚下定，他就霍然起身，没有迟疑地追上风灵晓的身影。他抢在风灵晓关门的那一刻冲入了她的房间，然后关上了门，顺带按下安全锁。

风灵晓匆忙奔向房间，并没有注意到身后的动静。

她没有想到，在她走入房间正要关门的那一刻，居然被司空溯捷足先登了。这个家伙不但无耻地锁上了她的门，还一把扯过她，将她按到了墙壁上！

“司空溯，你干什么！”风灵晓恼怒地叫喊出声，然而当她睁开眼睛的那一刻，对上的却是司空溯灼灼逼人的黑眸。

那一瞬间，风灵晓如同掉入了冰窖中，全身僵硬，内心升腾起凛冽的寒意。

她试图挣扎，却被禁锢在墙壁上无法弹动。只能彷徨无措地望着他，眼神无辜得像是一只即将被宰的小绵羊。

“你……你想做什么？”

危险的气息蓦然逼近。

司空溯深邃的黑眸闪过许多复杂难辨的情绪，更透出几分锐利，他的声音低沉而冰冷：“你到底……知道了什么？”

第14章 真相真相

一句“你到底知道了什么”让风灵晓心中警钟大作！莫非……他从她刚刚异常的表现看出了什么？

心虚地迎上司空溯锐利如针的目光，风灵晓努力装出一副无辜的样子："什……什么？我不明白你在说什么……"

"不明白吗？"司空溯眉头不易察觉地皱了皱，其实他早从她慌乱的神色中看出的端倪，但他并不道破，只是用怀疑的语气问，"那你刚刚为什么……这么慌张？"

"没有啊，我哪有……慌张。"睁着眼说瞎话，表情很无辜很自然，但脸部之外的反应早已经将事实暴露无遗——风灵晓就是很好的例子，修炼火候未够的下场往往是如此。

司空溯似笑非笑："那小灵晓，要不要我提醒你一下呢？"

他稍微低头，距离她更近了。无奈风灵晓无法弹动，只能困窘地侧过头，继续一副"我就是不知道你能奈我何"的模样。

"还不肯说吗？"司空溯双眸微微眯起，眼中闪过一抹阴谋的光芒，他故意拖长了语调，"可是正泰已经跟我坦白了一切，我想，你还是乖乖地……"

不出他所料，下一秒风灵晓刷地变了脸色，失声叫了起来："什么？他全跟你说了？！"

司空溯意味深长地望了她一眼，缓缓点头，似是宣告这个"不容置疑"的"事实"！

鱼儿果然上钩！风灵晓隐忍已久的情绪终于爆发，惊骇地瞪着某个笑得一脸阴险的人大嚷出声："司空溯，你这个无赖！你早就知道我是灵风晓月是不是？！"

"你果然已经知道了……"

"还不是你……"风灵晓愤愤地瞪向他，当看到他唇边那得逞的笑容，才赫然发现——她上当了！风灵晓足足愣了好几秒，才反应过来，急得满脸涨红："混蛋，你套我的话？！"

司空溯很欣慰地笑了："你这回终于变聪明了。"

风灵晓："……"= =喂！这是夸她还是贬她？

风灵晓恨恨地剜了司空溯一眼，半晌才咬牙切齿挤出一句："无耻！"

"你不是早知道我无耻了吗？"司空溯对风灵晓的"称赞"不以为然，

反而笑得风轻云淡。他双眉一挑，抢在她之前开口：“说吧，沈正泰那小子为什么会告诉你这件事？”

风灵晓此刻的目光愤怒得想杀人，她本来不想理会他的，但转念一想：沈正泰那混蛋害得她这么惨，为什么她不陷害他一回？

于是她露出了一副惊讶的表情：“你不知道？沈正泰那家伙是暗无殇啊！”

下一秒，她很满意地看见司空溯的笑容僵在了嘴角。

“你的意思是……暗无殇是沈正泰？”司空溯皱眉，眼中有深邃的光芒流转。

“对啊！”风灵晓的头点得像小鸡啄米，她眨了眨眼睛，继续添油加醋，“他好像说要打败你……呃，还要抢了你家女人之类的……”说到最后，风灵晓的声音逐渐小了下去，羞得满脸通红。啊啊啊！她在胡说什么？什么“你家女人”呀！

司空溯显然还陷在“沈正泰就是暗无殇”的事实中，并没有留意到风灵晓异样的反应。他的眼中透出犀利的光芒，阴恻恻地冷笑出声：“很好……这小子羽毛还没长齐，就要学飞了？真是好极了……”

“……”看到司空溯嘴角挑着的那抹邪肆的笑容，风灵晓的身子莫名一颤，心中有种罪恶的感觉油然而生……她好像害了沈正泰。于是在心中默默忏悔：沈童鞋啊，我完全是被逼的，你就原谅我吧……至于惹上这么个恶魔，你就自个儿默哀吧！

风灵晓胡思乱想间抬头，才发现自己跟司空溯，依然保持着那么暧昧的姿势……她不禁恼怒道：“无赖，我都坦白完了，你能松开点吗？”

某无赖嘴角勾了勾：“不松。”

“你到底想怎样！”风灵晓气结不已，同时却惊讶地发现，她心中的慌乱早已经在不知不觉中消退，现在的表情出乎意料地平静。

“你懂的，娘子……”司空溯稍微低头，他们的距离便变得无比接近，那双桃花眼中带起一圈潋滟的涟漪，灼热的气息夹杂在低沉魅惑的声音里迎面而来。

风灵晓僵直着身子不敢弹动，只能被动地凝望着他，咬牙道：“你早就

知道我是灵风晓月了，是不是？”

“那又怎样？”司空溯挑眉，丝毫不以为然，话锋一转，声调陡然降低，“你知道，我想要什么的……”

风灵晓往下一缩，顺利远离他一段距离。她义正言辞地拒绝：“我不会答应你的！”

“为什么？”司空溯步步逼近，眼中闪过一抹森寒。

“大哥，我求求你放过我好不好？”风灵晓一脸苦相，“我知道当初是我不对，害得你被刘碧缇追得苦不堪言……你为了报复我连这种损招都想得出来，现在事情都过去这么久了，为什么你还不肯放过我？”

司空溯脸色一僵，笑容顿时消失得无影无踪，妖孽般的脸上竟带了几分哭笑不得：“损招？你认为……我是为了报复你才这样做的？”

风灵晓理直气壮地反驳：“不是报复那是什么？鬼才相信是因为你喜欢我！”她话刚落音，就发现，不对劲了。

只见……只见……他黑眸一沉，一抹轻浅的笑意缓缓爬上唇角。

风灵晓心中暗叫一声“不好”，正准备一个挣扎逃出他的禁锢，却被他抢先一步，扣住了手臂，然后紧紧按到墙壁上！

“司空溯，你干什么！”

司空溯眼中笑意加深：“你不是不相信是因为我喜欢你所以才这样做的吗？那么，我就让你知道我为什么要这样做！”

“喂——”风灵晓来不及反抗，什么软软的东西已经压到了她的唇上，轻轻地，如蜻蜓点水般一啄，又迅速离开……

她的瞳孔紧缩，大脑“轰——”一声变得空白一片，惊愕得说不出完整的话：“你……你……”她猛地捂住自己的嘴唇，无措地看向他。

过了许久，她才认清了一个事实：司空溯吻了她……自己被一只狐狸给咬了！他怎么可以……>O<

司空溯黑眸中的神色慢慢变得柔软，只是嘴上依然不肯放过她，俯身戏谑地笑：“现在明白了不？”

“我……我……你你你……”风灵晓心中愤恨羞愧交加，连话也说不出来了。

见她眼神闪躲支支吾吾却始终不肯回应自己一句，司空溯皱眉，稍微低头，就要吻下去——

这个时候，风灵晓的床头传来一阵欢快的歌声，她的手机响了。

美妙的乐声让风灵晓蓦地清醒过来，她才明白过来是怎么一回事。她趁司空溯发怔的瞬间，顺理成章地推开了他，逃出了他的魔爪。

等司空溯回过神，才发现自己的怀里已经空空如也，看着风灵晓欢快地奔向自己的手机，他竟不由自主地恼恨起那个该死的电话来了。

和司空溯的心情截然相反，风灵晓此刻确实无比庆幸。多亏了这个电话，才让她得以逃过一劫！可是当她拿起自己的手机，看到来电显示的人名时，手一颤，差点把手机摔到地上！

手机屏幕上显示着三个触目惊心的小字：神经病！

风灵晓傻眼了，拿着手机愣在原地不知所措。这不是洛无言那个神经病的来电吗？他怎么好挑不挑，偏偏挑这个时候打电话来？

其实很早的时候，风灵晓的手机中并没有洛无言的电话。后来他不知道用什么途径得到了她的电话，总是有事没事就打电话来“骚扰”她。

风灵晓被他弄得无比怒火却又无可奈何，只能把他的号码存入手机并改名“神经病”，每当他打过来，她就可以轻易知道是他并顺利拒听他的电话。

听？还是不听？

风灵晓挣扎许久，无奈在司空溯的眼皮底下，她只能硬着头皮摁下了接听键，将手机凑到耳边：“喂，你好。这里是……”

她话未说完，就被一阵能穿透耳膜的亢奋声打断：“灵晓！你终于接我电话了！”

果然是洛无言这个家伙……

风灵晓惊得将电话拿远，才小心翼翼地问：“你……有事？”

洛无言在电话那头很激动地说道：“是啊！今天晚上，我有个PARTY，想邀请你做我的女伴……”

洛无言还在叽里呱啦地说着，风灵晓的手突然一空，手机已经被抽走

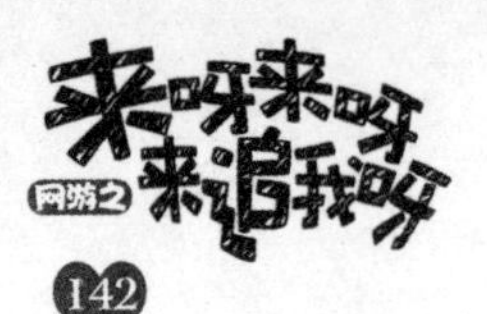

了。

“她没空！”冷冽的声音才传了过去，修长的手指已经摁断了电话！

风灵晓一愣，迅速扑了上去嚷道：“喂！司空溯，你为什么抢我的手机！”

司空溯将手机丢还给她，漫不经心地瞟了她一眼：“这个家伙觊觎着我的女朋友，我当然要狠狠打击他一回。”

风灵晓才从手机惊魂中回过神，马上又被司空溯这一句惊得满脸绯红：“你……你这个不知廉耻的家伙！我什么时候成了你的女朋友了？”

“刚刚。”不知廉耻的家伙淡定微笑。

风灵晓瞪他，咬牙道：“我什么时候答应了？司空溯，你是不是跟你表弟一样，言情小说看多了，脑袋进浆糊了？你以为这种下三滥招数就能骗倒我？”

司空溯慵懒抬眸，一脸风轻云淡的神色：“我没有骗你。你不答应，我就到世界上把你盗号的事情说出去。”

“你敢！”

“你看我敢不敢？”

风灵晓抓狂，急得直跺脚：“混蛋！大不了我再也不玩游戏了！”

此句一出，连风灵晓自己也不禁在心中雀跃了一小下。她发了如此“狠毒”的誓言，他的威胁就会失效了吧？

哪知道，司空溯脸不改色，只是轻描淡写地反问了一句：“你会吗？”

于是，风灵晓泪奔了……她被彻底击败了。她似乎……似乎真的不能跟心爱的网游说“再见”呢……T_T杯具啊……

=皿=可恶啊，还是被他抓住了把柄……

看到风灵晓一脸纠结的神色，司空溯深邃幽澈的黑眸透出戏谑的笑意，他轻笑出声：“小灵晓，怎样？”

“……”威胁到这种地步，她还有说“不”的权利吗？

“你不说话，我就当你默认了哦？”

“……”这算是默认吗？果然，司空溯的无耻是这个世界上无人能敌的……

风灵晓气得几乎吐血！她也懒得跟他辩解了，索性大步流星走到房门前。

“好了，你快滚吧！”她将手搭到门把手上，一扳，正打算将他“请”出房间时——

很意外地，杯具发生了……

只听“咔嚓”一声清脆！

风灵晓却在那么一刻，彻底懵住。她目瞪口呆地看着手中那个长条状的门把手……

谁能告诉她，现在又是什么状况？为什么门纹丝未动，而门上的把手……居然就这样被她硬生生地扳了下来！

风灵晓呆了，这门把明明刚才还是好好的，怎么就这样被她一下子扳了下来？难道是司空溯刚刚碰了它，所以……

联想起司空溯刚刚蕴藏阴谋的笑容和眼神，风灵晓更加肯定心中的想法，于是一个凶狠的眼神丢过去：“司空溯，这门把是不是你故意弄坏的？”

“唔？你觉得我有这么大的能耐，把如此坚牢的门把弄坏吗？”司空溯勾了勾唇，故意强调“坚牢”一词，轻易将问题反问回去，“我明明看到的是你……”

“这……”他欲言又止的话让风灵晓语塞……她的确没有证据证明是他把门弄坏的，但是啊……难道她就有那么大的能耐把门弄坏吗？T_T

她觉得自己真是杯具透顶……

风灵晓默默垂泪了几秒后，才赫然记起一件事情：现在她和司空溯依然共在一室……她还没完全脱离危险境界呢……

孤男寡女共处一室，则必有一失……警报还没解除，她的警惕怎么就先没有了？

再想到刚才司空溯对她的所作所为，她不由一下子紧张起来了，连忙用双手捂住自己的身体，蹬蹬蹬退后几步，警惕地盯着司空溯：“那你现在想怎样？”

谁知道，司空溯非但没有作出“越轨”的行为，反而朝着电脑桌走去，顺便一个鄙夷的眼神丢过去：“小灵晓，思想别这样龌龊。虽然我是很无耻，但不代表我不是正人君子。”

风灵晓愣住了，等她反应过来的时候，那原本应该“属于”她的电脑已经被某人占据了。

她不禁气恼。

口胡！他他他这种人还算是正人君子？那刚刚他对她做的是什么？现在的行为又算是什么！

似乎感觉到她的不甘，司空溯微微侧头，用揶揄的眼神瞟她一眼：“但如果你想的话，其实我不介意对你做什么。”

风灵晓：“……”

除了用眼神杀死他，风灵晓也无可奈何。她气呼呼地走到他身后，坐到软软的床垫上，看着他熟练地打开熟悉的游戏，输入账号密码。随着游戏美妙的配乐响起，那个令人心惊胆寒、每次看到他都忍不住遁地的白衣男子出现在风景如画的游戏界面上。

风灵晓似是条件反射一样浑身一颤，下意识挪远了一点，才将目光落回到白衣男子的身上。

看着司空溯点开了寻人控制面板，好像在搜索什么人，风灵晓不禁好奇地问道：“你在干吗？”

“去寻仇。”清冷的声音说出了如此简单的三个字，却让风灵晓感到有一股寒气从背脊窜上。

她战战兢兢地试探道：“你不是……打算去杀了暗无殇吧？”

“你说呢？”

“……”漫不经心的反问句式让风灵晓不寒而栗。果然，得罪了妖孽的人都没有好下场啊……沈正泰童鞋，你还是自求多福吧！

见司空溯喃喃自语：“他居然不在……算了，这回就先放过他，下回他死定了！”

“……”风灵晓再次无语望天花板。

沈正泰童鞋还真是多福啊……不像她那样回回都杯具……T_T

然而风灵晓如此惦记着杯具大神，它一个激动，又来找她的麻烦了。只听她那个“夫君大人”突然毫不客气地开口命令道：“小灵晓，过来。”

风灵晓身体抖了抖，挪得更远了。她警惕地瞪着他：“你想干吗？”

“过来。”司空溯停下手中的动作，侧头用眼神命令她。

“才不要！”风灵晓宁死不屈。

司空溯凝注着她，面无表情地说道：“你不过来，我马上将你盗号的事情说出去。”

风灵晓：“……”

司空溯，算你恨！

在某人的威胁下，风灵晓不得不咬牙切齿地磨蹭了过去，很不耐烦地问：“干什么？”

司空溯打开了一个《幻剑江湖》的登录窗口后，让出自己的位置，侧头望向风灵晓：“过来输入账号密码。”

风灵晓闻言，动作一僵，又往后倒退回去，满腹狐疑地望向一脸深沉的某人：“你想拿我的号去干什么？”

“你不是很讨厌我吗？”司空溯反问，漆黑如一泉幽潭的眼眸里溢满意味不明的笑意，“我现在给你一个机会，解除灵风晓月和溯夜墨影之间的夫妻关系。”

风灵晓满不在乎地“切”了一声，突然猛地反应过来，一副受到了惊讶的模样：“……大哥，你确认你不是在开玩笑？”

司空溯又在搞什么阴谋诡计？

司空溯挑眉：“你觉得这是玩笑？”

风灵晓犹豫了。尽管他的条件充满了诱惑，但是她心里还是有顾虑的。万一他又要自己……

似是看出了她的疑虑，司空溯移开视线，用毫不在乎的语气说道：“再说，你的号已经被我榨干，再陷害你也是无谓的吧？”

说着，他懒慵地抬了抬眸，眼角的余光瞟向犹豫不决的某人：“再不输入那就算了哦。”

"别！"风灵晓马上着急地叫了出声，抢先冲了上前将键盘占据了。

司空溯唇边不着痕迹地勾起一抹浅笑。

风灵晓内心依然挣扎着。她最终还是抵抗不了诱惑，半信半疑地瞟了司空溯一眼，乖乖输入了自己的账号密码。很快，黑衣少女纤细的身影跃然在如梦似幻的游戏场景上。

风灵晓迟疑了片刻，退到一边，让出了位置。

就这样，风灵晓看着司空溯控制着灵风晓月赶到月老庙，再切换到溯夜墨影的号。溯夜墨影早已经在月老庙"等候"着，一袭白衣在鲜红似火的背景衬托下显得格外明耀。

只见司空溯点开了溯夜墨影的背包，双击第三行第六个道具。

叮！系统提示：您使用了特殊道具"临时解约残页"，你的永久的婚姻关系可解除一次。

司空溯的背包还真什么稀奇古怪的东西都有。风灵晓如是想着，又见他切换到灵风晓月的号上，点击了月老。

月老：千里姻缘一线牵。请问有缘人，您是来……

月老的对话框中马上出现了四个选项：

A、有缘者千里相会，我是来与有缘人结成姻缘。

B、我和他（她）注定今生无缘，请求解除婚姻关系。

C、我想听听今生姻缘的介绍。

D、没事了，随便逛逛。

司空溯没有丝毫迟疑地选择了"B"！

然而这个时候，风灵晓的心中竟然衍生出不舍的情绪，脑海不由自主地浮现出跟溯夜墨影的过往。

那个白衣翩翩的男子，曾经跟她一起杀怪，曾经护她度过一次次凶险，曾经跟她有很多美好的回忆……难道，就要这样离婚了？

不过……

不对！不对！她在想什么！

那点点滴滴的回忆，都不是跟司空溯这个无耻之徒的！必须离婚！必须的！风灵晓这样安慰着自己，于是就心安理得了。

系统提示：您是否要跟您的夫君溯夜墨影强制解除婚姻关系？

司空溯还是毫不犹豫地选择了“是”。

于是，世界马上很兴奋飘出一条系统公告——

【系统】玩家溯夜墨影和玩家灵风晓月感情破裂，宣布离婚，从此男婚女嫁各不相干，实在令人惋惜，惋惜……

终于离婚了……司空溯果然没骗自己！以后他再也不能要挟自己了吧？

风灵晓心中一块大石落地。

可是，还没等风灵晓高兴起来，还没等【世界】频道因为这件“震惊”的事情沸腾起来。风灵晓随意一眼瞟过电脑屏幕的时候，她才赫然发现——不知道什么时候，司空溯竟然还开了柒殇的号！

他想干什么？风灵晓一愣，马上惊讶地发现，他竟然点开了月老，打开了“求婚”系统！

然而还在风灵晓发怔时，司空溯动作迅速地切换回灵风晓月的号上。已经有一个系统提示拦截在画面中央！

系统提示：您的好友柒殇请求跟您结成夫妻，白头偕老，是否同意？

也许是因为粗心大意，也许是因为月老庙红艳的装饰淹没了他的身影，她竟然没有发现“柒殇”早已经站在了月老的身边！

不好！风灵晓猛地回过神来，心急如焚地扑上去抢夺司空溯的鼠标——

“司空溯，你这个无赖想干什么？！给我住手啊啊啊——”

她这么一喊，司空溯的动作的确稍有停顿。只不过可能由于太着急的缘故，她脚下一滑，一个趔趄扑倒在电脑桌上，手重重地按在了……鼠标的左键上……

而游戏界面鼠标指针正好停在了……系统选框那个“是”上！

【系统】玩家柒殇和玩家灵风晓月情投意合，愿共结连理，执子之手，与子偕老，从此相忘于江湖……

目瞪口呆地看着随着离婚公告消失而飘过来的结婚公告，风灵晓的大脑“嗡”的一声，然后，她彻底懵了……

“啊啊啊——！”风灵晓抓狂了，她再也顾不上矜持，猛地扑到司空溯

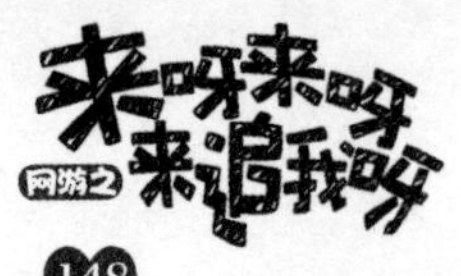

身上就要揍他，“司空溯你混蛋！”

离婚又结婚……总之一句话：她又被耍了！

司空溯眼疾手快地抓住她的双手，嘴角挑起一抹似笑非笑的弧度，似是在嘲笑她的举动：“可是，这是你自己按下去的呀……”

“你——”他那事不关己的神情更让风灵晓气结。

“你什么？”司空溯笑眯眯地反问。

“你放手！”风灵晓气得几乎吐血了，她的双手被擒，只好用双脚去反抗，想要逃离某人的魔爪。

可是，司空溯双手突然一松，风灵晓始料未及，整个人重心不稳，便毫无意外地叠入了他的怀中。

她脸上火热，恼怒着正要爬起来，却感到腰间力道一紧，她整个人已经被禁锢在温暖的怀抱中，分毫动弹不得。

“喂，你放手！”她羞红着脸怒喝，却不敢动弹丝毫。然而他说的下一句话，让令她的思绪瞬间停滞。

“小灵晓。”他的气息暖暖扑来，如夜色般清冷低沉的声音萦绕在耳边，“既然你不喜欢大神，那以后就让妖孽跟你的妖女一起相忘于江湖，如何？”

第15章 狐狸狐狸

前一秒还在恼羞中的风灵晓，下一秒就因为司空溯的话而狼狈不堪。

她的脸刷地……涨得比刚才更红，堪比煮熟的虾子。她就这样全身僵硬地趴在司空溯的身上，过了好久，才机械般慢慢慢慢抬起头，难以置信地挤出一句："你……你的话……是什么意思……"难道他是在表白？

虽然她不是第一次被人表白，但是如果表白的对象换作是司空溯，那种感觉太奇怪了。就好像被人迎面敲了一记，脑袋混混沌沌的清醒不过来，而脆弱的小心脏怦怦怦怦乱跳个不停，根本容不得有她思考的余地……

他眼中似笑非笑的神色更让她困窘地低下头，忘记了某只狐狸爪子还搭在自己的腰间……

见风灵晓一副恨不得挖洞埋起自己的模样，司空溯微微勾了勾唇，轻笑道："字面上的意思。"

"字面上……"风灵晓喃喃地重复着他的话，猛地醒悟过来，顿时又羞又怒。她挣扎着推开他，一跃而起，怒斥道："相忘你个大头鬼！我还要继续读书混毕业证，以后还要找工作……"越说越气急败坏，最后只好以一句莫名其妙的话做结束，"总之，我才不要跟你隐居深山做什么山顶洞人！"

司空溯将她的话细细琢磨了一遍，嘴角的弧度不减反而加深："这么说来，小灵晓你是承认我们之间的关系了？"

"谁承认了……"风灵晓一愣，正要反驳，却蓦地发现她刚刚所说的话……

太丢人了！！！

风灵晓脸绿了。为了掩饰自己的尴尬，她撇开视线忿忿道："你这个无赖！威胁我就算了，为什么还要耍我？！"

"我没耍你啊，你不是很想跟溯夜墨影离婚然后跟柒殇发生JQ吗？我可是一次满足了你两个愿望哦。"司空溯的语气十分诚恳。

这种语气真是极其欠扁，风灵晓恨不得马上扑上去将他狠狠揍一顿。她竭力压制着自己的怒气，用眼神杀死他："你这是强词夺理！我要离婚！离婚！"

"好，那你自己来。"不料司空溯爽快地答应，落落大方地让出位置，一副适随尊便的轻松模样。

风灵晓狐疑地瞪了他一眼，也不客气地走到电脑桌前，控制鼠标点击了月老，选择"离婚"。

月老：对不起，你跟玩家柒殇之间的姻缘乃是命中注定，生生世世不得

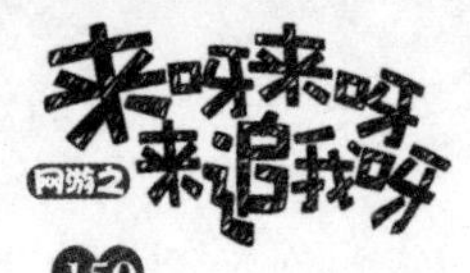

分离，因此无法离婚。

风灵晓悲催了，月老老头，为什么连你都要耍我？T_T

受到重度打击的风灵晓回过头，幽怨的目光直刺向司空溯，浓重的怨气直扑过去：“为什么……你早知道离不了婚的，是不是？”

司空溯依然坦然自若：“是又怎样？”

“那为什么刚刚又能跟溯夜墨影离婚！”风灵晓终于崩溃了！

司空溯嘴角轻扬，解释道：“因为我刚才用的那个道具只能解除一次永久关系，而忠心证的作用是永久的，也就是说……”说到这里，他的声音停顿下来，用“你懂的”的目光看向她……

风灵晓再次泪了。她的确懂了……

也就是说，她再次结婚的期限也是永久的……

T_T她太杯具了……

她承认，败在他手里，不是她技不如人，而是……司空溯，你果然是无赖中的极品！

见风灵晓愣怔着不说话，司空溯伸手摸了摸她的头，笑眯眯道：“怎么，小灵晓？是不是高兴得说不出话来了？”

风灵晓：“……”

没错，她的确说不出话来了，但是不是高兴，是身心受到了多重打击。她总算明白“无话可说”是可以到达什么境界了……就比如现在，她面对着这个无赖，言语不能……

她的唇动了好几次，还是什么驳斥的话也说不出来，最后只能愤愤地一跺脚，瞪他：“还不快打电话给罗阿姨！难道你想被关在这里一辈子吗？”

对于风灵晓转移话题的方式，司空溯是见怪不怪了。他意味深长地望了她一眼，没有说话，居然转身乖乖去打电话了。只是，他转身的时候，用微不可闻的声音说出一句风灵晓没有听见的话——

“如果你不介意……”

风灵晓看着司空溯走到床边，拿起电话开始拨号。电话接通后，他对着话筒小声说了些什么，不一会儿，他的嘴角竟然扬起了一抹几近邪恶的笑容。

邪恶？她的确没有看错！他的嘴角扬起的笑容的确带了种阴谋的味道……

她不由得打了个寒战，难道他跟罗阿姨的对话都是一些不好的内容？还是司空溯这家伙又在酝酿什么诡计？

风灵晓还在忐忑地猜测着，司空溯已经挂上电话，折返回来，黑眸中漾出高深莫测的笑意。

“怎么了？罗阿姨怎样说？”见他走近，风灵晓焦虑地迎了上前，问道，“她什么时候回来？”

司空溯马上装出一副惋惜的模样，失望地叹了一声：“姨妈说，她今晚要加夜班，所以不能回来了。她说只能委屈我们在这里暂宿一晚，等她明天回来后再找人来开门。”

“……”风灵晓囧了，下一秒，她发出一声无法置信的惊叫，“你胡说！这怎么可能啊！！”

“怎么不可能？”司空溯挑眉，“不信你可以打电话去问问。”

风灵晓急了：“既然罗阿姨不能回来，我们可以让沈正泰打电话叫人来修理啊，再不行我们自己打电话让人来也行……”

司空溯摊手，表示无能为力：“我不知道修理店铺的电话。”

“那可以打114呀！”风灵晓绞尽脑汁想解决的办法。

“不行！”司空溯马上一口回绝。

“为什么？”

司空溯一本正经地回答道：“正泰年纪小，放陌生人进来不安全。”

风灵晓：“……”

好吧，司空溯，你果然是强词夺理，那理还是歪理……

风灵晓悲愤道：“司空溯，那你到底想怎样？！”

“没想怎样。”司空溯勾唇一笑，笑得风轻云淡。他趁她发怔的机会伸手揉乱她的头发：“乖，不要闹了。今晚就乖乖跟我待一个晚上吧……”

风灵晓僵硬地扯了扯嘴角，一股寒意从背脊蹿上，她下意识后退了一步。为什么，他那种语气像极了电视剧中痞子调戏少女的“美人，你就乖乖从了爷吧”之类的……

司空溯望了欲哭无泪的风灵晓一眼，狭长的眼睛眯了眯，然后优雅转身走入洗手间，只留下已经石化了的某人目瞪口呆地僵立在原地。

风灵晓总觉得，这一天的时间过得特别漫长……

整一天，她都保持着高度的戒备和警惕，以预防司空溯又对她作出什么不轨的事情来。就这样，她很不容易熬到了令人心惊胆寒的晚上……

可是，即使她做了十二万分的心理准备，当司空溯抱着被子枕头爬上她的床时，她全身的神经还是一下子绷紧起来。

风灵晓抱着柔软的枕头缩到床的角落，充满戒备的目光直盯着司空溯，结结巴巴高声道："司空溯，你你你爬上来干什么？这是我的床哎！"

司空溯马上很配合地露出惊讶的表情："唔？可是这里只有一张床，我不睡这里，还能睡哪里？"

"你睡地上呀！"风灵晓脱口而出！

看着一脸坚定的风灵晓，司空溯深深叹息一声："小灵晓，地板很冷……"低沉的声音竟带了几分撒娇的意味。那双明若星辰的黑眸更是闪烁着别样的光芒，仿佛引力巨大的旋涡，能让人不知不觉迷失在里面……

风灵晓打了一个寒战，连忙撇开视线不去看他那双很容易让人滋生出保护欲的黑眸，故意装得毫不在意："那又怎样？"

"这张床这么大，就让我睡半边吧？"好机会！司空溯狭长的眼中掠过一抹得逞的光芒，一边用言语分散着风灵晓的注意力，一边悄悄往床中央挪去。

"不行！你快点滚下去！"风灵晓虽然不留半分余地地拒绝，但她并没有察觉到危险越来越近……

"地板这么冷，你舍得让我睡地板吗？"

风灵晓毫不犹豫地回答："当……"

她想说的是，当然舍得啦！可是，她话未说完，就被某只无赖打断："我就知道你不舍得。嗯，就这样说好了，我们一起睡……"

风灵晓的嘴瞬间张成"O"形。

她目瞪口呆地看着司空溯在她旁边躺下，瞬间占据了她半张床……

她无措地睁着眼，看着侧身背对着她的司空溯……

= =喂，大哥，我都还没说好不好，你这么快就……

胸口似乎被什么堵住了，风灵晓动了动唇，最终什么也没说。她气呼呼地拿了一个枕头隔在两人之间，言辞狠厉地申明："你听着，不许睡过界！"说完，她气闷地哼了一声，侧身躺下了。

而旁边原本在假寐的司空溯缓缓睁开了眼睛，漆黑如夜的眼中有一丝狡黠一闪而逝，他的嘴角微勾起一抹诡异的弧度……

就这样，风灵晓在床上辗转反侧，终于在复杂难辨的纠结心情下入睡了。但是到了半夜……

她觉得自己好像被一股寒意包裹住，浑身冰冷。

"冷……"她皱了皱眉，下意识地想睁开眼睛，可是浓烈的倦意却让她无法完成这个简单的动作。好不容易，她终于睁开了一点儿眼缝。眼前，一片黑暗笼罩的迷蒙。

"我的被子呢……"她迷糊地嘟囔了一声，伸手探向那片冰冷的空气，开始摸索。

可是在睡梦中，她根本使不上力气，无论她怎样摸索，都是徒劳的。仿佛，这具身子不是自己的一样……

就在她要放弃的时候，突然，她摸到了一个软软的、很温暖的东西。

这是什么？急于寻找被子取暖的风灵晓却不想思考了，身体无意识地往身旁那个"暖暖的"东西挪去……

指尖末端下，那个东西突然颤动了一下。

"被子？哎……好像不是……"风灵晓艰难地抬了抬沉重的眼皮，想要看清眼前的景物，可是只能看到黑影在眼前晃荡。

"好大的一只……狐狸……"即使是在半昏半睡的状态下，风灵晓亦禁不住发自内心的惊讶，继续去触摸那只"狐狸"……

难道她是在做梦？不然怎么会梦见狐狸？可是这只"狐狸"的触感，为什么这么真实？

"狐狸"的手感摸上去软软的，很温暖，风灵晓喃喃出声："这只狐

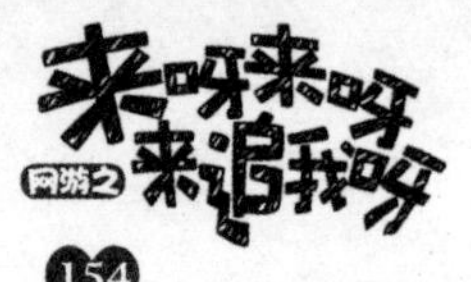

狸……没有毛的……”

身旁的“狐狸”突然动了动。

“唔？”风灵晓动作稍有停顿，却没有停止，伸手抱住了柔软温暖的“狐狸”。

她在“狐狸”的身边蹭了蹭，企图从“狐狸”身上获取温暖。“狐狸”似乎被她这个举动触怒了，风灵晓只觉得眼前有黑影闪过！

然后，梦中的“狐狸”压住了她……

没错，一定是在做梦做梦做梦……风灵晓这样催眠着自己，可是身上那阵压抑的感觉却没有消失。她伸出手抱住梦中的那只“狐狸”，张嘴就咬。可是她只咬到了一口冰凉的空气，嘴就被什么柔软的东西堵住了。

风灵晓下意识挣扎起来，撇开头：“痛！狐狸咬……咬人……唔……”来不及逃离，她的嘴巴再次被“狐狸”狠狠“咬”住！

“唔嗯——”她正要开口发出抗议。可她刚张开嘴，什么温热的东西便随着灌入的凉空气滑入了进去。

那个东西，肆无忌惮地掠夺她的气息，几乎将她呼吸的空气全部抽去……

“唔唔唔——”风灵晓费尽力气，才将“狐狸”从身上推开！

睡梦中的风灵晓愤怒了！不知道哪来的力气，她一把将压在自己身上的“狐狸”推开，然后反扑上去，狠狠咬住“狐狸”的脖子……

“狐狸”稍微挣扎了几下，发出一声闷哼，终于不动了。

风灵晓满意了，她抵抗不了卷席而来的浓烈睡意，趴在“狐狸”的身上再次进入了梦乡……

第二天，风灵晓是被一阵开门的声音惊醒的。

她蓦地睁开了眼睛，迷迷糊糊地望向四周，却猛地被眼前的一幕吓得惊住。

“你你你为什么会在我的床上？！”她好不容易克制着自己，才没有尖叫出声，不过她的声音明显带着万分的惊骇。

“啊？难道小灵晓你忘记了……”眸子的主人露出一脸无辜的表情，清明如镜的黑眸倒映着风灵晓惊恐的小脸，像是要提醒她记起一切般故意拖长了声音，“你记不记得，昨天——”

一时彷徨无措的风灵晓听到他的话，思绪也不由顺着他的引导走下去……然后，她慢慢记起了昨天的一切……

她记起来了。昨天，面前的这个家伙很无耻地走入了她的房间，然后很无耻地把房间的门弄坏了，再很无耻地占了她半边床，最后还很无耻地……

风灵晓的脸色骤然变得煞白，她的目光顺着两人的身体慢慢移下，当发现两人的衣衫皆是凌乱不堪的时候……

“啊啊啊！”风灵晓还是尖叫出声了。

忍耐什么的，果然是浮云……= =

“司空溯，你对我做了什么！”她怒瞪向他，颤抖的声音中充满了愤怒。

“这句话好像应该由我来问才对。”司空溯弯成月牙的凤眼意味深长地扫了她一眼，眼中笑意加深，他悠悠道，“你昨天对我做了什么？”

“你还好意思问！”

“你再仔细看看嘛。”司空溯懒懒地翻过身子，“我昨天很听你的话，没有睡过界哦……但是你却……”他的语气顿了顿，话锋一转，突然很严肃地看向她，“咬了我。”

“我咬了你？！”风灵晓惊讶地瞪圆了眼睛。

她不敢相信地看向司空溯凌乱衣领下白皙的脖子，果然是不堪入目的青一块、紫一块……

风灵晓强忍着抓狂的冲动，努力压制自己的情绪：“我昨天到底做了些什么……”

司空溯依然笑得风轻云淡：“不知道呢……不过小灵晓，这已经一目了然了呀……是不是呢？”

然而他的态度让风灵晓气得咬牙切齿！可恶的司空溯，居然还有心思调侃她！

最令她气愤的是，刚刚她无意识揪住司空溯的衣领——但是，这家伙不仅没有提醒她，反而还一副“我不介意你继续吃我豆腐”的享受模样！

就在风灵晓气得想要扑上去掐住司空溯的脖子时，又听他缓缓开口道：“不过，我现在知道，即将有一件很重要的事情要发生。”

“什么？”风灵晓一怔。

“嗯。”司空溯笑了笑，慵懒抬眸，故意将尾音拖得老长，“姨妈回来了，她应该是请了人来帮忙开锁了……”

他话刚落音，门外便传来一阵工具捣鼓门锁的声音——

第16章 萝莉萝莉

风灵晓在瞬间懵住了。

司空溯凑近，稍微低头，他们的距离便近在咫尺。狭长的凤眸微微眯起，闪过促狭的光：“他们要破门进来了哦……”

仿佛是要验证他的话，门外传来一阵明晰的急促敲门声。罗阿姨着急的询问声随即传了进来：“小溯、灵晓，你们起来了吗？”

风灵晓依然愕然着，不知所措，而司空溯只笑不语。

“你们快点起来吧！我们要进来了！”见没有人应答，罗阿姨再次着急地提醒。

敲门声消失了，被开锁的声音所取代。

听着那一下一下扣人心弦的声音，风灵晓惊醒过来，发出一声惊呼：“啊啊啊！”

“小灵晓？”司空溯挑眉，略有不解地看向她。

“不行！”她猛地从床上跳起来，目光在凌乱不堪的床上扫了一圈，喃喃自语道，“让人看到就糟糕了。”

她目光慌乱地在四周打转，最后定定落在洗手间的位置。

“有了！”她眼前一亮，突然点了点头，不由分说地就将司空溯连拉兼拽，也顾不上力量的悬殊。

“你……”司空溯有一瞬间的惊怔，也许就是这么短暂的空隙，他忘记了反抗，已经被风灵晓拉到了洗手间门前。

“快进去！快进去躲起来！”风灵晓费尽力气将司空溯推了进去，涨红着脸警告他，“记住！不想办法把脖子上的东西弄掉就不准出来！绝对不能让别人看到！”

司空溯终于明白了她的意图，看着气急败坏的风灵晓，他的唇角又勾起了熟悉的笑容：“你这是在藏匿罪证吗？”

“闭嘴！记住不准出来！”在他充满玩味的目光下，风灵晓忍不住气势汹汹地朝他吼了一句。

正要用力关上门，却被司空溯一手按住了。风灵晓一愣，暗暗使劲，门依旧一动不动。

“司空溯，你到底想干吗？”风灵晓气得牙痒痒，若不是情况紧急，她一定扑上去狠狠教训他一顿。

司空溯似是没有看到她一脸羞恼的神色，风轻云淡地朝她微微一笑：“嗯，刚刚有很重要的事情忘了跟你说。小灵晓，你记得对我负责哦……”

“知道了！”风灵晓气恼地瞪他一眼，不耐地打断他。这一次她终于将门的主控权夺了回来，“砰”一声关上了门。

但是，在门关上的那一刻，她的心蓦地跳快了一拍！她紧紧捂起嘴巴，呆了。她她她刚才说了什么？！好像一时口误就……答应了他……

这个时候，房间的门一阵清脆的响声，打开了。

“小溯、灵晓，你们没事吧？”罗阿姨关切的声音随即传入耳中。

身体微微发颤的风灵晓已经来不及后悔了，她迅速理了理心情，转过身，故作镇定地扬起一抹轻松的微笑：“没有事，我……我们都很好……谢谢罗阿姨关心。”

“没事就好。真是抱歉，昨晚临时有事不能回来，委屈你们两个

了……”罗阿姨紧张的表情稍有松弛，目光在房间扫了一圈后，又不禁疑惑道，“怎么不见小溯？他去哪了？”

风灵晓莫名一慌，眼睛不自在地四处乱扫，结结巴巴地解释：“那……那那个他早上起来的时候肚子有些不舒服，所以正在洗手间里那个……”

罗阿姨见她一脸尴尬的神色，以为她是因为司空溯上洗手间解决私人问题的困窘，也没有再问下去，只是微笑着点了点头：“那我就放心了。对了，我回来的时候顺便买了早餐，你跟小溯快点出来吃吧。”

“好的。”风灵晓紧张得冷汗直冒，连嘴角扬起的弧度也开始僵硬了。她一直目送着罗阿姨走出房间，直到她的身影消失在房门口，才暗暗松下一口气，解除了危险警报。

因为心虚，她又左顾右盼一番，确认危机的确已经不存在了，才稍微壮起胆子，再次警告洗手间里的某人：“司空溯，我警告你，不把脖子上的东西弄掉，别想出来！”

说完，她冷哼了一声，快步走出房间。

然而急着离开的风灵晓，并没有听到她转身那刻，门那边传出的一声低低的笑……

风灵晓踏进饭厅的时候，罗阿姨正跟开锁的大叔在说些什么，而沈正泰则一脸仇恨地啃着手中的肉包子。看到风灵晓出现，他突然停止了啃咬，一记冷冻光线射了过来。

风灵晓早已经对沈正泰的凶光习以为常了，只把他当作透明，拉开椅子坐下，无视正太童鞋明明想装出狠厉结果却变得很滑稽的眼神。

罗阿姨向开锁大叔付了钱后将他送出门，又折返到饭桌。当她的目光落到司空溯空落的座位上时，脸上露出了疑惑的神色：“灵晓，小溯怎么还没出来？”

“唔！”风灵晓惊得浑身一颤，居然被口水呛住了，猛地咳嗽起来。她好不容易缓过气，正要回答的时候——

“姨妈。”身后传来一个低沉的声音。

风灵晓连忙回过头去。

司空溯笔挺修长的身材衬上那件领口微微趟开的白衬衫，凌而不乱，透着一片诱惑的光泽。只是……

他脖子上惨不忍睹的紫青淤痕实在森森刺痛了她的眼睛。

“小溯你出来了……”罗阿姨刚变得缓和的语气在下一秒戛然而止，她马上惊呼出声，“哎呀！你的脖子怎么了？”

听到她这一声喊叫，沈正泰疑惑地抬头望向司空溯。然后，他的嘴巴张得老大，手中的包子“啪”地掉到了地上，骨碌骨碌滚了一圈，倒下了。

风灵晓恨不得立刻冲上去揪起他的衣领大吼：谁让你这样就出来的？！可是，她还是努力克制着这股冲动，向他抛去一个锋利的眼神。

“没什么，只是昨天被一只‘毒蚊子’咬了而已。”司空溯仿佛没有看到风灵晓杀人似的目光，唇角扬起一个完美的弧度，故意将“毒蚊子”一词咬重音。

风灵晓气得咬牙切齿，衣角不觉被她捏得皱成一团。

“是这样吗？小溯你一会儿记得拿些药膏涂涂。”罗阿姨眼中露出一抹担忧。她望了望墙壁上的时钟，又道：“我要走了，正泰就拜托你们了。”

“这么快？”风灵晓惊讶。罗阿姨不是才回来吗？怎么那么快就要离开了？

“嗯，公司还有事情要处理，我必须走了。”罗阿姨朝她点了点头，叮嘱了沈正泰几句后，匆匆离开了家。

门刚合上，几乎马上，沈正泰“霍”地从座位上跳了起来。他踉跄着后退了几步，惊恐地看向风灵晓，一副看吃人魔的样子：“昨天你……对表哥做了些什么？”他的声音虽然渗有愠怒，但更多的却是颤抖。仿佛……已经做好了什么不好的心理准备。

风灵晓先是一怔，脸马上红透，不满地抗议起来：“喂喂喂！应该是问他对我做了什么才对吧？”

“表……表哥，是……是不是她……她把你吃了……”沈正泰对风灵晓的话置若罔闻，颤抖的目光落到司空溯身上，似要询问事实的真相。

司空溯只是不置可否地笑了笑，没有说话。沈正泰颤得更厉害了。

迟钝星人风灵晓无意中瞥到司空溯狭促的眼神，才猛地醒悟过来，悔恨

得肠子都青了："不对！这也不关你的事啊！"

沈正泰愕然地张着嘴，半晌，他颤抖着指向风灵晓，爆发出一阵惨绝人寰的尖叫："你这个禽兽啊啊啊！还我表哥的清白来！！！"

"你才禽兽！"红晕继续占据风灵晓的脸颊，她的脸红得几欲滴血。

"你居然霸王硬上弓？！"沈正泰激动得语无伦次，目光凌乱，指着风灵晓的手指抖啊抖，"还有，别以为我不知道，表哥刚进来的时候，你是向他抛媚眼吧！"

风灵晓险些一口鲜血吐出，她真是欲哭无泪了……她的眼光有那么差吗？

这时候，一直立在一旁看戏、仿佛自己置身事外的司空溯终于轻轻一叹，悠然开口道："正太，不准对表嫂无礼。"

沈正泰无意识地往前一撞，就近桌边的瓷碗"啪"一声掉到地上，碎成一朵绚烂的白花。他的下巴几乎掉到了地上，脸色由红转白，由白转青："什么？表表表嫂？"

风灵晓也同时被一道闪电劈中，整个人灰飞烟灭了。她突然有种飘忽在云霄之外的感觉，仿佛自己已经不再是自己……

然而沈正泰和风灵晓还未从这一深重打击中恢复过来——

"啊！我不相信——！"一个陌生的尖锐女声突然穿透了大门，响彻了整个饭厅。

屋内的人皆是一怔，只听"咔嚓"一声清脆，门开了。一个梳着两个小羊角，门牙空了两个洞，约莫八岁的粉嫩小女孩跳了进来，稚嫩的声音穿透了整间屋子："表哥！你怎么可以这样！"她紧盯着司空溯的水灵眸子里满是责备，"你不是爱刘碧缇爱得死来活去的吗？！"

小萝莉的身后跟进一个一举一动都谨慎小心的人，只是风灵晓还来不及看来人是谁，就被小女孩的话逗得"扑哧"地笑了出声。

你不是爱流鼻涕爱得死来活去？

她才发现——"刘碧缇"这个名字，真是喜感极了！

看到风灵晓如此剧烈的反应，小女孩生气了。她不满挑起眉，女王般叉起腰，气势汹汹地指着风灵晓大喊：“有什么好笑的？不许笑！”

稚嫩的声音衬托得她的举动更加滑稽，让风灵晓根本无法止住笑声，而且变本加厉，无意识地扶住司空溯的肩膀笑得东倒西歪，几乎掉出了眼泪。

小女孩气得脸都绿了，小嘴一扁，冲上前扯着一脸呆滞的沈正泰委屈地摇晃着：“老哥，这个坏女人欺负我！”但沈正泰显然还陷在沉重的打击中，表情愕然地看了她一眼，一言不发。

见沈正泰不理她，小女孩气结，又将求助的眼神投向司空溯：“表哥！你从哪里找来的坏女人！”

“错了。”司空溯漫不经心地瞟了她一眼，一字一顿地纠正道，“不是坏女人，是表嫂。”

小女孩和风灵晓几乎同时出声：

“什么表嫂？！表哥你胡说！我不相信！”

“司空溯，东西可以乱吃，话不能乱说！傻子都看得出你说的是假的！”

“不相信吗？原来你们是这样觉得啊……”司空溯扫了两人一眼，故作失落地深吸一口气，“难道我说的话就那么不可相信吗？可是我说的都是发自肺腑的话啊。”

他的语气无比的真诚，一直被几人忽略在一旁的“来人”突然退后了好几步，用受伤的眼神看向司空溯，似乎快要哭出来了：“阿溯，你……”

听到这个陡然插进来的声音，风灵晓这才记起，屋里还有一个陌生的来者。然而当她望向声音的来源时，不由大吃一惊。因为她看到了一个她无论如何也想不到会出现在这里的人——

竟然是刘碧缇？！

风灵晓惊讶之余，又疑惑了——

刘碧缇为什么会在这里？她为什么会认识司空溯那两只极品表弟表妹？难道……

目光不由自主地移向司空溯，嘴角不觉扬起看好戏的阴笑。

当事人司空溯却出乎意料地冷静，只是抱着双臂，挑眉看着刘碧缇，一副与他无关的样子。

"事实到底是怎么样的？难道……难道……你连我们几年的情分都不顾了吗？"刘碧缇呜咽起来，一副楚楚可怜的样子。

司空溯轻咳一声，用只有风灵晓才听见的声音说了一句"别听她乱说"，接着面无表情地看着刘碧缇："眼见为实，你看到是什么，事实就是什么。"

"你……你……"刘碧缇的脸色越来越难看，配上泫然欲泣的状态，面部表情显得极其扭曲。她颤抖着，突然用凶狠的目光瞪向风灵晓："风灵晓，果然又是你！"

还在看八卦状态的风灵晓还没有好好地嘲笑司空溯一番，嘴边的笑容就因为刘碧缇这句话而僵在嘴角。

她差点暴跳起来。

胡说什么！什么是"又"，什么"是你"？她明明跟这家伙一点关系都没有好不好！

为了避免扯入八卦的旋涡中，风灵晓强压下心中的不满，赶紧摇头摆手澄清："我跟这家伙一点关系都没有！"

风灵晓话音刚落，马上有人不满地抗议了："小灵晓，你真无情……"司空溯别有深意地顿了顿，一手搭到她的腰上，唇角勾起，"都是你的人了，难道你想不负责吗？"

风灵晓没有料到司空溯在外人面前也敢对她动手动脚，顿时慌了，赶紧去掰他的手："喂，你放手！"

刘碧缇看着两人亲密的动作，顿时如遭雷劈，她不敢置信地看向司空溯，然后没有意外地看到了他脖子上的痕迹……

"哇啊！风灵晓，你这个不要脸的……还敢说跟你没关系！"刘碧缇失声尖叫起来，眼圈又红了几分。她的身体摇摇欲坠，一副病弱美人的模样，仿佛受到了很大的委屈。

殊不知，她的举动却带来了反效果，屋子内的人不同轻度地抖了一下。就连遭受严重打击的沈正泰，看到刘碧缇这副假惺惺的样子，也忍不住抖了又抖，跑到司空溯身后躲起来了。

她这模样，实在太让人恶寒了……

心满意足地吃完豆腐后，司空溯终于笑着松开了手，无视风灵晓杀人般的目光，视线转落到刘碧缇身上，不紧不慢地说到："刘姐，其实我早已经说明我的想法。我不介意再说一遍，很抱歉，我对老女人没兴趣……"

还在假泣的刘碧缇浑身一僵，接着芳心碎了一地。

一句"刘姐"成功将她秒杀！

女人最忌讳别人说她什么？年龄！司空溯居然毫不顾忌她的颜面拒绝她，还无情地讽刺她为"老女人"。如果这句话由不认识的人说出来也罢了，但如今，居然是由喜欢的人说出来的！

司空溯这个无赖，连拒绝别人都是那么的毒舌无情，真是一点风度都没有啊……风灵晓默默地望着天花板如是想，心里暗暗着同情刘碧缇的下场。

而花容失色的刘碧缇，在石化了好几秒后，终于"呜哇——"地大嚎出声，以河东狮吼的气势朝司空溯大喊一句："你无情！你残酷！你无理取闹！"

紧接着，她泪奔着夺门而出，留下四个被这熟悉的台词雷得外焦里嫩的人……

小女孩沈珞梨望着空空如也的大门，眨了眨眼，仰头望天花板感慨出声："流鼻涕这女人被琼瑶奶奶附体了啊，不然怎么一直都这么脑残呢。"

"那你还带她到家里！"沈正泰捂着脸，一副惨不忍睹的后悔样。

"我也不想，可是她……"沈珞梨说到这里，突然想起什么捂住嘴巴，小心翼翼地瞟向司空溯。

见他没什么反应，沈珞梨正要松一口气，司空溯突然冷冷地开口："说吧，你们又收了刘碧缇多少钱？"

沈正泰和沈珞梨同时一抖，心里暗叫一声"不好"！

沈珞梨嘴角扬起僵硬的弧度，强颜苦笑："表……表哥……"

"什么钱啊？刘碧缇哪里给过我们钱！"沈正泰忙不迭地接话。

"是吗？"司空溯挑眉，黑眸迸出冷冽的光，似要将这两只家伙看穿，

“别以为我不知道，到处收女生们的‘广告费’，然后借故带她们来？嗯？很好玩吗？”

“表……表哥……”沈珞梨目光乱扫，依然咬紧牙关不肯承认，“我不知道你说什么。”

沈正泰继续帮腔：“我也不知道……”

司空溯气定神闲一笑，狭长的双眸一眯，掠过促狭的光芒：“还有啊……暗无殇、寒水空流……”

话未说完，沈正泰已经脱口出声：“啊？！你怎么会知道的！”

沈正泰这才发现自己说漏口了，顿时傻了眼。

沈珞梨尖叫出声，气急败坏地朝他大嚷：“老哥，你这个笨蛋！”

“我……我……”抬头看向抱着双臂、笑得一脸戏谑的司空溯，沈正泰的脸色越发苍白，他现在有种想一头撞到墙壁上一了百了的冲动！

看着沈正泰一脸不甘的神色，司空溯淡然地问道：“你还有什么想说的？”那语气就好像问犯人临终之前还有什么愿望想实现。

“你怎么会知道的？”沈正泰颤抖出声。怎么可能！他明明一直都保密得很好！表哥怎么会知道……难道有人告诉了他？可是他从来没有告诉过别人……

沈正泰的目光突然落到了风灵晓身上，死死盯着她，恨得咬牙切齿：“一定是你这个女人告诉表哥的！你为什么要这样做！”

风灵晓囧了，她真是哭笑不得……怎么又扯到了她的身上？不过，她现在再说什么“我是无辜的”，他们也不会信了吧，还不如干脆承认了吧，还可以顺便打击报复……

她好像变得越来越腹黑坏心了，不过这都是小正太和小萝莉自讨苦吃的，所以绝对不能怪她。

风灵晓默默地想着，将“责任”推脱得一干二净后，对着沈正泰和沈珞梨微微一笑，说出了一句让他们恨不得马上挖洞把自己埋起来的话：

“那是因为，我就是你们口中那个十恶不赦、无恶不作的妖女——灵风晓月！”

第17章 打击打击

世上最大的悲剧，莫过于你一直“念念不忘”的人近在眼前，你却不认识她，还要视她为仇敌狠狠打击她。正如现在——

“没错，我就是灵风晓月！”

当风灵晓安之若素地抛出如此一个平地惊雷的时候，沈正泰和沈珞梨惊得连下巴也掉到了地上。

“什什什……什么？你你你就是那个……妖女？！”沈正泰瞪圆了眼睛，他现在的心情已经惊愕得无法用言语来形容了，只恨不得咬掉自己的舌头。

沈珞梨更是夸张地尖叫出声：“怎么可能！你说谎！”她惊慌失措地将询问目光投到司空溯身上，似乎迫切要得到他否定的答案。

然而现实总是残酷的，司空溯装作无辜状地点了点头，叹气道：“所以我才跟你们说，这是表嫂嘛……”

沈正泰和沈珞梨眼中的希冀之光瞬间幻灭，再度风中凌乱了。

“喂，司空溯，你别胡说！”司空溯这样的一句回答马上惹来风灵晓不满的抗议，她很是鄙视地瞪了他一眼，“哼哼，我就说你是坏人嘛！这两个孩子，原本脑袋就不好使了，现在被你这么一吓，就更加傻了。”

司空溯看了她一眼，不置可否一笑，扫落那两只正太萝莉身上的目光转眼间已变得犀利：“好了，你们两个对于‘暗无殇’和‘寒水空流’事件，还有什么要说的吗？”

“呃，这个其实是——”沈正泰惊醒，抢在沈珞梨前面开口道，“是了！一切都是老妹的主意！”他斩钉截铁地点了点头，毫不犹豫地指向沈珞

梨！

沈珞梨没想到自家老哥会临阵倒戈，顿时大惊失色，难以置信地叫了出声："老哥你胡说什么！这明明是你说要跟我一起，然后互抢……"

沈正泰急急打断她，丝毫不留让她反驳的余地："老妹！我知道你毕生最大的愿望就是嫁给表哥！但是你不能这样……"

"老哥，你在胡说什么啊！"沈珞梨急得直跺脚。

"……"风灵晓被这突然翻脸不认人的闹剧囧倒了，说不出一句话。

"够了。"最后还是司空溯用手各敲了这对兄妹的头一下，结束了这一场"责任推卸"争吵，"都别指责对方了，你们两个都有错！"

"不！"听到这句话，沈正泰的反应极为激烈，内心熄灭的气焰又重新燃起，他用倔强的目光对上司空溯的视线，"我并不认为我有错！表哥，是男人就来决斗一场吧！"

司空溯根本没将他放在眼内，只是用类似无语的眼神望了他一眼，注意力便转移到沈珞梨身上，"珞梨，难道你想让姨妈知道你们用'那种'方法赚外快吗？"

"呃……我知道应该怎么办了！"沈珞梨大惊失色，语无伦次地回答着，手忙脚乱就往房间奔去，"我马上去解除那个追杀令去……"

目的达到，司空溯唇角微勾起得逞的笑容，不由分说拉起还在发呆的风灵晓跟着沈珞梨走进房间。

此时，只剩下半晌才悠悠清醒过来的沈正泰在抓狂："喂！你们别无视我啊！"

沈珞梨在四道逼人目光的注视下，颤抖着输入了暗无殇的账号密码，登录了游戏。然而，游戏界面还未跳转，沈珞梨就被音响"嘀嘀嘀"响起的收到私信的声音惊到了。

"老哥，搞什么鬼啊。"沈珞梨忍不住小声地嘀咕。

好不容易等游戏缓冲过来，沈珞梨打开私人信箱，发现里面居然塞满了未读的私信，全是这几日发过来的。而私信的发送者，全是同一个名字——

寒水浅浅。

寒水浅浅那家伙发这么多私信给暗无殇干吗？她什么时候跟老哥这么熟

了？沈珞梨疑惑地皱起眉头，一边点开那些信件。

第一封——

寒水浅浅（5天前）：暗帮主，在吗？

第二封——

寒水浅浅（5天前）：我有很急的事情找你哦，你什么时候上来？

第三封——

寒水浅浅（4天前）：帮主你还是不在吗？呃，我知道你很忙，但是你上来后能马上回复我吗？

……

第N封——

寒水浅浅（昨天23：26）：帮主，你好久没上了。人家好想你……

第N+1封——

寒水浅浅（今天）：帮主，你怎么还没上？那个……我真的有很急的事跟你说，是关于寒水空流和寒水家族的，你上来后能不能马上联系我？

……

站在沈珞梨身后的风灵晓敏感地注意到寒水浅浅对寒水空流并没有使用敬语，而是直呼其名，心中隐约有不好的预感。而沈珞梨还没从信件轰炸中回过神来，就被【私聊】频道接踵而来的信息敲醒。

她点开，还是寒水浅浅。

【私聊】寒水浅浅：帮主！你终于上了，人家等了你好久了！[表情/兴奋]

【私聊】寒水浅浅：帮主，怎么不说话了？

沈珞梨有些懵了，良久才发了个问号过去。

【私聊】暗无殇：？

【私聊】暗无殇：有事？

【私聊】寒水浅浅：是！

【私聊】暗无殇：什么事情这么着急？

【私聊】寒水浅浅：是关于寒水空流的……帮主，我直说你不会生气吧？

【私聊】暗无殇：没事，你说。

【私聊】寒水浅浅：嗯，其实是这样的……现在寒水空流被溯夜墨影洗白了，寒水小榭被灭，而暗月无边又被降了一级。我怕我们的帮派不够力量对抗其他帮派。万一他们突然有一天对我们敌袭……恐怕……

【私聊】暗无殇：你到底想说什么？

【私聊】寒水浅浅：寒水空流被洗白一事已经令她在我们寒水小榭心中失去了威望，而且我最近重建了寒水小榭……所以帮主……

【私聊】寒水浅浅：当然我是为了暗月无边的利益！我绝对没有别的企图！帮主你不要误会！

……

接着，寒水浅浅又旁敲侧击地说了很多暗示的话。无非揭露寒水空流一路而来的劣迹而给帮派带来的麻烦，并分析了以后应该如何做，云云。总而言之，她的目的是——让暗无殇跟寒水空流离婚，娶她做帮主夫人。

几乎连傻子都看得出她的意图，寒水浅浅这个女人，到底在忽悠谁？！

沈珞梨毕竟是一个思想不成熟的小女孩，面对“热情如火”的寒水浅浅，一时被愤怒冲昏了头脑，二话不说就噼里啪啦打了几个字发了过去！

【私聊】暗无殇：我就是寒水空流！

也许是被这句话惊住了，寒水浅浅终于消音了。

在旁边一言不发“观战”的司空溯摇了摇头，叹道：“珞梨，你太心急了。”

“啊？”沈珞梨皱起的小脸慢慢平复，扬起头疑惑地看向司空溯，“什么心急？”

“你不应该这么快就说自己是寒水空流，也许还能套出她真正的目的。”司空溯犀利地指出沈珞梨的错误。这是他刚才一直没有催促沈珞梨到【世界】频道解释的原因，因为他不相信自己家里那两只会想出那么“阴毒”的陷害招数，肯定有什么人在背后鼓动。

风灵晓想起很久之前的聊天记录PS事件，第一次颇为赞同地点了点头：“有道理，也许这一场追杀什么的就是那个寒水浅浅挑拨离间搞出来的。当然你们也有责任……”

沈珞梨额上青筋跳了跳，碍于司空溯在场，又不好发作，只得作罢。

那一边，寒水浅浅开始拼命解释。

【私聊】寒水浅浅：呃……

【私聊】寒水浅浅：帮主夫人你不要误会！我刚刚不是这个意思！！！

……

敏感的人会发现，寒水浅浅对寒水空流的称呼又变换了……

沈珞梨正要敲下一句“那你是什么意思”过去，马上被司空溯阻止了。

他说：“让我来。”

沈珞梨自然乖乖让座。

司空溯眯了眯狭长的双眸，开始跟寒水浅浅展开拉锯战。

【私聊】暗无殇：哈~你不用这么慌张了，刚刚是逗你玩的。

对方似乎又愣了好半天。

【私聊】寒水浅浅：呃?

【私聊】寒水浅浅：帮主你坏！！！果然玩我！！！>///<

【私聊】暗无殇：抱歉哈~开个玩笑。

【私聊】暗无殇：那个，刚刚你说得很有道理。其实我也不满寒水空流那个婆娘好久了，碍于寒水小榭才一直没说什么。

【私聊】寒水浅浅：真的吗？原来帮主你也……

【私聊】暗无殇：嗯，你不要告诉她。

【私聊】寒水浅浅：当然！我早看那个女人不顺眼了，总是自以为是，自傲自负。经常指挥别人做东做西，她以为她是谁啊！真是让人讨厌！嘿嘿，帮主，告诉你吧，其实那次PS图的事情是我故意爆出去的。

看着寒水浅浅的满腹牢骚，沈珞梨气得肺都要炸了！

风灵晓却囧了。司空溯这个妖孽果然有本事……几句话就将情况完全扭转了……只不过，他精分的能力更让她拜服……

【私聊】暗无殇：哇，佩服！

【私聊】寒水浅浅：[表情/害羞]帮主你不要突然这样，人家会不好意思的……

【私聊】暗无殇：别不好意思。来来，说说你的计划和原因。

【私聊】寒水浅浅：嗯，我们帮派的实力经过跟溯夜墨影一战减退不少，我想要让我们的帮派重新振作起来。还有灵风晓月那个妖女，我希望尽快除去她！

终于扯到正题上了！司空溯眼中掠过狡黠的光芒，继续从容应对。

【私聊】暗无殇：哎？我发现你特别针对灵风晓月，有什么特殊原因吗？

【私聊】寒水浅浅：这个……

【私聊】暗无殇：不能说吗？哎，那算了。但如果你偷偷跟我讲讲，说不定会对复兴计划有帮助呢。

【私聊】寒水浅浅：那我悄悄跟帮主你说吧，帮主你别告诉别人哦。

【私聊】暗无殇：嗯，一定。

【私聊】寒水浅浅：其实，我认识现实的灵风晓月，我恨她！！！

此话一出，不仅是当事人风灵晓顷刻石化，连司空溯眼中也闪过一抹惊愕。

他侧头，对着风灵晓意味悠长一笑：“你什么时候得罪这么个极品了？”

避开他充满玩味的目光，风灵晓又恼又羞：“我哪里知道啊！”

她真的不认识那个叫什么寒水浅浅的呀！更何况……她这样的乖宝宝怎么会得罪人？T_T

司空溯犹自一笑，也没有再问下去。只是收回目光，在键盘上慢条斯理敲了一句，发送。

【私聊】暗无殇：我也告诉你一个秘密吧，其实我真的是寒水空流本人。[表情/微笑]

风灵晓无语望向天花板。司空溯，你丫的实在太腹黑了！

“表哥你……实在太无耻了……”最后还是由沈珞梨说出了在场所有人的心声。话音刚落的时候，她突然打了个寒战，不由在心里暗暗庆幸：幸好自己悬崖勒马了，不然下场该会是多么悲惨啊……

“好了，打击报复到这儿结束，后面还给你。”司空溯完全不顾后果地干完“坏事”，然后若无其事地将座位退让给沈珞梨。

很容易想象到，寒水浅浅受到严重惊吓的模样。她一下子就没有了声息。

沈珞梨不过是一个心智不成熟的小孩子，从未想到一直在她身边说尽好话讨好她、总是为她出谋划策的寒水浅浅竟然会是这样一个满腹心机的人。更没有想到，就连那一次聊天记录PS事件也是寒水浅浅故意让自己出糗的。

寒水浅浅说出那一番对她冷嘲热讽的话让她怒火中烧，只不过刚刚司空溯帮自己完美报复了寒水浅浅，让她的心情舒畅了很多。所以，她刚坐下的第一时间，就是得意扬扬地敲下一句。

【私聊】暗无殇：寒水浅浅，你刚才不是很得意吗？怎么不说话了？哈哈！

发出这么挑衅的一句，估计寒水浅浅要气得抓狂了。

【私聊】寒水浅浅：你——

【私聊】寒水浅浅：寒水空流你这个JB！你有种！

【私聊】暗无殇：真不好意思，我只是一个弱质女流。不过我没想到你这么恶毒啊浅浅，我当初真是瞎了眼……

【私聊】寒水浅浅：活该！我整天对着你就觉得恶心了！也不撒泡尿看看自己那样，比灵风晓月更恶心！你以为你是谁啊！公主病！

【私聊】暗无殇：你！！！

【私聊】暗无殇：唔……我是文明人，不跟你吵。还有，你就不怕我把聊天记录贴上BBS，让大家看看你的真面目吗？

【私聊】寒水浅浅：[表情/冷笑]经过上次的PS事件，你以为大家还会信你吗？

【私聊】寒水浅浅：还有，寒水空流，现在寒水小榭已经是我的囊中物了！你等着瞧，我一定不会放过你的！

最后一句话才发出，寒水浅浅的名字已经变得灰暗，她下线了。

坐在电脑桌的沈珞梨“切”了一声，似乎对寒水浅浅这种行为不屑一顾。

突然，沈珞梨的头被轻轻敲了一下，司空溯不耐烦的声音自头顶上方传来："好了，赶紧去解除你们帮的追杀令吧。"

"呃……我知道了，不用你提醒。"沈珞梨表情一僵，这才想起了正事。但她还是努了努嘴，努力装出一副"我早就知道了"的表情。

刚刚还趾高气扬的沈珞梨霎时矮了半截。

她死气沉沉地点开帮派控制面板，将鼠标移到帮派通缉令的"灵风晓月"一栏上，点击了"撤销"。

每个服务器排名前三的帮派，一旦有什么动向，马上会在【世界】频道上显示。正如现在——

【系统】第一帮派"暗月无边"撤销对玩家灵风晓月的通缉令。

紧接着，又一条系统消息飘出来。

【系统】第一帮派"暗月无边"对玩家寒水浅浅下达通缉令，赏金100万。

对于"暗无殇"的做法，暗月无边的帮众却是十分不理解，一下子惊懵了。他们纷纷跳出来询问——

【帮派】[暗月无边]青山：帮主！！！为什么要撤销对妖女的通缉令！！！你不是很恨她吗？！

【帮派】[暗月无边]水水渔：对啊，帮主，那个妖女杀过我们帮这么多人，怎么能轻易放过她？

【帮派】[暗月无边] ¤90后：帮主，你上次说要娶妖女，我还以为你开玩笑！！！难道是真的？！

【帮派】[暗月无边]寒水小鱼：暗无殇！你疯了？浅浅姐姐可是重建了寒水小榭！你怎么能通缉她？！

【帮派】[暗月无边]星星：这是假的吧！！！

【帮派】[暗月无边] quill：但今天不是4月1日啊帮主！

【帮派】[暗月无边]寒水苒苒：暗无殇！我真不明白那个妖女有什么好了！

【帮派】[暗月无边]小雪冬青：到底发生什么事了？

【帮派】[暗月无边]青山：帮主！你怎么能这样！妖女是我们的仇敌啊！

……

类似这样的质问和讨伐声蜂拥而来，让沈珞梨一阵头疼。而且，【世界】频道剧烈的反应并不亚于暗月无边的成员们。

【世界】一只不是鸡的鸭：什么啊，没上几天，就看到这么惊爆的消息= =

【世界】一只不是鸭的鸡：鸭子+1~

【世界】一只不是鸡的鸭：草泥马！怎么又是你这只鸭！

【世界】一只不是鸭的鸡：咳咳，就是我没错。

【世界】囧囧无神：楼上两位真是虐恋情深……

【世界】ゃ丘仳健丶：好了，打情骂俏一边去。为什么暗无殇会突然撤销通缉？不解……莫非跟妖女开始了JQ。但是他对那个寒水浅浅通缉又是怎么回事？

【世界】琉暗花瞑：寒水浅浅现在是寒水小榭的帮主了，按理说对暗无殇很重要才对，为什么……

【世界】半世支烟：号外号外！据说寒水浅浅和寒水空流闹翻了，所以暗无殇一怒之下……

【世界】最恨小三：暗无殇你吃错药了！灵风晓月那种不要脸的女人你也放过！你果然跟她是一类人！

【世界】罗杜甫：晕，小三大姐又出来了……

【世界】最恨小三：你才小三！你全家都是小三！

【世界】暮色苍然：寒水浅浅和寒水空流又是怎么回事啊？对寒水空流米什么好感的说……

……

这群人真是太闲了！

对于人们激烈的反应，沈珞梨实在头痛不已。

【世界】暗无殇：对于这件事情，我自有我的理由，请大家不要再争论了。至于寒水浅浅，她做了一些卑劣的事情，所以我才决定通缉她。

发出这一句，正要把所有频道屏蔽了，沈珞梨忽然看见【世界】频道上出现了一个刺目的名字。

【世界】寒水浅浅：帮主，我不明白你为什么还要维护寒水空流那个女人！她有什么好？我哪里比不上她？不过是一个网络上的小三，难道你就不顾忌我们多年的感情？！

【世界】洛水凝香：什么？！原来寒水浅浅才是暗无殇的正室？

【世界】落霜、升焱：我看走眼了，原来暗无殇也是一个渣男……

【世界】天赐メ战魂：= =哎呀，正室杀上门了……我早看寒水空流不顺眼了，想不到她竟然干这事儿……

……

【世界】寒水浅浅：我已经忍无可忍了！寒水空流，你在游戏里勾引人家男朋友也算，为什么连现实也不放过！我已经在BBS上贴出了这个小三的资料，希望大家记住这个人！小心男朋友被这个坏女人抢走！

寒水浅浅这么突然而来的一句更让沈珞梨大惊失色！

"哎呀，珞梨，看来你也得罪那个JP了……"这个时候，司空溯悠悠的笑声在她身后响起，让她更是气结。

"你闭嘴啦！"沈珞梨咬牙切齿地挤出一句，慌乱地点开官网BBS。

……寒水浅浅那女人，不会真的把她"人肉"出来了吧？哪知道，当沈珞梨点开寒水浅浅发布的帖子时，她就呆了。帖子里的照片是刘碧缇？！

不仅是沈珞梨，连她身后的两人也有一瞬间的愣怔。

司空溯眼中闪过意味不明的光，低声喃喃道："看来这次有趣了，那女人原来还是刘碧缇的熟人啊……"

沈珞梨飞快浏览帖子的内容，越看越觉得心惊肉跳。这张帖子不仅公布了刘碧缇姓名、地址、出生年月日、电话、学校等详细资料，更是贴出了刘碧缇在A大倒追司空溯的极品情史！就连她写的情书，也被寒水浅浅拍照贴出。只不过，文中的司空溯，全部用"他"给代替了……

寒水浅浅还在资料的后面说了一大堆感伤的话，大概是自己如何如何跟暗无殇在现实认识，寒水空流如何如何来勾引暗无殇之类的。

沈珞梨大致浏览了一遍后，又长长地舒了一口气。

幸好被人肉的不是她啊，只不过——为什么寒水浅浅会认识刘碧缇？

再解释也无谓，只会让寒水浅浅有更多的借口。想到这里，沈珞梨决定先清理门户，把寒水浅浅的残党踢出帮派。

【帮派公告】寒水浅浅被踢出本帮。

【帮派公告】寒水小鱼被踢出本帮。

【帮派公告】寒水嫣然被踢出本帮。

……

门户清理完毕后，沈珞梨不等寒水小榭那群女人进行反击，已经迅速地关掉了游戏。她软软地瘫倒在椅子上，不时用哀怨的目光瞪向若无其事站在一旁悠然看戏的司空溯，小脸痛苦地皱成一团。

完了啊，她把老哥的帮派弄得乱七八糟了，都怪表哥那个坏人……T_T这下，老哥一定会跟她拼命吧？！

“表哥，那、那个……那个我的号应该怎么办？”像尾巴一样跟随着司空溯走出房间的沈珞梨嘟着小嘴，一副泫然欲泣的可怜模样，手指不安地对着，“可能以后都不能再上了耶，否则……”

“那就把寒水空流那号抛弃了吧，再另外开一个。反正你原来的号很不光彩。”司空溯简洁明了地回答，头也不回地走出房间。

“只好这样了……”沈珞梨唉声叹气，一脸失落，“我那号可是烧了我好多钱啊……”

司空溯淡淡扫了她一眼，一针见血：“那又不是你的。”

“呃！”沈珞梨作出一个被戳中要害的反应，紧接着弱弱地垂下头，继续叹气。

“抛弃原来的号……这样做也太可惜了吧？”紧跟着从房间里出来的风灵晓露出极为惋惜的神情，更偷偷在心里补上一句：还很残忍。

“只有你觉得可惜吧？也是，如果你不这样就不会被威胁了……”某人阴恻恻的笑声在不远处传来……

风灵晓：“……”=皿=口胡！司空溯这个混蛋，居然戳她的死穴！

第18章 约会约会

落幕街是位于市中心的一段繁华的步行街，汇衣饰、饮食、娱乐于一体的街道，商品琳琅满目，让人眼花缭乱。即使你在这里逛上半天，亦不会感到烦闷。无论春夏秋冬，落幕街的人气总是如此旺盛。即使是烈日当空的正午，也不改喧嚣和热闹。

然而此时，一个诡异的计划正在落幕街上上演——

【计划名称】：反恋爱计划

【参与人员】：沈正泰（代号反小子）、沈珞梨（代号反小女）

【时间】：1：00pm

【地点】：落幕街12道

【任务】：跟踪行踪诡异的两个人并破坏他们的约会。

一叶障目般躲在电线杆后面，沈正泰鬼鬼祟祟地露出半个头，然后转回身子，严肃地托了托架在鼻梁上的墨镜，清咳一声，一本正经地对沈珞梨道："发现目标！目标正在10米远的麦×劳里享用两杯可乐、一份烤翅、两份汉堡……"

沈珞梨有些不耐烦地打断他："喂喂！老哥，不要废话了……"

沈正泰马上纠正："STOP！反小女，不要叫我老哥！请记住，我现在的代号是——反小子。"

沈珞梨无奈地翻了翻白眼，心里直后悔刚才决定——自己那个时候一定是脑抽了！不然怎么会答应老哥去反表哥恋爱的提议呢？

仿佛看出了沈珞梨心中的懊悔，沈正泰一挑眉，义正言辞地道："反小女，你不是现在才来后悔吧？如果你后悔了，等那妖女勾引上表哥，你以后的收入就……"

“不！”闻言沈珞梨微微变色，马上作出一脸坚定状，“我一定反两人恋爱到底！”为了表示自己的决心，她将右手紧握成拳，眼中闪烁着不明的光芒。为了她的钱途，她拼了！

“很好！”沈正泰满意地点了点头，眸光一闪，锐利的目光直指向不远处的麦当劳，“行动——准备开始！”

麦当劳里，一个不起眼的角落。

风灵晓郁郁不乐地咬着吸管，不时用警惕的目光扫向旁边支着下巴“欣赏”着她，嘴角挂着意味不明的浅笑的司空溯。

虽然说一边吃东西一边观赏帅哥这种行为有助于身心健康，但是不知道为什么，对着面前的这个人，总让她有一种不自在的感觉……

“不要总用这种目光望着我……”被盯了好多回的某人终于慢慢开口，唇角的笑容分毫不减，然而他欲言又止，似乎有什么话不忍说出来。

但是风灵晓的直觉告诉她，司空溯隐藏没说的下一句很可能是“我会害羞的”……

风灵晓吸了口可乐，努力将不满的情绪随着汽水咽到肚子里。毕竟这顿饭是人家请的，民训有曰：拿人手短，吃人嘴短。她也不好意思说他什么了，而最好的方法，就是——转移话题！

“对了，你怎么不把你那对‘宝贝’表弟妹也带来啊，让两个小孩留在家里安全吗？”风灵晓故作漫不经心地问。

司空溯悠悠开口道：“你觉得……他们像是小孩吗？”

不像，风灵晓囧囧地想，继续跟他“抗争”到底：“可你也不能把他们独自留在家里啊！”

“是他们说不来的，不关我事哦。”司空溯不以为然。

你还好意思说？明明是你威胁那两只不让他们跟来！真是一个欺负小孩的坏人！

丝毫没有察觉到司空溯不轨的“图谋”的风灵晓忿忿地想，只能再次转移话题：

“那……那刘碧缇又是怎么回事？她为什么会认识你家的那两只？看上

去，你们好像好熟耶……”

司空溯眸中带笑地看了她一眼：“吃醋了？”

“你才吃醋！你全家都吃醋！”风灵晓唰地涨红了脸。

司空溯的黑眸映出了她无措的小脸，笑意蔓延到眼底。他漫不经心地开口，有些含糊地说道：“其实……我跟刘碧缇……唔，算是有一点，亲戚关系……”

“哎？”风灵晓敏感地捕捉到“亲戚”一关键词，马上双眼放光，像发现新大陆一样扑上去扯住司空溯的衣袖，“你说什么？你跟刘碧缇是亲戚？！”

难以置信！司空溯这种虚伪的妖孽男居然和刘碧缇那种花瓶型的脑残少女是亲戚关系？

不过，其实两人如果真的凑起来，的确是有点儿……天生一对啊！

可是，风灵晓马上就发现问题了。如果他们是亲戚关系，那为什么刘碧缇会对司空溯展开如此热烈的追爱进攻？为什么她会对司空溯穷追不舍，这不是乱×吗？

仿佛看出了风灵晓内心的疑惑，司空溯有些不自在地侧过头，低声开口：“其实刘碧缇，是正泰的父亲那边的亲戚，跟我没血缘关系……”

风灵晓这才恍然大悟般地点了点头。她继续吸着可乐，一边万分好奇地看着他：“那她跟你是怎样认识的啊？”

话刚落音，风灵晓很惊讶地发现，一向以无耻为人生准则的司空溯，居然……脸红了？！

好吧，其实不是脸红。只是他困窘而低着头，脸上浮上一丝类似红晕的可疑东西而已。风灵晓发现，其实司空溯也挺别扭闷骚的……>///<

“说嘛。”他越是不肯说，风灵晓内心的好奇越是膨胀。

“……不要。”司空溯别扭地偏过头，避开她因为八卦而闪烁的目光。

风灵晓扯了扯他的衣袖，双手合十：“说吧说吧，我发誓，我不会说出去的！”

“……不要。”

“你不告诉我，我就去问沈正泰。”风灵晓切了一声，站起身，假装要离开的样子。

马上，一只手拉住了她的手腕。而手的主人似乎纠结了好久，终于低低地说道："好吧，我告诉你就是……"

得到的效果让风灵晓十分满意，她坐下，开始倾听某人跟NC女认识的经过……

用司空溯的话来说：认识刘碧缇的过程，这女人很烦。

用沈正泰的话来说：认识刘碧缇的过程，表哥的杯具。

用沈珞梨的话来说：认识刘碧缇的过程，钱啊钱啊钱……

总而言之，认识刘碧缇，是他一生中最郁闷的事情。

刘碧缇是罗阿姨的丈夫——也是沈正泰和沈珞梨父亲妹妹的女儿。所以司空溯跟她，也算得上亲戚关系。按辈分，她也算是沈正泰和沈珞梨的表姐，这也是她跟沈家两只小孩这么熟悉的缘故。

有一次他到沈家串门的时候，不巧遇上了同样来沈家串门的刘碧缇。

那一次是两人初步的认识，原本刘碧缇也是A大的学生，两人相处起来应该有共同的话题才对。但是，两人的相处实在不那么愉快。

开始，刘碧缇总是对他表露出不满的态度，处处跟他作对，似乎总要跟他大吵一架才感到舒服。

那时候的司空溯思想并未成熟，年少气盛的他对这个女孩只有一种感觉——讨厌！

于是，无论刘碧缇有什么样的举动，他都不去理会。但是他越不理会，刘碧缇的反应越是剧烈，甚至有一次他的初吻差点被刘碧缇夺去……

自从那件事后，他恼羞成怒，至此足足半年没有到沈正泰家去。直到有一次，沈正泰和沈珞梨到他家玩，无意中透露了一个惊人的秘密——刘碧缇不是讨厌他，而是暗恋他！

刘碧缇之前的一切做法，是从一本叫《恋爱三百六十计绝招》的书上学来的，目的就是利用欲擒故纵之计得到司空溯的心！

得知真相的司空溯大惊失色，并决定以后有刘碧缇出没的地方，他坚决不出现！

然而，得知计谋被戳穿的刘碧缇不但没有半分收敛，反而变本加厉。她开始拉拢沈家两个小孩，利用沈正泰争强之心，利用沈珞梨爱钱之心，达到自己接近司空溯的目的。在一次家庭聚餐上，她更是毫不掩饰自己的想法，当着所有人的面对他表白！在学校，她更加可恶，不断给他送情书，展开了名为“爱语绵绵”的追求计划……

这一切，都让司空溯难堪不已，直到他终于被磨炼得对刘碧缇的所作所为毫不在意，只当她是透明……

听着司空溯异常冷静的自述，风灵晓心中泛出一种身同感受的情绪，她很是同情地说道：“……我终于明白你的无耻是从哪里学来的了。”

原以为自己已经够杯具了，没想到……原来这个世上还有人比自己杯具啊！

为司空溯的遭遇所感慨，风灵晓若有所思地点了点头，抓起桌上的汉堡咬了一口后，动作突然一顿。

“哎，不对啊。”她翻然醒悟般抬头看向司空溯，露出怀疑的表情，“既然她是从一开始就对你穷追不舍，那么，你那个时候为什么还要我……”说到这里，风灵晓的心里不禁产生了一丝恼怒的情绪。为什么他还要找借口要她负责？这不是摆明挖了个陷阱哄她跳下去吗？

司空溯稍一挑眉，丝毫不以为然：“那件事跟这个有关系吗？”

“当然！这明明是你的责任，为什么要推到我的身上！”风灵晓忿忿地回答。这才是重点！害她一生的幸福就这样无缘无故地“葬送”了……

“可做错了事要负责任，不是吗？当初你也是这样认为的。”司空溯微微一笑，“何况你似乎没有履行自己的‘义务’哦？”

风灵晓顿时警惕起来：“你到底想说什么？”

司空溯优雅地抿唇一笑，眨着狭长的凤眸，噙着蛊惑人心的笑容，不动声色凑近风灵晓耳边，魅惑地压低了声音：“小灵晓，你就从了我吧。”

“……”

低沉声音在风灵晓耳边回响，让她瞬间涨红了脸，直在心中大骂司空溯的无赖！

“好不好？”某人继续用充满了诱惑的语气去鼓动她。

“……”回应他的依然是一片沉默。

见风灵晓没有任何反应，司空溯叹了一口气，有些失落地说：“原来你不愿意……”

“……”风灵晓。

可是，司空溯语气中的失落马上在下一秒消失得无影无踪。他再次展露出他完美的笑容，附到风灵晓的耳边：“要不，我从了你也行……”

灼热的气息烧得风灵晓耳根红透，过了许久，她终于愤怒地反应过来——

“……你去死吧！”

就在这个时候，麦当劳的入口传来一声高呼——

“猥琐的大叔！你想干什么？别以为我不知道你是想拐卖我！”

这阵响彻了整个M记的声音让风灵晓为之一震，心中的恼怒亦随之荡然无存。当然，司空溯也是微微一惊。

四道目光同时往门外看去，不出意料地看到了两个打扮怪异的小孩。

果然又是沈正泰和沈珞梨。

这两个家伙正跟一个类似保安人员的大叔对峙着，一副嚣张的模样。戴着一副墨镜的沈正泰更是气高指扬地瞪着大叔，像是看到了十恶不赦的坏人！

沈正泰的高吼将整个麦当劳里的人的目光都吸引过去了，站在门口的三人顿时成了聚焦点。

大叔冷汗连连，十分尴尬地道：“不，小朋友，你们误会了。我是想问你们父母在哪儿……”

“什么？”一声尖叫，是沈珞梨，她极其夸张地抱着头，蹬蹬蹬后退，“你还想绑架我们，勒索我们的爸爸妈妈？”

“不……不是……”周围人们怪异的目光让大叔惊慌失措，他连忙摆手，急切想证明自己的清白。

“他们为什么会出现在这里？”风灵晓惊讶地看着眼前发生的一幕，眼睛微微瞪大。

司空溯没有答话，但微微蹙起的眉头很好地表达出他现在的不爽。换作谁，“美好”的约会突然被打断，也不会高兴的。

似是感受到司空溯和风灵晓的注视，沈正泰和沈珞梨只感到背脊微微发凉，有些僵硬地转过头。

“呃……”八目相对。

感受到沈正泰和沈珞梨心虚的目光，司空溯也没有作出进一步反应，只是一直注视着他们，黑眸冰冷。

脸色不善的保安大叔尴尬地清咳一声，开始解释：“小朋友，我不是什么人贩子……”从沈正泰的话里，保安大叔似乎只听懂了“人贩子”一词，开始明白他到底在说什么了。但是保安大叔内心却悲催了：为什么他这么一个大好的大叔，却被误认为是人贩子T_T，难道他长得真有那么猥琐?

可是话才说了一半，保安大叔就发现不对劲了，往下一望，才发现那两只小孩根本没有听他说话！一向好脾气的保安大叔也不禁怒了：“喂喂，你们到底有没有听我说啊?

“……”两个小孩还是没有搭理他。

保安大叔火了，却突然发现，这两个小孩正目不转睛地盯着前方一对相貌出色的男女。

“咦？那两位是你们的哥哥和姐姐吗？”保安大叔摸了摸脑袋，有些不确定地说，思考着要不要上前询问一下。

听到这句询问的沈正泰和沈珞梨马上交换了一个默契的眼神，在还在苦苦思考的保安大叔的注视、在麦当劳所有看众的震惊目光下，齐齐干嚎着向司空溯扑去：“爸爸，你为什么要抛弃我跟妹妹！呜哇……”

第19章 捣乱捣乱

“爸爸！”

一声响彻整个麦当劳的叫喊让司空溯唇边那抹一贯自信的笑容有一刹那的僵硬。

风灵晓也懵了，只不过她很快反应过来，将头扭向一边窃笑起来，眼角的余光不时偷瞄向被称为“爸爸”的某人。

被俩小P孩当众叫“爸爸”，对于一个二十出头的年轻人来说，实在是一件丢人的事情啊。风灵晓的心情不由愉快起来，连嘴角也微微翘起。

周围的人们看到这样的一幕，开始压低声音议论起来，M记内的气氛变得压抑。沈正泰和沈珞梨两人见状，对望一眼，更是变本加厉地干嚎起来——

“爸爸，你为什么这么狠心，丢下了我跟妹妹……”

“呜呜呜，我们很饿……”

“不要丢下我们，爸爸……我们知道错了……呜呜……”

“你们两个又在搞什么鬼……”司空溯眉峰一敛，正要严厉逼问那两只不知好歹、破坏人家“约会”的家伙，然而这个时候，那一位负责任的商场保安大叔已经走到他面前，并很有礼貌地打断他：“请问您是这两个孩子的父亲吗？”

“我——”司空溯动了动唇，还未等他解释，又被保安大叔急促地打断。

保安大叔煞有介事般挑起眉训道：“这位先生，您觉得您配做一个父亲吗？难道您不知道，随意让孩子在公共地方乱跑，是很危险的吗？万一遇到坏人或者人贩子，您后悔也来不及了……所以，请您管好自己的孩子……”

刚刚所遭受的事情让保安大叔憋了一肚子的火气，正好，现在有地方让他发泄了，他当然不放过！

一股脑地将心中积蓄的火气喷发到面前的少年身上，保安大叔的心情终于舒畅了。

司空溯的脸色却是越来越黑，他强压着内心的愤怒，冷静地解释："不，你误会了……"

沈正泰见状，立刻抢在司空溯前头喊道："什么误会？难道你不想要我们了吗？！爸爸，为什么……呜呜……不要抛弃我们……"

沈珞梨很有默契地装出一副大惊失色状："爸爸，你要抛弃我们？为什么！！！难道是我们不听话？"

"我们再也不敢了，不要丢下我们，呜呜……"

两个小家伙震耳欲聋的嚎啕声让投向这边的目光越来越多，人们低声讨论着，内容无不是在谴责这位"父亲"不负责任的行为。一旁的保安大叔更是用锐利的眼神盯着他，仿佛无声的责备。

这些都令司空溯头疼不已，根本无暇去辩解。

风灵晓卧倒在桌子上笑得直不起身，揶揄的眼神瞟向脸色发青的某人："司空溯，你也有今天……"

换来的是他的一个瞪眼，几乎是咬牙切齿出来的声音："难道你认为我十多岁就生了孩子吗……"

风灵晓嘿嘿一笑，拖长了声音："不是没有这种可能嘛。"

司空溯的脸色更黑了。可是，风灵晓幸灾乐祸的愉悦心情，持续不到几秒，就被无情打破了。

"哇——"蹲在地上假泣的沈珞梨揪着这个空当，从地上一跃而起，扑到沈正泰身上，用手指指着风灵晓，心碎神伤地看向司空溯，哭得"撕心裂肺"，"爸爸难道是因为这个坏女人才不要我们的？！"

风灵晓的笑容凝固了。

沈珞梨阴险地扬了扬嘴角，继续抹黑她："就是因为她，我们生下来的时候就没了妈妈……爸爸你为什么不要我们……她有什么好……呜呜，就是因为我们讨厌她，你才不要我们吗……"

“对啊！这个坏女人破坏了我们的家庭幸福！你为什么还要跟她一起……”沈正泰在一旁帮腔般大喊，唯恐在场的人听不见。

风灵晓火了，现在又是什么跟什么！他们可以鄙视她、讨厌她，但绝对不可以侮辱她！

司空溯挑挑眉，按下激动得几乎跳起来的风灵晓，向她丢了一个冷静的眼神，示意她静观其变。风灵晓深知当众发怒的严重性，在司空溯的提醒下，还是强压下心中的怒火，冷静下来。可她的身体还是压抑不住地微微发颤……

见两人没有反应，两只小家伙嚎得更厉害了。M记内的议论声一时间压低了很多，气氛由压抑转为诡异。风灵晓似乎感觉到，她正被千万道厌恶痛恨的目光穿透着……

被这一系列变故惊呆了的保安大叔慢慢反应过来，也忍不住怒道：“我不知道这到底是怎么一回事。但是——”锐利逼人的目光直刺向风灵晓，满是厌恶之色，“作为一个女孩子？你到底有没有廉耻？！居然去做小三？真是作践！”

视线一转，利刃般的目光又落到司空溯身上：“你也是，我看你的年纪不到三十！什么不学，居然学人搞婚外恋？你们真是一对……一对……”

不知是不是愤怒，保安大叔的脸色憋成了猪肝色，就是憋不出“狗男女”三个字。

司空溯不着痕迹地蹙起眉，眉宇间透出不悦的神色。

周围的人纷纷议论起来：

“就是啊，一个女孩好端端地去做小三，真是……”

“那个男的也好不到哪里去，哼！”

“一定是那个女人勾引了他，他才出轨的！真是骚货，不要脸！要是我，怎么舍得这么可爱的两个孩子……”

“这种女人，怎么不去死啊！真是污染了我们的眼睛。”

……

风灵晓听着这带侮辱的责骂，脸色一阵红一阵青，忍不住委屈地反驳：“才不是这样！我根本不知道这是怎么一回事……”

她的声音，在下一秒便被匆匆打断。

“叮铃——”一声清脆，麦当劳的门被推开。伴随着一阵低泣，一个娇弱的女子红着眼冲了进来！

风灵晓满腔的怒火瞬时化作了惊愕，她瞪圆了眼睛。

刘碧缇？她为什么会出现在这里……

她的心蓦地一跳，目光迟疑地移向一旁“哭闹”着的两兄妹，似乎明白过来了……

从一开始他们的出现，刚刚的闹剧，到现在的刘碧缇出现，一切都很巧合，不是吗？

她醒悟得太迟了……

果然，那刘碧缇一出场，马上开始了梨花带雨的悲情剧场。

“阿溯，原……原来你就是为了这个女人，不要我的吗？”刘碧缇捂着脸，将“被抛弃的正妻”这个角色演绎得淋漓尽致，“我哪里做得不好？为……为什么你不愿意要我……”

呜咽的声音，动人的表情，若不是风灵晓深陷其中，她一定会为刘碧缇的演技赞叹。可惜，她现在只想拍死刘碧缇……

沈珞梨凑近沈正泰耳边压低了声音：“老哥，你行啊。居然想到把刘碧缇也叫来……”

“当然，也不看看你老哥是什么人！”充满赞美的佩服声让沈正泰得意扬扬。

被众人忽视掉的两兄妹窃窃私语着，很有默契地对视一眼，阴险地奸笑起来，还不时用幸灾乐祸的眼神瞟向闹剧的中心。

风灵晓脸色煞白地站在众人的焦点中心，显得彷徨无措。她望向一旁的司空溯，然而让她气结的是，司空溯只是无奈地耸耸肩，表现出一副毫不在意的模样。

他们都被逼到浑浊的黄河中央了，这家伙怎么一点也不急！难道他很享受这种“待遇”吗……

而出场不久的刘碧缇依然在凄凉地抹着泪，诉说着让人“肝肠寸断”的话语：“你真的这样讨厌我吗？……我哪里做得不好？你告诉我行不？我一定改……”

“呜……你都不愿意理我了，你就这样喜欢她……”

“如果你真的这样喜欢她，我愿意成全你……但是你可不可以将爱分我一点，一点就够了，我不奢求……”

“小姐，你别哭啊……”保安大叔一边安慰着她，一边用凶狠的目光瞪着司空溯两人，“这种男人不值得你为他伤心……”

风灵晓无奈地看着眼前的这一幕，也不知如何是好。她明白，现在的舆论已经完全偏向刘碧缇一方了——无论她在做什么只是徒劳的。

这一次，让她更加清楚地看到了人心的险恶。只是没想到被陷害的对象是自己而已……

她冷冷地注视着刘碧缇的一举一动，突然觉得这个女人的行为很可笑，很可耻，也很可悲……

“正牌妻子”的出现，加上她“软弱”的退让，让在场人士无不动容，纷纷露出了愤怒之色。

一个年约四十岁、面容憔悴得苍白的女人更是按捺不住冲动，突然疯了般向风灵晓奔来：“你这种贱人，臭小三，你去死吧——”

这突如其来的袭击是风灵晓始料未及的，她一时忘记了反应，就这样愣愣地站着，直到那女人冲到了她面前，举起巴掌向着她的脸扇去，她才蓦地反应过来——

风灵晓瞪大了眼睛，可已经来不及了！

啪！清脆的巴掌声响起，风灵晓却没感觉预期中的疼痛。迷茫地看向前方，才发现挨了那一巴掌的居然是突然挡在她面前的刘碧缇！

这家伙又在搞什么鬼？风灵晓一愣，更加不好的预感浮上心头。

扇着一巴掌的女人傻了眼，手僵在半空，呆呆地看着刘碧缇：“你为什么……”

刘碧缇捂着肿起了的半边脸，哭哭啼啼：“这位姐姐，你……你不要怪她……感情这东西，是你情我愿……”

“你……”原来她想要博取同情！明白过来的风灵晓忿忿地瞪着她，正

要开口说什么，却被司空溯手疾眼快地拉到了身后。

“阿……阿溯，你……”刘碧缇可怜楚楚地看着司空溯，泪花在眼眶中翻腾着，几欲滚下来。

“刘碧缇，我不知道你在进行什么阴谋！”司空溯厉声打断她，狭长的眼睛眯起，迸出了凛冽的光芒，第一次，发出如此愤怒的警告，“但我劝告你一句，如果不想后悔的话，立刻收起你阴险的把戏！”

有力的声音穿透每一个人的内心，那种威严的语气是任何人也无法忽视的，阴鸷的眼神更让人浑身一震。一时间，鸦雀无声。

过了好一阵，还是一个年轻的女孩打破了这阵揪心的沉默：“那个刚刚进来的女人怎么有些面熟？刘碧缇……这名字也有点耳熟耶……”

她身旁的另一个女孩失声尖叫起来：“哎呀！她不就是论坛上那个不择手段、专抢人男朋友的寒水空流吗？”

女孩的一声尖叫引起了不少骚动，原本聚焦在风灵晓身上的目光都被转移了，不少人向女孩投去疑惑的目光。更有几个明显是《幻剑江湖》的玩家在女孩的“提醒”下，开始纷纷议论起来：

“她刚刚说……刘碧缇？我也觉得这名字有点熟！”

“哎，那不是前几天在论坛上看到的那个极品女人吗？好像是XXX服的……叫什么寒水……”

“是寒水空流？”

“没错！就是她！没想到还真有这个人……今天居然还能撞到这种极品……”

“听说她到处勾引别人的男朋友，经常不择手段，真不要脸。不过，她现在在干什么？我刚刚听见她喊那个帅哥‘老公’？”

“不会吧，那个帅哥怎么会看上这么极品的女人？网上不是说她未婚吗？肯定她又在耍手段抢别人的男朋友……”

“是的，我也这样想！那个可怜的女生，还差点被扇了一巴掌，幸好恶有恶报，活该那恶心的刘碧缇！”

“哎呀！你们还愣着干吗，快把那女人的丑样拍下来，发上论坛啊！”

“对啊对啊……”

……

周围不明真相的人听着那群玩家七嘴八舌的议论，有些愕然了。现在又是怎么一回事？有几个耐不住好奇的人忍不住走上去询问，不消片刻，原本素不相识的人围成了一团，叽叽喳喳说个不停。

说话的时候，观众们依然不忘投来鄙视厌恶的目光，只不过这次的对象换作成刘碧缇。

八卦的力量果然是巨大的。场面，几乎是在瞬间逆转！

听着众人的议论，刘碧缇不禁懵了，她茫然地站着，捂着肿痛的脸颊，露出一副不知无措的表情。

刚刚……好像听见有人提到她的名字？不要脸？极品？抢别人男朋友？这是怎么回事？原本言论不是还偏向自己这边的吗？！怎么……

她莫名地感到惊慌。

而沈家两兄妹本来还在得意扬扬地窃笑着，突然听到这么一阵尖叫，马上察觉不妙。果然听到众人纷纷的议论后，更是大惊失色——

不好！事情似乎糟糕了……

“老妹！刘碧缇那是怎么一回事？那些人怎么会说刘碧缇是寒水空流？”沈正泰目光闪躲地瞟了司空溯一眼，转过头看向沈珞梨的时候，已换上了一副咬牙切齿的模样。

“呃，老哥……”沈珞梨心虚地低下头看着自己的脚尖，心底亦是一片凉透，“那个时候，表哥强迫我开暗无殇的号去撤销对那个妖女的通缉，后、后来那个寒水浅浅跳了出来，我一时忍不住跟她吵了起来，还把她踢出了帮派……结果寒水浅浅为了报复我，就将刘碧缇的资料全部贴到网上去……”

沈珞梨的声音越来越小。

“你——”沈正泰顿时黑了脸，“寒水浅浅那家伙，她怎么知道刘碧缇？”

“我怎么知道……”沈珞梨小声道，声音细若蚊蝇。

“算了。”沈正泰阴沉着脸叹了一口气，用警惕的目光扫了周围一眼，

“现在情况‘危急’，我们还是先离开好了。”

沈珞梨点头，表示赞同。

正当两人鬼鬼祟祟地打量着四周，打算趁众人不备的情况下偷偷溜走的时候，一个高大身影拦住了两人的去路。

“呃……”沈正泰和沈珞梨同时一颤，战战兢兢地抬头，果然看见了司空溯阴沉的那张脸。

“表哥……”两人连忙赔笑。

司空溯眯起的眼中透出骇人的锐利，但也没有严厉地训斥他们，只是浅抿唇角，扬着一个危险的弧度：“给我好好待着，不准乱跑！”

沈家兄妹惊吓出满身冷汗，颤抖着对望一眼，绝望的眼中交换着一个信息：这下彻底完了！

“这……这是怎么回事？”刚刚打人的中年妇女也愣住了，突然扭转的局面让她茫然起来，不由敛起了满腔的怒火，疑惑的目光直直盯着刘碧缇，皱着眉地问。

她有没有听错？她似乎听见那些人……面前的这个“正主”才是真正的小三？想到自己刚刚可能被人骗了，中年妇女的目光慢慢变得锐利，好像恨不得把眼前的刘碧缇凌迟一般！

“我……我……”被锐利如刀刃的目光死死盯了，刘碧缇惊慌失措，连说话也变得语无伦次，“我……我不知道……”

这般慌张结巴，中年妇女更加肯定了面前的刘碧缇在说谎！

这个时候，站在一旁的司空溯冷冷开口：“阿姨，其实事情是这样的。下午我跟女朋友逛街逛累了，就到这里坐了一阵。没想到突然冲进了这么一个疯女人，满口谎言。至于那两个孩子，是我的表弟和表妹，大概受到了这个疯女人的迷惑。”

风灵晓也不管司空溯说的什么“女朋友”，忙不迭地点头附和：“对啊。”

无视刘碧缇满脸的不可置信和伤心欲绝，司空溯继续面无表情地道：“你不知道，这个女人在学校的时候已经够疯的了，不仅处处破坏我跟女朋友的感情，更是——”

话未说完，一个清脆响亮的巴掌声便将他的声音打断！

画面，定格在刘碧缇错愕的脸歪向一边同时中年妇女扇完巴掌气愤地死瞪着她的那一刻！

而接连被扇巴掌的刘碧缇则捂着脸，泪花在眼中打转，可怜楚楚：“阿……阿姨，你……”

中年妇女气得脸色发青，用手指着她的鼻子大骂，“你居然敢骗我！没想到你就是那个寒水空流！亏我刚刚还误会了那个可怜的女孩……我这生最痛恨的就是小三了！我老公……我老公他……像你这种贱人，应该被车撞死才对！”

话刚落音，周围一片叫“好”的呼声！

刘碧缇花容失色，恨不得马上挖个洞将自己埋起来，但在众人鄙夷的目光下，无处可藏，只能受伤地跌坐到地上，用求助的眼神望着司空溯。

哪知道司空溯根本不吃她这一套，用力敲了沈家两兄妹的额头一下，拉起风灵晓就往外走。

沈家两兄妹自知理亏，再也不敢发表任何言论，乖乖地跟着司空溯和风灵晓离开。

而刘碧缇的身影逐渐淹没在人们的讨伐声中，到最后再也看不见了。

只是，身后突然传来的一段对话，让风灵晓脚下一滑，险些摔倒——

“这位大姐，你刚刚好威武哦！我好崇拜你！”

“对了，大姐，你也玩《幻剑》？”

“是啊，我的ID是最恨小三。”

“哈哈，怪不得你刚刚反应这么热烈。”

“唉，本来我们服出了一个灵风晓月就算了，现在又多了一个寒水空流。真不知道现在的女孩怎么想的……世风日下啊……”

……

幸好司空溯及时扶了她一把，她才没有狼狈地摔到地上。

她突然产生了一阵无力感。这也太巧合了吧？幸好那位大婶不知道她就是灵风晓月……唉，真是倒霉透顶……

这次由沈正泰一手导演的“小三”事件，已经彻底挑战到司空溯的底线。他这回真的怒了，所以任由沈正泰怎样撒泼和沈珞梨怎样求情，司空溯还是没有犹豫地将这两个家伙所做的一切坏事尽数告诉了罗阿姨。

知道了真相的罗阿姨果然大怒，马上责令两人不经她允许不准随便出门，不准乱带人回家，还罚光了他们的零用钱。

然而罗阿姨这样还不解气，在沈家兄妹的哭声下，她联系了附近一所少年军校，帮他们报名了暑期夏令营，打算剩余的时间将这两只淘气鬼送进去“改造改造”。

送沈正泰和沈珞梨去夏令营的事情就这样敲定了，再过几天，罗阿姨就会将他们送走。而这几天的时间内，他们也不允许出街，只能乖乖留在家里做作业，连电脑也被禁止了。

看着沈正泰和沈珞梨两人垂头丧气的模样，风灵晓不但没有半分同情，反而觉得这一切是理所当然的。

这根本就是自作孽，不可活！

沈正泰和沈珞梨的事件告一段落。折腾了一天，风灵晓已经累得够呛了。晚饭后，她简单地梳洗一番，正打算回到自己的房间好好休息的时候，却被司空溯拦住了去路。

风灵晓一怔，抬头迎上司空溯深邃幽黑的眼睛。

司空溯望着风灵晓的目光分外深沉，一份不明的意味深入眼底。过了好一阵，才听他开口道：“灵晓，我有很重要的话要跟你说。”

风灵晓的心一跳，突然有种不好的预感。

第20章 表白表白

“什……什么话？”风灵晓眼皮一跳，有些不自在地撇开视线，“明天再说不行吗？”

每次司空妖孽这样跟她说话，必定不是好事情。就像上一次，哄她把自己给“卖”了，这回，他又想要什么花样？

“不，这件事情很重要，必须今天说！”司空溯的视线紧紧锁定着她，态度是从未有过的坚决。

“哈？”风灵晓往后退了一步，不安地瞄了四周一眼，顿觉周围气氛的怪异。

前方的去路已经被他堵住，而她后退也没什么意义——因为回不到房间！风灵晓低着头，磨蹭着作出了让步：“那……你说吧？”

司空溯并没有急着将“很重要”的话说出口，而是一把拉过她的手：“走，我们到阳台去。”

风灵晓先是错愕，等反应过来的时候，她已经被司空溯拖走了。“哎，等……在这里说不可以吗？！”

然而，她的抗议被直接无视掉了……

虽然是盛夏，但此刻站在阳台的风灵晓却觉得寒风萧瑟，仿佛地球已经提前进入了冬天。他们的身影融入到浓重的夜色中，气氛，变得更加诡异了。

这样的气氛令风灵晓的心极不安宁，她只想司空溯赶紧把话说完，然后她就能回到房间睡觉去……可是为什么，司空溯那家伙沉默了半晌，也不肯开口？！他平时说话已经够“语重心长”的了，现在用这么拖沓的态度对待她，让她心惊胆战。

他到底想干吗……

风灵晓的脑子已经完全陷入了混乱状态，连司空溯的狼爪子搭到了她的肩膀上也没有察觉。

“灵晓……”

直到司空溯一声呼唤，她才猛地回过神来。一看，懵住了！

只见，司空溯的双手稳稳扶住她的肩膀，深如子夜的黑眸深深地凝望着她，眼中，是从未有过的专注，像极了繁星闪烁的夜幕，让人迷眩。

“你、你想说什么。”

看到这一阵势的风灵晓慌了，记忆中的司空溯，从未试过用如此认真的态度跟她说话，有的只是充满了玩味和恶作剧的态度。他今天到底怎么了？难道被刘碧缇那厮的行为吓坏了脑袋？

风灵晓沉思着，思绪又游离到九天之外了。这一举动马上惹来司空溯的不满，他屈起手指往风灵晓脑袋上一敲，愠怒道：“风灵晓，你给我专心点！”

“嘶——痛！”风灵晓对他的袭击始料未及，吃痛地揉着脑袋，同样不满地回上一句，“你有话就说嘛，敲人干吗！我听着呢！”

司空溯沉默了，深黑的眸子掠过一丝微澜，突然听见他说：“……对不起。”

“啊？！”风灵晓震惊了！她她她没听错吧？司空妖孽跟她道歉？今天……今天到底怎么了？怎么一个个都不正常……难道司空溯也有好心肠的时候？

风灵晓正思考着要不要原谅他。然而司空溯的下一句却将唯一的好印象给风灵晓磨灭掉了——

“你下次再这样不专心，我就敲破你的脑袋！”

“……”=皿=坏人！她收回刚才的话！

到最后，风灵晓终于烦了，恶狠狠地瞪了他一眼：“好了，你磨蹭了半天，到底要说什么！”司空妖孽什么时候变得这样怠慢拖沓了？还是他被刘碧缇同化了？如果出现第二个刘碧缇，她真的要考虑下是不是要把司空溯扔出去……

可是司空溯听到风灵晓这样一问，又傲娇地沉默了。

“司空溯！”风灵晓怒了。这厮到底什么时候学会耍闷骚的？！

在风灵晓的催促之下，司空溯终于开口，低沉的声音融入了深不见底的夜色中，显得那般不真切：

“那个灵晓，我喜欢你……”

恍若缥缈的声音飘进了风灵晓的耳朵，她身体一僵。开始，她还以为自己幻觉了。= =

今天到底怎么了？难道世界末日提前到来了？！

风灵晓呼吸几乎在瞬间停滞。可是一想到过往司空溯说“要对他负责”的行为，她马上释然了，警惕地瞟了他一眼，冷冷道：“行了，你到底有什么目的，直说就是……”

“我真的没什么目的。”司空溯很认真地注视着她，“通过今天的事件，我觉得……我们的关系再不明确，恐怕会遭到更多的麻烦！”例如那个绝对不肯死心的刘碧缇！还有一些内忧外患……为免夜长梦多，他还是先下手为强为妙！

司空溯想起上次打电话给风灵晓的那个男的，眼底不觉掠过一丝寒光。

一向马虎的风灵晓并没有注意到司空溯的异样，只是慌张地争辩：“胡说！我跟你有什么关系！”

“负责关系！”某人回答得毫不含糊。

“……”那明明是他强加到她身上的，不是她自愿的好不好！

他继续凝注着她，漆黑的眼睛闪烁着星子一般清洌的光芒：“我长这么大，第一次跟人表白……”

言下之意，这般需要勇气才能做的事情，你绝对不能拒绝我！

“还有，你还要继续对我负责的，不能这么不清不白……”

潜台词：我给了你一个解决办法的机会了哦，你应该知道感恩才对。

“难道你还想让刘碧缇来骚扰？”

深一层的意思：你不答应，我就叫刘碧缇继续来骚扰你！

“对了，还有……”

……

风灵晓脑补着司空溯话中的深意，不觉已经内牛满脸。

……为毛，为毛这家伙连表白也要如此腹黑！T_T

看着风灵晓完全不知所措的模样，司空溯满意地勾起唇角。

“灵晓，你的答案？”他不动声色地接近她，声音带着中致命的诱惑。

“我……”风灵晓愣怔着，她感觉到了，却忘记了反应。

什么柔软的东西贴到了她的嘴唇上，薄荷般的清香融入了她的唇齿之间。

深夜的游丝慢慢缠绕上她，一点一点腐蚀着她的神经，逐渐地迷惑了她……

过了漫长如同一个世纪的时间，“偷袭”成功的司空溯终于松开了已经完全神游天外的某人，唇角挑起一抹得逞的笑容。

“小灵晓，你慢慢考虑。明天要给我答案哦……”司空溯贴近她耳边低声说道，混合了夜的味道的声音低沉魅惑。然后，他转身离开了阳台，只留下早已经傻掉、满脸惊愕的风灵晓久久站在原地……

司空溯对于他的计划是志在必得的，到了第二天，风灵晓必定会给他一个满意的答复。只是到了第二天，司空溯才发现，风灵晓连同她那一大箱行李，早已经不见了人影。

是的，风灵晓逃了，很没骨气地逃跑了。

天还没亮，她已经偷偷从床上爬起，拖着昨晚已经收拾好的行李，只留下一张“家有急事，很抱歉”之类的纸条给罗阿姨，便神不知鬼不觉离开了罗阿姨的家。至于她逃跑的原因，自然不言而喻。

有一个你很“讨厌”，几乎天天“压迫”、“欺负”你的人，突然跟你表白……而且那种表白，还是带威胁式的……

她已经被逼到如此难堪的地步，能不逃吗？= =

回家，她显然是不敢的了。天晓得老妈见到她突然跑了回来，会不会抽死她？想起之前她那诡异的笑容，真怀疑她是不是故意将自己赶到罗阿姨家去……

投靠自己老弟？不！那家伙更加不可靠，前几次，都是他将自己出卖的！为了自己的安全，首先将风凌云PASS掉！

风灵晓思前想后，最后犹豫地拖着行李跑到田濛濛家投靠去了。

虽然田濛濛的性格比较冲动，但是同一个宿舍里，她跟田濛濛的关系是最好的，所以并不担心田濛濛会出卖自己。

而“接收”了风灵晓的田濛濛帮她将行李放好后，做的第一件事，就是——抽出一本书敲打风灵晓的脑袋，逼问她为什么连招呼也不打一声就独自溜了回家。

在风灵晓支支吾吾、前言不对后语的解释下，田濛濛敏感地捕抓蛛丝马迹的疑点，于是“变本加厉”地逼问。风灵晓无奈之下，只好交代出事实的真相……

听完风灵晓略有删减的描述，田濛濛震惊了。

“什么？！你跟那人渣……不不不，司空溯他居然威胁你？”田濛濛瞪着眼睛问，只是那眼中除了震惊，还闪烁着八卦的光芒，让风灵晓浑身一抖！

风灵晓往后缩了缩，小声呐呐道：“呃……是这样没错了。”

“可你不是说，司空溯和那个流鼻涕有奸情吗？莫非你……你……”田濛濛夸张地捂住嘴巴，惊悚地看着她，“莫非你横刀夺爱？！”

风灵晓涨红了脸，连忙慌张地解释：“你别胡说！才不是这样……我只是将那天看到的事实讲述给你们听，哪知道你们越传越开……最后竟然传到了司空溯那只妖孽那里！”说着这里，风灵晓不禁有些咬牙切齿，“后来，司空溯竟逮着这个罪名让我对他负责！”

而听到这里的田濛濛早已经捂着肚子笑得满床打滚，“灵晓你太油菜花了！居然连JQ这种东西也可以看错，怪不得主席大人要你负责……不过……”她摸了摸下巴，眼中精光一闪，若有所思道，“怎么听着，他似乎对这件事预谋已久？莫非他早对你……”

“别乱说！那妖孽明明是要报复我！这是红果果的报复啊！”风灵晓恼怒地打断她，争辩着。

“好吧，我不乱说就是。”田濛濛假装顺从地点点头，心里却想：嘿

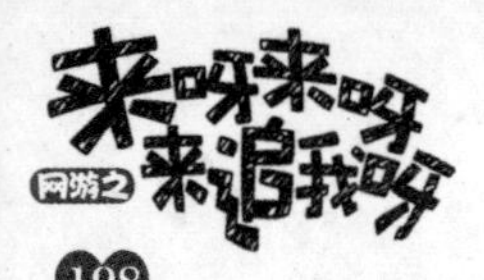

嘿，不给乱说而已～没有不给“说”嘛！何况她说的事情，都是有理有据……

她暗暗想着，瞄向一旁丝毫不知道自己被算计掉的风灵晓，问她：“那你接下来打算怎么办？躲得了一时，躲不了一世啊！虽然你现在在我家很安全，但开学那时候总要面对人家吧？”

“我也不知道……”风灵晓用枕头捂住脑袋，底下传出她闷闷的声音，“等暑假过了再说吧！只能见一步走一步了……”

看着缩在乌龟壳里的风灵晓，田濛濛忍不住直翻白眼：见一步走一步！可是，天然呆你还有路可走吗？

不得不说，田濛濛从某种程度上，真相了……

暑假剩下的日子，风灵晓都“乌龟”在田濛濛的家，但她唯恐被人发现自己的踪迹，所以鲜少敢出门。即使迫不得已被田濛濛逼着上街，也会将自己包裹得严严密密——这样怪异的装扮惹来了路人们的指指点点和各种怪异的目光。后来田濛濛碍于面子，再也不敢叫她一起上街了。于是，风灵晓热闹的生活，终于安宁了一阵子。

不知道是不是上天的怜悯，一直到开学的来临，无论是司空溯还是风妈妈，都没找过她一次。当然，这是后话。

而在田濛濛家，风灵晓为了躲避司空溯，连心爱的网游也不敢上了。可过了一星期，她终于忍受不到心底不断呼唤的诱惑，还是向田濛濛借了她的账号，登上了《幻剑江湖》。

许久没上，《幻剑江湖》上关于寒水空流的事情不但未见淡化，反而闹得沸沸扬扬，更有人将那天刘碧缇被大婶掌掴的视频放上了论坛，点击不稍片刻已经过万！

底下的帖子，基本都是在骂刘碧缇不要脸，而赞扬大婶勇于与邪恶斗争的美好精神，这让风灵晓一阵无语。

总之，“寒水空流”——刘碧缇童鞋，已经成了《幻剑江湖》中的红“黑”人！

然而，引起风灵晓注意的，并不是刘碧缇的事情，而是她控制着田濛濛的号经过月老庙前见到的一幕——

月老庙前已经围了不少人，他们形成的包围圈中央，站着一男一女的游戏角色，【附近】频道更是闹得沸沸扬扬。

风灵晓走近一看，不由一惊，那两个人头顶的ID赫然是——

寒水浅浅，许你一世情愁！

想起当天这对JP对自己的威胁，风灵晓的嘴角忍不住抽搐了一下。

可是当她无意扫了【附近】频道一眼后，不觉风中凌乱了！

【附近】许你一世情愁：晓晓，你原谅我好不？视频那事情只是误会……我错了，你原谅我吧！

【附近】寒水浅浅：哼！误会？如果是误会，刘碧缇会来找我麻烦？啊？还说我抢她老公？

【附近】许你一世情愁：晓晓，刘碧缇就是个NC，你别见她一般见识……

【附近】寒水浅浅：洛无言！你够了！我跟她一般见识，我就是NC吗？你给我滚！

【附近】许你一世情愁：晓晓……

……

后面的内容她再也没有看下去，因为她看到“洛无言”的时候，整个人已经惊得魂飞魄散！

许你一世情愁居然是洛无言？这不会是同名同姓吧？

可是司空溯曾经说过，寒水浅浅是“熟人”……不对，等等——

许你一世情愁口里的“晓晓”……

风灵晓不觉浑身一颤，背脊蹿上一股凉意，莫非那“晓晓”是在说她？！

而刘碧缇抢老公事件……难道是视频的事情？

难道说，寒水浅浅一直在冒名顶替她？！

可是她为什么要这样做……

风灵晓越想，越是心惊肉跳！

第21章 躲避躲避

月老庙前发生的一幕让风灵晓的思绪乱成一团，再把聊天记录往下拉了拉，她突然觉得很好笑。

【附近】玛丽苏：……难道寒水浅浅就是视频里那个女的。= =

【附近】fly§飞儿：那许你一世情愁是那个男的？听他们的话似乎不像是！

【附近】弱水三千：那个男的好帅啊好帅！

【附近】烟雨づ翔宇：我们服原来这么多帅哥美女=V=自豪啊……

……

风灵晓关掉了【附近】频道，失魂落魄地拖着“烟雨濛濛”在游戏中到处乱逛，不知不觉，走进了一副熟悉的地图。

等她回过神来的时候，她才发现，她竟然来到了这个地方……

紫萱谷。

紫色烂漫的紫萱花丛，迎风飞舞的花瓣。

她不禁一愣，这是她和那个真正的“他”第一次见面的地方！！！

自己怎么会来到这里？她困窘地指挥着“烟雨濛濛”转身，刚想离开，却看到了一个熟悉的人！

长发不束，迎风飞扬，白衣胜雪，风姿绝世。虽然只是一个游戏角色，却让风灵晓莫名心悸！

而头顶那个ID……

溯夜墨影。

他静静地站立在紫萱花丛，仿佛与那烂漫的紫色融为一体……好像在等待什么。

风灵晓下意识转身就逃，直到拖着“烟雨濛濛”离开了这副地图，风灵晓才赫然发现那个“她”并不是她。

她现在是烟雨濛濛，并不是灵风晓月啊……

一念起，万水千山；一念灭，沧海桑田。

你我不过一瞬之间，擦身而过……

风灵晓也没有了继续玩下去的兴趣，关掉了游戏。她闭上眼睛，长长舒出一口气。

如果，从来没有遇见过就好了。

自从那一天在游戏见到了溯夜墨影之后，风灵晓在浑浑噩噩中度过了几天，又恢复了正常的状态。于是，暑假接下来的日子，无论田濛濛使出什么手段，都无法将风灵晓从电脑桌拉开。

一直到了开学前夕，风灵晓才蓦地惊醒过来，从电脑桌前一跃而起，扯着田濛濛的衣领大喊：“糟糕了！糟糕了！要开学了怎么办？”

“呜啊……风灵、灵晓你……你又发什么疯！”田濛濛好不容易摔开她，坐在一旁喘气，“开学就开学嘛，用得着这么大惊小怪？”

“不是啦！”风灵晓抱着头，烦躁地在房间内来回踱步，“开学……开学的话肯定会见到他，就算撞不到，他也会来找我，怎么办怎么办？”

“……”一旁的田濛濛呈无语状。孩子，我以为你忘记了……

“要不要提早几天回去？”风灵晓的脑袋飞快运转，突然眼前一亮，“没错，我们提早回学校吧！”

主意下定，风灵晓说干就干。也不理会田濛濛的抗议，在开学的前三天，风灵晓已经收拾好行李——连带田濛濛的那一份，然后拖着满脸不情愿的田濛濛，坐上了回校之路的长途车！

她的决定果然是正确的！

一路畅顺地回到学校，并没有遇到令她惊慌的那个人，如今正坐在温暖的宿舍里偷着乐的风灵晓正对着电脑君在傻笑。

田濛濛抱怨道：“都说不要这么早回来！瞧现在学校没有一个人……”

“你不懂，没有人才是安全。”风灵晓反驳她，星星眼地将视线转回到游戏界面上，“这下我又可以快乐几天了。”

田濛濛无奈地翻了翻白眼，叹息道：“灵晓，你有没有想过这只是暂时的，你始终要……”

“面对”一词来不及说出口，就被一阵清脆的开门声打断了。

“亲爱的姐妹们！我回来了！”

特殊的打招呼方式，风灵晓和田濛濛马上知道是谁了，只是同样有些惊讶。

“清蓝！你……你怎么这么早？”风灵晓诧异地看着正在打开行李箱的水清蓝。

“是啊，暑假过得太闷，所以想早点回学校。”水清蓝一边将行李里的衣物扔出来，一边笑着回答，“灵晓和濛濛，你们不是比我还早嘛！”

“……”田濛濛无奈地扯了扯嘴角。她是被某人逼着回来的好不好！

而风灵晓则心虚地缩了缩，她只是回来躲人的而已。

“你平时不是跟火月一起的吗？怎么今天不是跟她一起回来？”过了一阵，田濛濛忍不住问出心里的疑问。

“啊！她啊，从上个学期就不在一起离开了……”说到这里，水清蓝的动作突然一停，回过头来看向两人，眼睛朝她们眨了眨，语气突然变得神秘兮兮：“告诉你们一个秘密吧，火月竟然跟追求灵晓那个富二代认识！”

话音刚落，风灵晓和田濛濛同时囧了。

风灵晓很是纠结地问：“火……火月认识那个神经病？！”

“对啊。”水清蓝支着下巴想了想，点头道，“那个神经病跟她是青梅竹马，不过她不是很喜欢他就对了。据说那神经病的母亲拜托神经病照顾她，火月才很不情愿地跟他一起回家……我想，这个学期大概又是那神经病送她回来吧……听火月说，那神经病最近跟那个系花刘碧缇的一个室友走得蛮近的，所以她更加讨厌他了……”

叨念完毕，水清蓝忍不住叹息一声：“……可怜的火月！”

风灵晓在心里同情了一把火月，回想起自己跟洛无言那一幕幕不堪回首的往事，嘴角忍不住抽搐了一下。

只是……风灵晓的心蓦地一跳，脑海里回响起水清蓝刚刚说的话。

系花刘碧缇的，一个室友？

提到刘碧缇，风灵晓不由自主地联想起前几天的照片和视频事件。她慢慢地看出了事情的疑点。

为什么寒水浅浅口口声声说恨灵风晓月，但一直针对的只有刘碧缇？

为什么寒水浅浅会对刘碧缇的信息知道得那么详细？

这么大的猫腻，为什么她当时没有留意到呢？

那一个人，绝对是刘碧缇很信任很亲近的！

这样想着，风灵晓下意识问了出口："清蓝，刚刚你说刘碧缇的室友是谁啊？洛无言找她干什么？"

水清蓝转过身子，有些错愕地摇了摇头，"这个我倒不太清楚，你可以等火月回来的时候再问问她吧。不过……"她话锋一转，再看向风灵晓的眼中带着八卦的意味："你干吗突然对洛富二代那么上心？莫非……"

风灵晓连忙打断她："别乱猜！我才不是对他上心。"

"那你干吗要打听跟他熟稔的女生？"正在整理床铺的田濛濛也停下了手中的工作，扭头望着她，一脸不相信的神色。

"你们别乱说了——"风灵晓没好气地说道，对于洛无言，她的确从未放在心上，所以解释起来也理直气壮了几分，"八卦是女人的天性。更何况那白痴洛无言接触的人肯定也不太正常——呃，当然我的意思愿意跟他接触的，所以我才要打听那个女生的信息，以后见到她绕路走。"

"灵晓你说得真对。"风灵晓的话"顺利"勾起了田濛濛当初那些对洛无言的囧囧有神的回忆，她打了个寒战，连连点头赞同风灵晓的想法，早将风灵晓那些不对劲的举动抛到九霄云外。

而水清蓝，也没有产生什么怀疑，只是点了点头，正色道："没错，灵晓你说得对。等火月回来后，我们一定要打听清楚。"

说曹操，曹操就到，田濛濛话未说完，就见半掩的宿舍门被推开了。

"谁回来了……"火月疑惑的声音在门推开的那刻转为惊讶，"哇塞！怎么大家都这么早！"

“哈哈，没想到大家都在同一天回来了，我们宿舍的人真有默契啊。”田濛濛感叹道。

水清蓝微笑着朝她招了招手：“火月，你回来得正好。我们正好有问题想问你呢。”

“嗯？什么？”火月愣了愣。

“你前几天不是跟我提起那个洛无言吗？濛濛和灵晓听见他最近跟刘碧缇的室友走得很近，都想打听她，以后离她远点。”水清蓝解释。

火月闻言皱眉，扫了田濛濛一眼，最后视线落到风灵晓身上，眼中闪过一抹若有所思的光芒，才迟疑地说道：“这个……只记得那个女生叫沈瑞莲，同刘碧缇一个系的，具体的我也不太清楚……”

“是吗？”风灵晓应了一声，移开视线掩饰眼中一闪而逝的失望。

“嗨，总算知道了这个名字！迟点再去打听一下，以后遇到这个人尽量绕道而行！”对面传来田濛濛激动的声音，“是不是啊，灵晓。”

“唔？啊！”风灵晓迟钝地反应过来，朝田濛濛扬起一个微笑，“你说得是。”然而低头的瞬间，有什么决意在眼底掠过。

这回一定要把凶手揪出来！

因为证据和所得的资料不足，加上并未完全开学，风灵晓的“侦查”工作只好暂时中止。

很快到了开学那天。

风灵晓终于记起她提早回校的原因了，直到她跟田濛濛一起走在去往食堂的路上，她才赫然记起这个可怕的事实。

“灵晓，你怎么了？为什么突然站着不走了？”田濛濛望向僵立在原地的风灵晓，不觉莫名其妙地问。

“没……”风灵晓哆嗦了一下，战战兢兢抬头看了不远处的学生会大楼一眼，“我想……我还是不去了，濛濛你能不能把饭带回来给我……”

学生会，是前往食堂的必经之路，那就意味着很有机会见到司空溯。她怎么会把这个重要的事情给忘记了？

田濛濛看着表现奇怪的友人，不爽地叉起腰，一副女王相：“喂！风灵晓，你明明答应了我今天陪我去食堂的！是不是要毁约啊？”

“可是……”接收到田濛濛的冷冻光线的风灵晓正要解释，却被田濛濛武断地打断——

“没有可是了！快跟我走！”

不由分说，田濛濛拽着她继续“上路”。

风灵晓见逃不掉了，她唯有在心里祈祷：应该不会这么巧合吧？应该不会遇见他吧？

可是世上没有这么多“应该”，所谓“冤家路窄”就是这么一个例子。

刚走到学生会大楼的地方，风灵晓一眼就看到那个熟悉的人从楼里走出，吓得转身就想逃。可是她被田濛濛紧紧拽住，逃跑计划——失败了。

风灵晓的心乱如麻团，慌乱中对上了一双深如子夜的黑眸。风灵晓的心蓦地一颤！虽然那双冰冷的眼睛一直对着他的前方，但是却仿佛一道利箭，几乎能穿透她的心……

风灵晓赶紧撇开了视线，咬了咬牙。没办法，只能逆流而上了！她理了理思绪，强作镇定地迎了上去。

风灵晓满以为司空溯见到她，必定会把她拦住，责问她为什么要逃跑！她连狡辩的理由都想好了，就等这幕场景发生的那一刻。可是当他们就要遇上的时候，司空溯却像不认识她一样，径直从她身边走过。那双冰冷的黑眸看也没看她一眼，仿佛她……只是一个陌路人。

他们，擦肩而过了。

风灵晓突然觉得，心好像被什么堵住了，很难受。

为什么司空溯要装作不认识她？难道他生她气了？还是……

不对——问题应该是：她到底怎么了？

接下来的一天，风灵晓都过得浑浑噩噩，食不知味。直到晚上回到宿舍，习惯性地登录了《幻剑江湖》，熟悉的场景配乐在耳边响起，风灵晓才清醒了几分，为自己之前的状态感到好笑。

自己今天到底怎么了？怎么会为他装作不认识她而难过？

难过？那一定是错觉！他不认识她，她也不认识他，这不是自己一直而来所想实现的吗？现在的确如此，她应该高兴才对。

没错！她应该高兴！

这样想着，风灵晓又兴高采烈地沉醉入游戏世界中了……

忘川河。

幽深冥府的入口。

125级以上玩家练级的地方。

风灵晓顺着河流一路扫荡而下，到达了忘川河第二地段的时候，遇上了一群无论如何她都不想见到的人——寒水浅浅领导的寒水小榭成员。

她下意识扫了一眼血条，飞快点了自动补给蓝药和红药，转身欲逃。然而，她的行踪早已经暴露在寒水小榭成员的眼中。几乎同一时间，他们飞快围了上来，堵住了她的去路。

【附近】寒水浅浅：啊哈，瞧我看见什么？妖女耶……

【附近】寒水浅浅：喂！妖女，你家夫君呢？怎么只有你一个？难不成……你被抛弃了？

风灵晓没有回应，心里莫名失落。

【附近】寒水小鱼：怎么不说话了，妖女！难不成，真像浅浅姐姐说的一样？[表情/大笑]

【附近】寒水嫣然：哈哈，那真是恭喜了！

【附近】寒水梦琪：浅浅姐！别跟她废话，既然她没了溯夜墨影的撑腰，赶紧把她轮了！免得她污染我们的眼睛！

不等寒水浅浅发号施令，风灵晓已经忍耐不住，操作着“灵风晓月”，一个必杀技能，将刚刚说话的那三个寒水小榭的成员全部杀掉！看着屏幕上闪烁的三道死亡白光，寒水小榭的其余成员似乎怒了！

【附近】寒水浅浅：灵风晓月你这是什么意思！我们都还没出手呢！

【附近】寒水派派：可恶啊！浅浅姐姐别跟她废话，杀了她再说！

风灵晓也懒得跟她们废话，继续接二连三将所有攻击的技能朝对方扔去！可是这次寒水小榭的成员却有了准备，虽然她打中了几个人，但是却被躲开了，伤害值只有原来的百分之三十左右。

她们不死的后果便是风灵晓即将被围殴，更何况这里是125级以上玩家的所在地啊，没有办法，只有硬着头皮上。

风灵晓艰难地躲开寒水浅浅的攻击，将一个石化技能扔到另一个寒水小榭成员的身上，趁着空隙补充了血条。可是，限时的血条回复，怎么够被伤害所扣HP的速度快！

就在这个时候，寒水小榭的某个人突然在【附近】频道发出惊呼！

【附近】寒水小燕：不好！浅浅姐！溯夜墨影来了！

寒水浅浅可能慌了，暂时停止了攻击。

风灵晓幸得这个时候补满了血条和精神，然后将视线移向前方，果然看到那一袭熟悉的白衣，正向她们迎面而来。

风灵晓的心蓦地一跳，思绪顿时乱了。他……是来帮她的吗？

但是结果却让她大失所望，溯夜墨影竟如早上那般，冷漠地跟她擦身而过！白衣在黑色的场景中格外明亮，却深深刺痛了她的眼睛。

他走了，毫不留情地走了。

【附近】寒水浅浅：哈哈！我说得真正确，妖女果然被抛弃了！大家不要大意地上吧！把妖女杀个片甲不留！

风灵晓看着逐渐远去的白色身影和【附近】频道上嘲弄的话语，自嘲一笑，继续迎了上去！

罢了，反正从来，都只是她一个人的战争而已，何必牵涉入其他无关的人呢。然而她的力量并不足以杀掉所有人，当她杀了除了寒水浅浅的最后一人时，她发现——她已经支撑不下去了。

红蓝补药几乎全部用光，她的血条，只剩下可怜的五分之一……

而寒水浅浅的血条，还是满满的。

风灵晓一咬牙，控制着灵风晓月冲了上去，技能的粉光在寒水浅浅身上冒起，她显然也发现了这个事实。

在那一刻，风灵晓认命地闭上了眼睛，她已经知道了结果……

但是为什么，当她睁开眼睛的时候，死的却是——寒水浅浅？！

【附近】寒水浅浅：此去经年你这个贱人！！！

一句话说完，寒水浅浅的尸体已经消失在眼前。

面前站立的，是此去经年紫色曼妙的身影。

【私聊】此去经年：[表情/大笑]哈哈，姐姐晚上好啊～

风灵晓一阵惊讶，看到此去经年的出现，她的心里突然冒出一团火气！于是让灵风晓月坐下来打坐恢复后，她怒气冲冲地回了一句。

【私聊】灵风晓月：死小子！！！你最近去哪里了啊！！！[表情/血刀]

【私聊】此去经年：= =

【私聊】此去经年：姐你这么生气干吗。我有东西给你看。

几乎马上，风灵晓的QQ被敲响了。

她疑惑地点开，是风凌云发过来的消息。

那是一张聊天记录的截图，上面只有简单的两句话——

姐夫 17:57:53

冥河二段，去救她。

姐夫 17:57:55

快点!

第22章 决定决定

目光在接触到这简单的两句话的那一刻，风灵晓怔住了。她静静地望着电脑屏幕，什么也说不出来，也忘记了反应，只感觉到有一种难以说清的情绪从心底挣脱而出，迅速在血液里蔓延。

为什么……

为什么他会让风凌云来救自己？明明他已经不想再理会自己了啊……

一想到那抹白衣如雪的身影跟自己擦肩而过，她的思绪再次乱成一团。好不容易积蓄起来的好心情再次一扫而光，她再次莫名地难过起来了。

而此刻的【私聊】频道上，已经塞满了此去经年聒噪的信息。

【私聊】此去经年：嘿嘿，老姐，别告诉姐夫哦=3=这家伙是不是很闷骚呢？

【私聊】此去经年：咿呀？姐，你怎么不说话了？

【私聊】此去经年：喂

【私聊】此去经年：死机了？

【私聊】此去经年：还是感动得说不出话来了？哈哈～

【私聊】此去经年：……怎么还不理我？难道你跟姐夫吵架了？

【私聊】此去经年：啊？不是真的吧？难怪他不肯自己去救你！！！喂喂，老姐，振作点！

……

风灵晓漫不经心地瞟了一眼那些话，不耐地回了一句“你可以滚了”，心烦意乱地屏蔽了所有频道。紧接着，下线，关电脑，望着漆黑的屏幕百味杂陈。

当知道其实他一直在背后默默地看着自己，只是在表面上对自己冷漠的时候，她有什么感觉？

感动？后悔？难过？似乎都有，但是她为什么会有这样奇怪的感觉？明明她巴不得远离他才对啊。

都怪司空溯那个妖孽！自从他出现后，她就没一天好过的，都是那个坏人的错！

这样想着，风灵晓不由悲愤起来，趴在电脑前捶打起桌子来，似乎完全将桌子当成了那个人来发泄……

“灵……灵晓，你在干吗？”刚刚回到宿舍的水清蓝用惊悚的目光看着她，犹豫地问出声。

到底发生了什么事？虽然灵晓偶尔有小抽风，但还没严重到这种程度啊……莫非网游的危害，真的有那么严重？水清蓝想着，不由打了一个哆嗦，并下定决心以后绝对要禁止自己的孩子接触网游！

“……呃？”风灵晓闻言一僵，迅速从桌子前弹跳起来，看向声音的来源。

然后她看到了一脸愕然的水清蓝和火月，十分尴尬地低下头：“你……你们回来了……”刚刚……不会都被看见了吧？T_T太丢人了……

“到底发生了什么事？你最近怎么怪怪的？”水清灵打量着她，诧异地问。

风灵晓有些不自在地解释：“呃，那个……最近我遇到了一些……一些不顺心的事，所以……”

“灵晓，你是不是网恋了？”这时，火月小心翼翼的声音打断了她，内容却一针见血。

风灵晓神色一僵，马上反驳道：“不对！我当然不会网恋了！我妈最讨厌网恋了！”为了肯定自己说的话的真实性，她又笃定地点了点头，“所以，我怎么可能网恋！”

然而她说这些话的时候，心里却有一个小小的声音在询问：是吗？真的是这样吗？

火月似乎并不相信她，依然神色凝重地看着她，继续问：“是不是，那个叫溯夜墨影的？”

“咦？溯夜墨影，那个不是灵晓的弟弟吗？怎么……”这次，反而是水清蓝抢先开口了，她的语气带着少许的诧异，“难道那不是你弟弟？可是火月你怎么知道的？”水清蓝疑惑地看向火月。

火月却支吾了，“这个，我……我……”

可未等她解释，田濛濛亢奋的声音便陡然插了进来，将宿舍里弥漫着的诡异气氛打破了——

“亲爱的们，田濛濛女王大人摆驾回宫了！有好消息——”声音在门推开的那瞬间戛然而止，田濛濛脸上的笑容慢慢转成了疑惑。

她嗅到了八卦的气味，视线在室内这三人之间扫来扫去：“啊啊？发生了什么事？你们怎么了？是不是……有事情瞒着我？”

在那么几秒的愣怔后，水清蓝彻底清醒过来，连忙朝风灵晓和火月打了一个眼色，接着向田濛濛露出一个笑容：“不是，我们在讨论明天要上什么课。濛濛，你刚刚不是说有好消息吗？是什么好消息？”

果然，田濛濛的注意力被转移了。

她很兴奋地说道：“学生会要招新了！”

“真的吗？”刚刚还囧囧有神的水清蓝和火月也为这个消息而欣喜若狂，只有风灵晓在听到“学生会”这个词的时候，身子下意识僵直起来。

风灵晓低下头，极力掩饰自己的惊慌：“这……跟我们有什么关系？”

不等田濛濛开口，水清蓝已经抢先反驳：“怎么没有关系？要是能进学生会，是有学分可以加的！”

火月也拼命点着头，田濛濛则是一脸掩饰不住的兴奋，差点手舞足蹈起来了：“没错没错，机会难得。所以我都给你们报名了哦！明天上午十点面试，而我们刚好没课——”

“太好了，濛濛你太聪明了！”水清蓝激动地夸奖道。而火月则用深思的目光看了风灵晓一眼，没有说话。

田濛濛不由沾沾自喜起来：“当然，也不看看本女王是什么人。”

三个人之中，只有风灵晓开始忐忑不安，脸色更因为受到过度的“惊吓”而略显得苍白……

她咬着唇扯了扯田濛濛的衣服，小声问道：“濛濛，那个……我不去行不行……”

田濛濛一怔，随即十分激动地惊叫起来：“不去？！我都给你报名了，你才说不去？太不给面子了吧？”她瞪着风灵晓，眼中难以置信的神色像是在谴责着她的“不厚道”。

火月点头，她很赞同田濛濛的话：“对啊，灵晓，就算我们不通过，好歹也有人陪着。少了你一个，我们还怎么好意思？所以你怎样都不能缺席啊。”

风灵晓只觉得那三双直盯着她的目光如针芒般刺眼。她往后缩了缩，小心翼翼地问：“那……明天给我们面试的是什么人？”

“唔，据说是学生会的中层干部……”田濛濛歪着头想了想，然后很义正辞严地警告她，“风灵晓，我警告你哦，你明天一定要去！不想去也要去！”

“我知道了……”风灵晓应了一声，漫不经心地点了点头，心里却暗暗松了一口气。

还好，不是他……

这样，去去也无妨吧？

风灵晓很显然忘记了世上有一句俗语叫“天有不测风云”。

翌日上午十点前，当风灵晓一行人到达学生会招新的面试地点时，却被告之，这次的面试，将由会长大人亲自执行！

为什么会这样？！风灵晓当场目瞪口呆。要不是水清蓝和火月的阻止，她差点当众抓住田濛濛的衣领猛地摇晃，大吼：“你不是说只是中层干部面试我们吗？！”

田濛濛一脸无辜地看着她，露出一副“我什么也不知道”的无辜表情。

倒是后来一位貌似是学生会高层干部的帅哥笑嘻嘻地帮她们解了围：“是这样的，本来这次面试是由我们执行。但会长大人看了报名的名单后，决定要亲力亲为。SO……学妹们加油吧！”

风灵晓风中凌乱了，而更加令她惊悚的是，那位帅哥在经过她身边的时候，一个带着诡异意味的笑声传入了她的耳中：“嫂子，祝你好运。”那个声音顿了顿，音调稍微提高，“啊，忘了说，我是堕落。”

……堕、堕落？

风灵晓顿时如遭雷劈！

她表情僵硬地回过头，却看见“堕落”同学若无其事地走过她身边，对所有前来面试的学生宣布道：“等会儿念到号码的，就进去会长大人的办公室哦！”

过了好一阵，风灵晓才完全反应过来。原来这一切都是阴谋！

她对着“堕落”的背影咬牙切齿：=皿=风凌云，你夫君得罪了我，你死定了！

这一刻的同时，远在几千公里以外的风凌云，突然莫名地打了个寒战！

在田濛濛满脸喜色地从会长室走出来后，“堕落”同学终于念到了风灵晓的号码。只是他在念她的号码的时候，尾音故意拖长了几分，似乎在暗示些什么。

风灵晓恼怒地瞪了他一眼，径直往会长的办公室走去，然而她的脚步就在快要走近的那一刻，戛然停止。

她犹豫了，心中那种异样的情绪，再次在身体里蔓延。

难道……真的要去面对他？

是因为心里那种莫名其妙的情感吗？是因为她想尽快撇清一切，还是想挽回他的……不过，她心里那种奇怪的情愫，又是什么？

她心里的那一种情感，没有欺骗，没有阴谋，只有淡淡的温暖，是如此真实的存在。

她不能再逃避了！即使很不情愿接受，她也不愿意失去那种特殊的情感。反正迟早都要面对，为什么不早一点接受？

风灵晓心里作出了一个重要的决定。她鼓起最大的勇气，敲响了会长室的门。

“请进。”

熟悉的声音隔着厚重的大门传出。但是风灵晓这一次，再也没有了想逃避的感觉，而是勇敢地推开了门。

推开门，映入眼帘的是一张办公桌，一个档案柜，还有一面贴满了奖状的墙壁。

宽敞朴素的办公室窗明几净，阳光从玻璃窗无声地照了进来，映出一室温暖。浅橘色的光线淡淡勾勒出书桌后那个人侧脸的轮廓，专注得仿佛与这个静谧的房间融为一体。

风灵晓在心里为自己打着气，轻轻带上门，小心翼翼地走了过去，还是不可避免地发出了声音。但是，明明听见了轻微的脚步声，司空溯却头也不抬，只是淡淡地说了一句：“坐。”

风灵晓走到书桌前，站定，无意识地攥紧了拳头。她没有再动，没有按司空溯的吩咐坐下，而是久久地站着，清冽的双眸一眨不眨地盯着眼前的人。

这样的情况持续了好几分钟，察觉覆盖着他的那道阴影一直没有变化，来人也没有任何的反应，司空溯终于停下了书写，抬起了头。在目光接触到风灵晓的那刹那，司空溯的眼中划过一丝诧异，随即恢复了如初的冷静。仿佛什么也没有发生一般，他面无表情地看着她，冷冷开口："这位同学，你是打算一直这样站着面试吗？"

这位同学……清冷的声线像是一根针，扎入了风灵晓的神经中。她一下子惊醒过来，有些不满地挑起眉！

他居然这么冷淡地叫她"这位同学"！这个家伙……半个月前，他还是那么亲昵地叫自己"小灵晓"，而现在却装得这么正人君子！太虚伪了……

不过，他其实很渴望自己的到来吧？不然也不会搞出这么多花样逼她想清楚……但为什么要装出满不在乎的模样？难道是因为……太别扭了？

风灵晓正琢磨着这个问题，但思绪很快被一个淡漠的声音唤回到现实："你真的不打算坐吗？"

她一动不动，似乎在跟他在赌气。

"好吧，既然你坚持。"司空溯亦不勉强，俊眉挑了挑，态度异常地冷静。他扔下手中的笔，抱起双臂，直视着她："同学，为什么你会选择加入学生会呢？据我说知，学生会这种忙碌的地方，不适合你这种散漫马虎的性格……"

散漫马虎……这家伙真的把她研究了个彻底啊！

风灵晓额上青筋暴起，她捏了捏拳头，有些咬牙切齿地反问："请问会长大人，这是面试的题目吗？"

司空溯面不改色地点头："没错，这是面试的一部分。"

"面试的一部分……"这不会是他临时改的"试题"吧？风灵晓在心里腹诽着，如实回答道，"好吧，其实我一开始并没有打算报名的，但是室友在我没有知道的情况下帮我报名了，所以……"

"所以你就来浑水摸鱼了？"司空溯一针见血地揭露了真相。

风灵晓呆了呆，心中莫名地冒出一团火焰来。混蛋！即使是又怎样，用得着这样拆穿她吗？

司空溯冷淡地瞟了她一眼，微垂下的眼睑落下一片阴影。他扬起一抹嘲讽的弧度，再不看她一眼："既然你是不情愿来的，那剩下的问题你可以不必回答了。面试的结果已经可以知道了，不是吗？所以你可以……"

"等等！"风灵晓在他说出"出去了"之前打断他，双手激动地拍响了书桌。

司空溯明显一怔，他再次抬头注视着她，眼底掠过一丝意味不明的光："这位同学，又怎么了？你还有什么不满意的？"

"其实我可以选择不来的！但……"风灵晓顿了顿，毫不畏惧地迎上他审视的目光，态度十分坚定，"你为什么不问我还是来了。"

司空溯狭长的双眼眯了眯："这好像跟面试无关吧？"

"我觉得有关，问清原因总是好的，不是吗？"风灵晓毫不畏惧地反驳他，仿佛这是一件理所当然的事。

司空溯不置可否地挑了挑眉，"好吧，如果这是你的愿望，反正对面试结果也没有什么影响……那么同学，为什么你最后还坚持要来？"

风灵晓眉眼一弯，不假思索笑道："因为你啊！"

无法否认，清脆如铃的声音落到司空溯的耳中时，他心中的确有那么一刹那的悸动。他的眼中流露出一种难以说清的情绪，却没有说话。

风灵晓看着他，第一次如此勇敢地继续往下说："司空溯，你不用装了！我知道这次学生会劳什子招生，就是你搞出来的对不？"

"你弄出这么多花样，就是希望我来找你，却放不下面子，对不对？不然你也不会让风凌云那混小子来救我了！"风灵晓条条有理地分析着，为自己的推理感到扬扬得意。

司空溯微微一笑，那笑容却没有丝毫温度，复杂的眼中看不出他的情绪："很精彩的演说，不过如果你打算用这个企图说服我让你过关，那恐怕同学你用错地方了。"

一句话将风灵晓满腔的热情给浇灭了。她气得牙痒痒："司空溯你这个混蛋！我根本不在乎什么面试不面试！"

风灵晓失去理智般绕过书桌朝司空溯冲去，在他诧异的目光下将他紧紧按在椅背上，然后不由分说地吻了上去！

司空溯的眼睛微微睁大。他只觉得一股香草般清新的气息压面而来，柔软的唇贴到了他的唇上。

他无意识地动了动，风灵晓以为他想要反抗，不由加大了力度，整个人压到了他的身上，用自己所有的力度将他按住……

司空溯怔然，这一次，他猜中了开头，却没有猜中结局……

他居然被……反扑了？

不过已经到嘴的食物，司空溯当然不会放过，这是他一贯的原则。于是他便任由着风灵晓在他身上为所欲为，享受着这美好的一吻……

风灵晓透不过来了，终于松开了依然得不到满足的某人。她就这样坐在他腿上喘气，两人衣衫凌乱，而现在的姿势使两人看上去是无比的暧昧。

幸好没有其他人……这是风灵晓此刻唯一的想法。

司空溯顺势将她搂入怀中，贴近她耳边低低笑了，温热带着暧昧的气息扑来："亲爱的，这是贿赂吗？"

风灵晓好不容易透过气来，听他这么一问，不由怒火地瞪了他一眼："混蛋！你居然逼我……"

司空溯一改原先的态度，唇角一弯，戏谑地笑了："不逼你的话，你会自己送上门来吗？"

第23章 麻烦麻烦

自己送上门……

听到这句话的风灵晓不禁怔然，有些错愕地睁着眼睛。看着司空溯脸上似笑非笑的神色，她终于醒悟了过来，“原来一切真的是你计划好的？”即使早有这种感悟，在说话的时候，风灵晓还是不自觉地咬牙切齿起来。

“什么叫真的？我又没特意算计你。”司空溯圈在风灵晓腰上的手收紧，不放过任何一刻吃豆腐的机会。他看着气呼呼地鼓着包子脸的她，伸手一戳，好心情地笑道：“学生会招新原本就是这个学年的计划，这只是巧合而已。而且你也说了，是你‘自愿’来找我的……”

被司空溯一针见血的风灵晓脸红了红，只是嘴上还不承认：“什么嘛！听说本来不是由你来面试的！你这分明是以权谋私……”

风灵晓很巧妙地把“她其实是被逼来的”这一事实掩饰过去了……

“以权谋私？”司空溯不赞同地摇了摇头，唇角勾起一抹阴险的笑容，“小灵晓，你这就不懂了。我只不过是利用职位的便利，随便办一件事而已……而且并没有损害学生会自身的利益。对不？”

风灵晓被囧得一句话也说不出来，只能羞红着脸挣扎起身，“你混蛋！我不理你了！”

“真的不理吗？”司空溯并不恼怒，手稍微一用力，就将她扯了回来，贴近她耳边低低地笑了，“可明明是你‘主动’来找我的？吃干抹净，就想不负责任了？”

“什么‘吃干抹净’，明明是你设好了陷阱。”风灵晓恼羞地低着头绞着自己的衣服，“还有，你还在面试，别在这里做一些见不得人的事情。”

司空溯好笑道：“见不得人？你是指……你贿赂我的事？”

风灵晓焦急地争辩：“你你你胡说什么！我根本不想进学生会……”

“不想？”司空溯挑眉，慢慢将那张妖孽般的脸移到离她很近的地方，戏谑地笑了出声，“你以为学生会是什么地方？想来就来，想去就去？如果……我偏要你进呢？”

风灵晓险些一口鲜血喷出：“你不讲理！”

“对，我就是不讲理。”某人笑得像只狡猾的狐狸，却显得理直气壮，“如果我故意让你以面试不合格的身份破例进了，大家会不会怀疑你跟我的关系？”说着，他的指腹轻轻抚上了她的唇，看着她红透的小脸，笑得很邪恶，“想不进的话，那就贿赂我吧。”

“贿……贿赂？”原本气势还处于上方的风灵晓渐渐落到下风，连语气也变弱了，“你想要什么？”

“我想要什么，你知道的，对不？”司空溯笑眯眯道。

见某只落入陷阱的小猫咪没有反应，狐狸君得逞了，邪恶地笑着靠近某只猫咪。然而当狐狸君就要把小猫咪吃掉的时候，门外响起一阵大煞风景的敲门声。风灵晓惊得一颤，马上挣脱起身，手忙脚乱地整理自己的衣服。

司空溯有些恼怒地放开了她，不耐地提高了声音的响度：“谁？”

“会长大人，是我哦！面试时间到了，可以叫下一位吗？”门外，响起堕落同学强压着想爆笑的声音，带有几分幸灾乐祸。

风灵晓为自己终于可以解脱长长地舒了一口气。

司空溯脸色阴沉，冷冷地回应：“我知道了，马上就好。”

“哦——”堕落意味深长地拖长了音调，“那我不打搅会长大人了，我去叫下一位同学准备。”

碍于时间关系，司空溯很是不舍地看了某只小猫咪一眼，终于松了口：“你可以回去了。”

“嗯嗯，那我走了！”风灵晓心虚地低下了头，不等他说第二遍，已经飞快地溜出了会长的办公室……

回到面试的学生群中的风灵晓，在接受了水清蓝和火月的询问后，又在成堆的人群中等待了许久，终于看见堕落同学拿着一张类似名单的东西慢悠悠地走了出来。嘈杂的人群刹那安静了下来，都屏气凝息等待他公布名单。

要公布入选者了吗？风灵晓在心里暗暗祈祷，千万不要有她啊……

“各位久等了……”堕落同学还是拖长着那讨厌的腔调，把一众包括风灵晓在内的人的心都吊起来了，“下面我宣布……各位来面试的同学，请于明晚七点三十分准时集中到这里，进行第二场笔试。有什么疑惑可以提问，谢谢大家。”

没想到大家紧张了这么久，居然只是公布第二场面试时间，真是大失所望……

人群中顿时爆发出一阵不满喝倒彩的声音，当疲倦的众人即将散去的时候，站在风灵晓旁边的火月突然举起了手："那个，学长。我有疑问。"

"哎？学妹请说。"

火月显得忐忑："那个，我明天七点到八点这段时间可能有事，不能来。怎么办？能不能迟点来补……"

"哦，学妹。"堕落摇了摇头，打断她，一脸正色，"面试都是有规矩的，我们都是按规矩办事。很抱歉，这恐怕不能。如果你不能来，你的名额只能被取消了。"

"是吗？"火月有些失落地低下头。

水清蓝倒惊讶了，连忙问道："火月你有什么事？为什么连这么重要的面试都不能来？"

"对啊。"田濛濛点头。

风灵晓没有说话，只是疑惑地看着她。

"没什么，一点私人事情必须解决而已。"火月摇了摇头，有些勉强地笑道，"反正是一个面试，以后还是有机会的。"

"好吧，如果你坚持的话，我们会尊重你的！"对于火月的私事，大家也不好过问，只好安慰她，"下次再加油！"

火月笑着点头："好。"

"那个……我明天也不想来了。"这个时候，风灵晓弱弱地开口。

"唔？为什么？"未等田濛濛三人开口，风灵晓的背后便响起一个疑惑的声音，"为什么不想来？"

"堕……"风灵晓大吃一惊，下意识自己说漏口，连忙转移话题，"多次面试什么的最讨厌了！我觉得太麻烦了，学长。"

"哎，但这可不行呢。"堕落同学装出一副为难的样子。

"哎？"田濛濛奇怪道，"学长为什么这么说？"

堕落同学叹了一声："会长大人说，风同学你一定要来，他可是很欣赏你呢。"他说着，又露出一副学长慈爱学妹的笑容，鼓励地拍拍她的肩，"所以，风学妹，你要加油哦！"

不知道有意还是无意，他最后的声音响亮得几乎在场的人都听见了。于是，风灵晓就这样在一干人嫉恨的绞杀眼光中，目送着堕落笑容灿烂地离开了，整个人石化在原地……

不带这么陷害人的，混蛋堕落！！！

风灵晓几乎是一路窜逃回宿舍的。她先是找了个说要上洗手间的借口逃离了水清蓝一干人等的视线，然后抄小路回到了宿舍大楼。哪知道她今天真是祸不单行，刚从学生会的虎口中逃脱出来，现在……现在又被一个来势汹汹的“老虎”拦住了去路！

那是一个打扮时髦的女生，长卷发一直披到腰际，右耳钉着一颗水钻耳钉，脸容算得上是中上等，只是那浓重的眼影让风灵晓看上去很不舒服。

风灵晓本来打算绕过她走的，然而这个女生一看见她走过来，马上拦住了她的去路。

“姓风的！你终于肯回来了么！”女生一开口，就显得很不客气。

风灵晓被她的语气吓得一震，有些畏缩地问道：“请问你有什么事？还有……我认识你吗？”她奇怪极了，她最近没得罪人吧？

“姓风的，别装蒜了！你够了！我求求你放过刘碧缇好不好？”女生盯着她的眼中露出深深的厌恶，“她不过是喜欢你男朋友，你报复完她就算了。用不着把她的资料全放上网吧？还有你为什么还不肯消停，现在还让那个什么洛无言去骚扰她……”

风灵晓被女生的话弄得一头雾水，连忙喝停她：“等等！你说什么？我怎么听不懂？你到底是谁？”

这些事听上去怎么这么耳熟？

女生似乎被她激怒了：“怎么这个份上了你还在装13！老娘坐不改名行不改姓，我叫沈瑞莲！”

这个不是火月曾告诉过她的……刘碧缇那个室友？！

风灵晓一时囧然了，怎么她还没去调查清楚，麻烦就已经自动找上门来了？尽管对方态度很不友好，尽管风灵晓对她说的话感到莫名其妙，尽管有满腹疑惑，风灵晓依然没有分毫要生气的意思。相反，她隐隐觉得这似乎跟寒水浅浅事件的真相有关。于是，她保持着友好的态度，小心翼翼地询问对方：“请问，你刚刚是什么意思？对不起，我不太明白……你可不可以将事情详细说一遍？”

沈瑞莲皱起眉头，极不耐烦地瞪了她一眼：“风灵晓，你够了！你自己做了什么，还不敢认吗？”她响亮的声音在四周回响着，引得过路的学生纷纷朝这边侧目。

“不，我不是这个意思。”风灵晓一看自己成了引人注目的焦点，顿时急了。见沈瑞莲还想大嚷些什么，她也顾不上熟悉不熟悉的问题，连忙一把捂住她的嘴巴，朝周围的人歉意地笑了笑，不由分说地将她拽向附近一个偏僻的角落。

被风灵晓捂得几乎窒息的沈瑞莲终于得到了解放，扶着墙壁呼哧呼哧地喘着粗气，对着风灵晓破口就骂：“你干吗呢！想谋杀啊？”

“呃，对不起。”风灵晓连连鞠躬道歉，“我不是故意的，只是你嚷得太大声了……”

“哼，你害怕了是吧？害怕你做的见不得光的事情让别人知道了吧？”沈瑞莲愤怒地瞪着她，声音几乎刺穿了她的耳膜。

风灵晓很有耐心地解释：“我想，你真是误会了……”

沈瑞莲不分青红皂白又是一顿大骂：“误会你什么啊？你把刘碧缇害得那么惨，还好意思说‘误会’，你知不知道刘碧缇现在……”

感觉像有一堆蜜蜂在耳边嗡嗡作响的风灵晓终于火了，猛地大喝一声：“够了！你给我闭嘴，认真听我说！”她无视沈瑞莲惊得发愣的表情，继续义正辞严地说道：“第一，你的确是误会了，如果你是想找陷害刘碧缇的人，我想你找错了；第二，我也不是怕你抖出什么让人知道，现在我也是受害者；第三，刚刚似乎听到你说洛无言，但是我跟他根本不熟，联系也没有许多次，怎么可能让他也骚扰刘碧缇！更重要的一点，陷害刘碧缇搞出一系列风波的，嫌疑更重的似乎是你！”

一口气说出心中憋了许久的话，风灵晓终于松了一口气，心里似乎有什么压着的东西被移走了。

沈瑞莲震惊于风灵晓突然转变的态度，目瞪口呆了好一阵，终于回过神来。她怔了怔，随即反驳道：“等等——我怎么可能是最大的嫌疑人！最大嫌疑的明明是你！”

“怎么会是我呢？”风灵晓好笑地说，“如果是我，怎么会知道刘碧缇这么详细的资料呢？最大嫌疑人应该是她身边的人才对。”

“你妒忌她还不成？”沈瑞莲强词夺理。

“我需要妒忌她什么？”风灵晓感到可笑极了。

“妒忌……妒忌她……她……”沈瑞莲理亏，哑口无言，又不想承认风灵晓的话，只好哼了一声，将脸别到一边。

风灵晓看出她的别扭，微微笑了笑：“所以说，没有真凭实据之前，请不要妄下判断。”

“什么叫妄下判断？你知道我在说什么事吗？”沈瑞莲并不想承认自己的错误，十分不自在地转移话题。

“刘碧缇在网上被人肉一事？”从沈瑞莲的话中，风灵晓已经猜出了七八成。

只是她觉得奇怪，如果沈瑞莲是寒水浅浅，为什么她还要来找自己质问呢？难道她不是？

而那一边，听了风灵晓一番话的沈瑞莲也产生了同样的疑惑，只是嘴上依然不承认：“你也知道你自己做的坏事啊？怎么还不肯承认？”

“都说不是我做的。”风灵晓没好气地说，“你不觉得是有人在误导我们吗？”

“有人误导……”沈瑞莲在一愣之后，还是不肯相信，“我凭什么信你啊，洛无言都说了，是你让他去找刘碧缇的。还有，上次在游戏里的那个寒水浅浅，不是自称是你吗？！”

风灵晓听着沈瑞莲说出的“证据”，脑海里不由自主地想起那一次寒水浅浅跟许你一世情愁的对话……

她的嘴角顿时抽搐了一下。不是吧？！难道那个许你一世情愁真的是洛无言？那个寒水浅浅口中的“晓晓”真的是她？只不过……

“洛无言？”风灵晓惊讶地睁着眼睛，“我几乎没有跟他联系过，怎么可能让他去找刘碧缇？”

“不是你？”沈瑞莲皱起眉，一脸不相信的表情，“那走，我们去找他对质！”

说完，不由分说拖起风灵晓的手就走。

"哎，这……"

说起来，这个世界真是无巧不成书。沈瑞莲刚刚带着风灵晓去找洛无言对峙，而洛无言就刚好出现在刘碧缇的宿舍楼下。似乎是洛无言将刘碧缇拦在宿舍门外，在苦苦哀求她些什么，而脸色难看的刘碧缇也是一副快要哭出来的模样。

"刘同学，求求你放过灵晓好不好？她不肯原谅我了，求求你……"

"都说跟我没关系，应该是我求你才对！不要再来骚扰我了！"

听着刘碧缇带着哭腔的声音，风灵晓不禁愕然了。现在又是怎么回事？

看着这一阵势，沈瑞莲不禁怒了，急忙大步流星奔上前，挡在刘碧缇身前，将洛无言隔开，怒斥道："洛无言，你够了！怎么又来骚扰碧缇？"

洛无言苦着一张脸，"我只是想让晓晓原谅我。"他再次想走上前，无奈被沈瑞莲凶狠的神色吓退。刘碧缇也趁着这个机会捂着脸跑回到宿舍。

"那也不关碧缇的事啊！"沈瑞莲狠狠瞪他一眼。

洛无言见刘碧缇跑了，不由急了，想追上去，路却被沈瑞莲挡着。这个情况之下，他正想说些什么说服沈瑞莲，视线却无意中扫到风灵晓身上。洛无言突然眼前一亮，也不理会沈瑞莲难看的神色，转而惊喜地朝风灵晓奔来，一边亢奋地大喊出声："晓晓！"

风灵晓连忙闪开，扑了个空的洛无言踉跄了几步站稳后，一脸伤心欲绝的痛苦神色，可怜凄凄地看着她："晓晓，你……难道你还是不肯原谅我？"

"洛无言，你到底在说什么啊？"风灵晓蹙眉，很是莫名其妙！她总觉得，寒水浅浅事件不是她想象中的那么简单，被耍的人，恐怕不止是她和刘碧缇。

洛无言急切地解释："我知道你被刘碧缇骚扰的事，你还在生我的气，你不肯原谅我……所以我来找她了，你刚刚也看见了。"

风灵晓听着他乱七八糟的话，心里越发烦闷。刚想打断他，一个凉凉的声音陡然插了进来："哟，你不是一直说你是无辜的吗？不是一直说你跟他不熟的吗？那么你们两个就对质给我看啊！”

风灵晓往声音的方向望了过去，只见沈瑞莲抱着双臂，一脸看好戏的模样。

风灵晓深感无奈，有些头疼地揉了揉太阳穴，正要跟洛无言好好详谈一番。洛无言却急了，一副要冲上去揍沈瑞莲的冲动模样：“谁说我跟晓晓不熟！我知道晓晓的私人号码——里面只有我一个人！晓晓还天天给我发短信呢！”

他的一番话让风灵晓更加莫名了，什么天天给他发短信？莫非她还能分身不成？谁知道洛无言真的掏出手机，在键上飞快按了什么，然后充满期待地望向风灵晓——

风灵晓被望得冷汗直冒，连忙尴尬地撇开视线。

可是风灵晓身上并没有如他说期待响起短信息的声音，而他的手机反而响起了“收到短信息”的提示音！

这是怎么回事？

洛无言脸上的失望很快变成了惊悚，他慢慢点开了新来的短信。上面的内容，的确叫他大吃一惊——

“洛无言，你够了！你好烦！都说我不想再见你了，别再用任何方式骚扰我！”

洛无言小心翼翼地瞟了一眼面前一脸不耐烦的风灵晓，突然觉得背后有一股阴森的寒意冒了上来……

第24章 真凶真凶

洛无言整个世界都坍塌了。如果说这个号码并不是风灵晓的，那么说来，他整个暑假，都被这个号码的主人给骗了？谁会这么无聊干这些事情啊！

洛无言还未从震惊和悲伤的打击中清醒，他手中的手机已被沈瑞莲抢走了。她按了按洛无言的手机，瞟了一眼上面的内容，顿时又好气又好笑。

“给。”她将手机扔给了风灵晓，有些不自在地掩饰自己的尴尬，“那个，我的确误会你了，抱歉啦。”

风灵晓先是疑惑，看了手机上的内容后，也恍然大悟了。她对沈瑞莲说了一声“没事”，然后朝还在失魂落魄的洛无言晃了晃手中的手机，肃正了神色问道：“这个号码是谁的？”

“我也不知道……”稍微清醒了一些的洛无言对心上人苦着一张脸，话语到了喉咙都化成苦涩，几乎将他淹没在苦海里了。他觉得自己真是这个世界上最可怜的人，呜呜……

看到洛无言一副欲哭无泪的模样，风灵晓也懒得再问他了。她径直从他身边走到沈瑞莲面前，表情是前所未有的凝重：“沈同学，我觉得这次的事件并不是单纯的恶作剧事件，有可能是有预谋的报复。所以我建议你这几天不要太冲动，保持还不知道的样子，以免引起真凶的警觉。”

“到底是谁这么无聊啊！”沈瑞莲气得咬牙切齿，“要是让老娘知道她是谁，一定揪她出来狠狠揍一顿。”她发泄完毕，又一副大义凛然的模样对风灵晓保证道：“放心吧，我不是那种喜欢漏口风的人，我一定会保守秘密的。不过你找到真凶后，一定要告诉我是谁！”

“那是一定的。”风灵晓面无表情地点点头，冰冷的黑眸看不出分毫情绪微澜。

沈瑞莲自行离开后，风灵晓瞟了洛无言一眼，有些不情愿地嘱咐道："还有你，别把今天的事情说出去。不然让她跑了，事情全部由你负责！"

洛无言一愣，连忙点头如捣蒜："我知道了！晓晓，我一定按你的话照办！"

"不要叫我'晓晓'！"今天的事情已经让风灵晓够烦闷的了，现在洛无言对她亲密的昵称更让她鸡皮疙瘩都起来了，于是她毫不留情地驳斥道，"你没有资格叫这个名字！"说完再也不理会洛无言的反应，飞也似的逃了。

沈瑞莲的事件过后，风灵晓几乎是飘忽着回到宿舍的。随口敷衍了三只舍友们，她登录上《幻剑江湖》，打算找司空溯商量一下，并且从游戏中的线索下手。哪知道，司空溯居然不在线！

难道是学生会的事情太忙了？

风灵晓有些烦躁地关掉好友列表，心绪不宁地清扫着周围的小怪。随着满地的小怪尸体被刷新，新一轮的怪物又被刷新出来，风灵晓停止了攻击，补了一瓶蓝药，正打算离开，突然右下角【私聊】频道跃动了一下，提示有信息传来。

【私聊】溯夜墨影：在？

【私聊】灵风晓月：在的，你上了？

【私聊】溯夜墨影：嗯，难道你一直在等我？

【私聊】灵风晓月：！！！

【私聊】灵风晓月：谁说我一直在等你！不要脸！我每天都要玩的。

【私聊】溯夜墨影：[表情/微笑]

风灵晓的脸颊泛出了红晕。这个家伙是什么意思啊，一上来就调戏她。于是她赶紧转移话题。

【私聊】灵风晓月：对了，你今天让堕落叫我明天晚上一定要来，是怎么回事？

【私聊】灵风晓月：我明明不想进学生会啊！你不也说我不能进了吗？为什么……

【私聊】溯夜墨影：谁说你不能进？

【私聊】灵风晓月：哎？

【私聊】溯夜墨影：其实，我可以给你开后门的……

【私聊】灵风晓月：什么……

【私聊】溯夜墨影：难道你不认为，我这是在给你开后门的举动吗？

【私聊】灵风晓月：喂喂，你不能这样的！你应该秉公办理才对！

【私聊】溯夜墨影：呦，小灵晓，难道你就不想进吗？进了，有学分可以加哦……

看到这句话，风灵晓心动了。

学分，那是谁都渴望的东西啊……于是她的手僵在键盘上，久久没有回复。等到她终于下定了决心，对方却一盆冷水泼了过来——

【私聊】溯夜墨影：好了好了，不逗你了。

【私聊】灵风晓月：逗？[表情/疑惑]

【私聊】溯夜墨影：说实话，以你这种干活水平，即使开后门也不能给你进。学生会要求很高的。

【私聊】灵风晓月：……

【私聊】灵风晓月：那你还说！混蛋！

【私聊】溯夜墨影：[表情/微笑]

【私聊】灵风晓月：我不跟你说了！我下了！还有，明天的劳什子二选，我不来了！

【私聊】溯夜墨影：等等！

【私聊】灵风晓月：又怎么了？

【私聊】溯夜墨影：明天你一定要来。

【私聊】灵风晓月：为什么？

可是溯夜墨影却没有了回应。

风灵晓又耐心地等了好一阵子，终于看见了他的回复——

【私聊】溯夜墨影：我知道陷害你的真凶是谁了。你想要知道吗？

风灵晓的心蓦地一跳，瞬间屏住了呼吸！

陷害她的真凶……

虽然风灵晓一直想不透，为什么司空溯会知道寒水浅浅的真实身份是什么。但听了司空溯充满诱惑的话后，风灵晓还是产生了想立刻跑过去一看虚实的冲动。可司空溯怎么也不答应提前告诉她，只说时候到了自然会告诉她，真是狡猾的狐狸！

风灵晓对他的行为是咬牙切齿。无奈，她魂不守舍地度过了一个晚上加半天，终于等到了第二次面试的时间。

“灵晓，你干吗了？你昨天不是还说不想去吗？”田濛濛看着一脸焦急的风灵晓，很是莫名奇妙，不由惊讶地问道。

水清蓝没有言语，心里却琢磨着，这是不是网游玩得过多的后遗症。

“这个……我昨晚想了想，觉得加入学生会也没什么坏处……总之我们还是早点去吧！今天不是笔试吗？不然好位置都给别人抢了。”风灵晓语无伦次地掩饰着内心的心虚，避免让她们看出自己的真实目的，不等两人开口，风灵晓已经飞快走出了宿舍。

水清蓝和田濛濛莫名其妙地对望一眼，交换了一个疑问的眼神。但两人并没有再理会太多，跟火月打了声招呼后，也跟随风灵晓的脚步离开了宿舍。

到达了昨天面试的地方，三人才出乎意料地发现来参加笔试的人竟然已经来了大半。

“怎么还未到时间，这些人这么早……”田濛濛看着这一阵势，不由惊呼出声。

一路忐忑着会被提问的风灵晓终于松了一口气，十分高兴终于有理由将自己的尴尬掩饰过去：“看吧，都是我有先见之明。不然我们就要迟到了。”

“是吗？”田濛濛瞟了她一眼，怀疑地说，“真的是你的先见之明？我怎么老觉得，你是怀着阴谋而来的？”

“呃……”风灵晓浑身一僵，冷汗直冒，心虚地移开视线。

幸好这个时候，手中拿着一叠试卷的堕落同学从学生会大楼里走了出来，招呼站在外面的学生进试室，顺利转移了田濛濛的注意力，帮风灵晓解了围。

堕落童鞋，你总算做了一件好事！风灵晓放下了心中的大石，一边敷衍地回答着田濛濛对于考试所提出的担心。

风灵晓随着大流走进试室，发现试室早已经布置好了。

五列十行，每列每行相隔起码有一米半以上的距离，根本没有作弊的可能。所有来参加笔试的人不由紧张起来，低声交头接耳着，脸上露出了担忧的神色。相反，风灵晓感到前所未有的轻松，随便找了个座位坐下了。反正，她从来都没有打算进学生会，这场考试对于她来说，可有可无。

七点三十分，笔试正式开始。监考官依然是任劳任怨的堕落同学。然而接到了试卷的众考生一看试卷的内容，皆露出了一脸苦相，并且用不可置信的目光看向堕落。

堕落有些无奈地摊摊手："各位开始答卷吧，试卷的确没有发错。各位考生必须等到笔试结束后才能离开。若是不想答，想立刻退出，就把试卷交给我，到会长办公室跟会长说明理由。"

听了堕落的说明，各位考生都苦着一张脸开始答题。

原本带着浑水摸鱼想法的风灵晓一听堕落的话，暗觉内有玄机，迅速扫了手中的试卷一遍。很普通的试卷，只是上面的题目出奇地难，涉及了不同领域不同专业的知识点。

等等！刚刚堕落说，到会长办公室跟会长说明理由。难道……

风灵晓眼前一亮，倏地站了起来，在一众震惊的目光中，将试卷交给了堕落，径直走出了试室。

风灵晓按照堕落的指示来到了会长办公室，随意敲了两下门就拉开门走进去。果然看见某人正坐在里面，悠闲地对着笔记本电脑。在看见她的出现时，才将视线懒洋洋地从她身上扫过："你来了啊。"

"当然。"风灵晓也不客气地拉开椅子坐在他的对面，"我也想知道谁是凶手。"

"哦……"司空溯看着她坐下，狭长的双眸微微眯起，"那你觉得谁是

凶手？”

“如果我知道是谁，我还用来吗？”风灵晓没好气地说道。

“小灵晓，想事情要仔细。”司空溯支着下巴，慵懒地扫了她一眼，“你想想，今天来笔试缺席的人有谁？”

“缺席的人？”风灵晓喃喃着，有些疑惑了，“好像没少啊……不对！火月没有来，你——”

她震惊地瞪大了眼睛，用不可思议的眼神看向司空溯，声音不由自主地压低了几分：“你……你的意思是……”

见司空溯点了点头，风灵晓忍不住发出了小声惊呼：“怎么可能是火月？”

“你冷静点。”司空溯制止了几乎跳了起来的风灵晓，很平静地说，“我知道你不会相信，但是事实的确是这样。你的那个室友，的确有最大嫌疑。”

“……最大嫌疑？”陷入了极度震惊中的风灵晓心乱如麻。

“没错。”司空溯说着，将笔记本电脑旋转了180度，让屏幕对向风灵晓，“这些，是寒水浅浅在论坛上发过的帖子。你看看，留意被红记号圈的部分。”

屏幕上，赫然是一张张帖子的截图，发帖ID皆是“寒水浅浅”，内容几乎都是揭露寒水空流或者灵风晓月一些不雅的事情。而被红记号圈起的部分显示的是IP。几乎所有的帖子显示的所在地只有两个地方，不是XX网吧就是……A大！

这时，司空溯在旁边提示道：“你再看看她发帖的时期。”

风灵晓按照他的指示看了下去。

寒水浅浅发帖的日期分布规律很是奇怪。每当自己在宿舍上网的时候，她发帖IP肯定是在XX网吧。若是自己不在宿舍的时间，她的发帖IP就会变成了A大……

“但是，这可以证明什么？”风灵晓抬头望向司空溯，诧异地问，声音带着颤抖，“这……这也许是巧合？”

“开始我也不确认谁是真凶，毕竟A大的人这么多，有巧合的事情也不一定。”司空溯条条有理地分析着，“但我确认，寒水浅浅一定是熟人，所以才能得到这么多重要资料。最重要的一点，她很熟悉洛无言对你的爱。”

风灵晓微红了脸，有些窘迫地低下头：“……喂。”

司空溯扫了她一眼，接着道：“所以，我将目标锁定在你这一层楼的宿舍和刘碧缇所在一层楼宿舍的人，利用这次机会设了个局。幸好，我所怀疑的人，都来参加了。结果，‘她’果然中套了。如果我的分析没错，‘她’就是你们宿舍那一位。”

风灵晓久久不能自语，过了一阵，她试图反驳：“可是，火月不来，你为什么这么肯定她就是真凶？你不让……不让她真的是有事不能来吗？”

“唔。”司空溯漫不经心地说道，“这个就要看更进一步的证实了。在这之前，我只有百分之九十的肯定。”他将电脑调转过来，在键盘上飞快操作了一番，再将屏幕转了过来：“你再看。”

风灵晓再一望，不由暗吃一惊。屏幕上的内容赫然转换成《幻剑江湖》的游戏场景，只不过那是聊天记录的截图。

那是一个她从来没见过的游戏ID跟寒水浅浅的对话。

【私聊】寒水浅浅：在？

【私聊】sunshine：嗯，你是？

【私聊】寒水浅浅：听说你有麦当劳那天完整的视频？

【私聊】sunshine：对，那又怎样？

【私聊】寒水浅浅：能不能……把视频卖给我？

【私聊】sunshine：哦？为什么？

【私聊】寒水浅浅：原因你别管，总之钱我不会少付，1000元如何？

【私聊】sunshine：好吧，不过要等几天。

【私聊】寒水浅浅：为什么？

【私聊】sunshine：我现在出差中，视频在家的电脑，回去才能给你。

【私聊】寒水浅浅：那好吧。最早什么时候能给我？

【私聊】sunshine：X号晚上七点四十五分，在新手村碰头，怎样？

【私聊】寒水浅浅：好，一言为定。

聊天记录到此结束。风灵晓看完，心中的情绪久久不能平复：

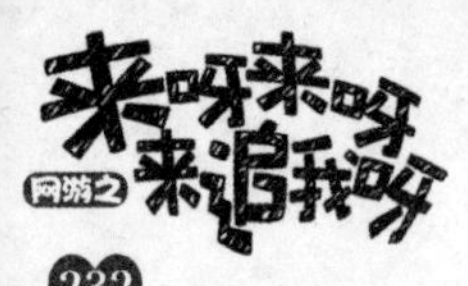

“sunshine是你的小号？”

“不是，是堕落的。”司空溯答道，“他见寒水浅浅发了个悬赏帖，于是就随口回了一句‘我有’。”

纵使风灵晓此刻的心情十分复杂，听到这里也不禁囧了，“然后呢？”

司空溯微微一笑：“你也看见了，堕落跟她约了时间，就是今晚的七点四十五分——就是我为什么要将笔试时间定在七点三十分的缘故。”

风灵晓顺应着他的实录分析：“如果是七点三十分，寒水浅浅为了买视频一定不能来笔试，所以……可是，她要视频干吗？”风灵晓觉得不解。

司空溯对这个问题并不在乎：“这个要问本人了，不过我猜她可能是为了制造一些对你不利的言论。”

“嗯……”风灵晓若有所思地点了点头，神色越发凝重。

“好了。”司空溯很愉快地收回笔记本，瞄了一眼角落的时间现实，“七点四十三分了，该去逮犯人了。堕落要在那边监考留守，不过我已经拜托了一个舍友上sunshine这个号，现在去的话，说不定恰好能待个正着。”

“好的……”司空溯的话，风灵晓只听进了半分。她漫不经心地点着头，连意图也没有弄清，就跟随着他的脚步离开了。

她的脑子乱成一团，心里在默默地祈祷着：火月，希望你不会让我失望！

第25章 结束结束

风灵晓是怀着复杂难辨的心情赶回了宿舍。她觉得，不到事情真相大白的那一刻，她也不会相信火月就是寒水浅浅。因为火月是她最亲密的舍友之一，是她的好朋友之一。而亲密的舍友和好朋友，怎么会做如此龌龊的事情？即使现在，所有的证据都指向了她……

因为是女生宿舍，司空溯不方便进入，所以他只能留在楼下等待。但是他叮嘱风灵晓一旦遇到什么突发的情况，一定要大声叫救命或者打电话给他。

风灵晓心不在焉地点了点头，也没听清他到底说了什么，就魂不守舍地上了楼。走到再也熟悉不过的宿舍门前，她不由自主地停下了脚步。按捺住狂跳不止的心，风灵晓经过一番心理挣扎，终于一咬牙，毅然推开了门——

火月正全神贯注地对着面前的电脑，神情十分紧张，似乎在做一些十分重要的事情，连风灵晓走了进来也没有发现。

风灵晓轻手轻脚地走到她背后，惊讶地看着她的电脑屏幕上显示出的《幻剑江湖》的场景，满怀的希望顿时成了失望。

“我从来不玩网游……”

脑海里又不由自主回响起这个女孩曾经说过的话语，那个时候，风灵晓还觉得她很纯真。而到了现在这句话就像一根利针，狠狠刺入了她的神经！

根本不用多说什么，真相就在眼前。屏幕上，寒水浅浅的身影正在新手村中烦躁地来回踱步，正如火月此刻的心情。

寒水浅浅是火月，火月就是寒水浅浅！

火月骗了她，也骗了所有人——她就是真正的凶手！

可是，她为什么要这样做？为什么要陷害自己呢？自己跟她无怨无仇，她在自己的眼中——是多好的一个女孩！

风灵晓的大脑嗡地乱作一团，踉跄着后退了一步，不小心将搁在背后桌上的水壶撞跌。水壶落地发出剧烈的声响，惊醒了失神的风灵晓，也惊动了火月！

火月从座位上一跃而起，反应剧烈地撞翻了电脑桌上放着的书，噼里啪啦的声音在寝室内回响着。

“你什么时候回来的？”火月看着面前根本不应该出现的风灵晓，眼中全是震惊的光芒。

她说话的时候，还是下意识挪动身体遮掩着电脑，将自己的心虚暴露无遗。

“回来有一段时间了，在你到达新手村之前吧。”风灵晓面无表情地看着她，平静地回答道。

相对于风灵晓的平静，火月是显得如此惊慌：“你不是去面试了吗？你不是很想加入那个学生会……”

“火月你这么慌张干吗？我什么都没说呢。”风灵晓语气冰冷得连自己也被惊骇住，仿佛自己成了另外一个人。

“你知道了是不是？”火月脸色一变，声音陡然变尖，“你知道了我是寒水浅浅了，对不对？”

风灵晓没有说话，依然冷冷地看着她。

火月的表情变得愈发狰狞，她狠狠地瞪着风灵晓，情绪似乎很激动：“那你现在还装出一副无知的样子，那算是什么？”

“我没有说过我不知道。”风灵晓开口道，后退了一步，用审视的眼神打量着火月，“我不明白，你为什么要这样做。”

火月蓦地抬头，满目凶光看向风灵晓：“你为什么会知道！”

风灵晓皱眉看着面前这个几近陌生的火月，不由自主后退了一步。事情到了这个地步，瞒下去也没有什么用处，所以风灵晓还是如实回答了：“是司空溯告诉我的，sunshine是他的小号。”

“司空溯？”火月一愣，眼中闪过震惊之色，“他怎么会……”

“你想说，他怎么会知道你的事情对不对？”风灵晓索性结果她的话，说了下去，“其实，他就是溯夜墨影。”

火月更加惊讶了：“他是溯夜墨影？！怎么可能！溯夜墨影……溯夜墨影……我知道的，他不就是一个你从来不认识的人……”

“从来不认识的人？”风灵晓好笑地挑了挑眉，“你从哪里得出的结论？”

“我看到过你们吵架，你根本不喜欢他，你想跟他离婚，因为……因为……”火月喃喃道，显得十分不可置信。

“你没有想到他就是溯夜墨影吧？”想到黄金八点档的俗套剧情居然真

的在自己身上实现了，风灵晓感到很是好笑，“因为你一直喜欢他？”

话刚落音，火月几乎马上失控般尖叫出声：“才不是因为他！”火月突然痛苦地抱起头，抓狂般喊道，“你不知道，你什么都不知道！”

不是司空溯？风灵晓怔住，心中划过一丝愕然。

火月怨毒的眼神仿佛要将她刺穿：“如果不是你，他就不会这样漠视我；如果不是你，我们两个，可能还会像以前一样，打打闹闹，很开心……可是就是你的出现毁了这一切！他变得讨厌我，他的注意力都转移到你的身上，他再也不理我了……都是你的错！”

风灵晓被她的话弄得一愣一愣的。什么他？什么漠视？火月说的那个人，她好像从来都没遇到过啊……那是什么跟什么？这都不会是她臆想出来的吧？

风灵晓越想越觉得可怕，不由打了个寒战，连忙出声打断她：“等等——你说的是谁？”

“是谁？”火月仿佛听到了最大的笑话，突然冷笑出声，“哈哈！真好笑！你假装不接受他，对他欲擒故纵，让他深深地迷恋你？不是吗？”

“你在说什么啊？”风灵晓简直莫名其妙。

“你还在装什么蒜！”火月脸色一沉，以往一直温婉动人的脸显得狰狞，“不就是洛无言！他一直追求着你，你还装什么清高！”

风灵晓被火月的话震住了，一种可怕的东西从火月身上溢出，紧紧将她的心缠绕起来。

她无论如何也不会想到，火月报复她的原因……

怎么可能是洛无言！

而且水清蓝不是说，火月一直很讨厌洛无言吗？难道……火月喜欢洛无言，所以才对她……

风灵晓蹙眉，“他喜欢我是他的事，跟我完全没关系好不好！”

“怎么会不关你的事！”火月态度强硬，高声覆盖掉风灵晓的声音。

宿舍里，刹那间鸦雀无声，火月激动的情绪慢慢平复了下来，她的神情突然变得哀伤。她掩起脸，不等风灵晓开口，就主动陈述了事情的经过，“我跟他青梅竹马，一起玩到大。虽然我们俩经常吵架，但我还是很喜欢他。我以为他也是喜欢我的！但自从你出现后，我发现，我似乎错了。他根本就不喜欢我！跟我吵架也是对我的不耐烦……为什么你要出现？那个时候我是这样想的。于是我恨透了你……”

她顿了顿，又接着说道：“没错，我很恨你！所以我开始设计陷害你——我发现你很喜欢玩《幻剑江湖》，于是我也注册了个账号，在游戏里毁坏你的名声。哪知道半途刘碧缇这个碍事的跑出来！所以我就先除掉她。可是，洛无言这个家伙也来了，我只好假借你的名誉哄着她，利用他来打击你。没想到……哈哈！”

“是……吗？你就这样恨我？”听完火月的陈述，风灵晓心里滋味百般难辨，话语里一股苦涩之感。

火月毫不畏惧地迎上她的目光，斩钉截铁道：“对，我恨你！”

风灵晓的目中暗含着一种名为悲悯的神色：“可是，你错了。我根本就没有喜欢过洛无言，一切都是他的乱搞。我现在的男朋友，是司空溯……还有，寒水空流也不是刘碧缇，她是司空溯的表妹。”

风灵晓平静的话语还是让火月的瞳孔猛地缩紧。她被惊得僵了好一阵，才回过神了：“怎……怎么会……”

“的确是这样。”风灵晓垂下眼睑，语气平淡如初。她突然觉得自己是如此残忍，连火月最后的幻梦也要无情地戳破，可是这就是现实。

“竟然是这样……”火月有些失魂落魄，但是瞬间眼神一沉，声音陡然变得严厉：“即使是这样，我还是恨你！”

风灵晓一震。

“我会离开A大，而且你也不用再担心寒水浅浅又会出什么阴险招数来陷害你了！你高兴了吧？”火月的声音冰冷至极。

风灵晓瞪大了眼睛：“不，火月……”

“少来惺惺作态了！”火月冷哼了一声，再也忍不住流下了泪水，不等一脸着急的风灵晓阻止，她便一把推开风晓灵，跑出了宿舍——

“火月！”风灵晓着急地追到宿舍门前，空旷的走廊早已没有了火月的踪影。

望着空荡荡的走廊，风灵晓的心同样是空落落的一片。

事情就这样不了了之了，风灵晓也不知道自己是怎样走到楼下的。

司空溯告诉她，火月是哭着从楼里跑出来，从他身边跑过的时候狠狠地瞪了他一眼，但什么也没有说。

而这一夜过后，火月再也没有回过宿舍，也没有在学校出现。

这引起了水清蓝和田濛濛的担忧，两人不断地向风灵晓打听情况。这个时候，她除了苦涩一笑，说不知道，还能怎样回答？

就这样，火月销声匿迹了。

后来她们终于从导师的口中知道火月已经办理了退学，她遗留在宿舍里的行李，是她的爸爸妈妈过来拿的。

火月父母来到宿舍的那一天，风灵晓只是跟在水清蓝和田濛濛背后，默默地帮忙收拾东西，没有像其他人一样追着火月的父母问长问短。

以至于回到宿舍后，她被水清蓝“批评”了：“灵晓你怎么一点都不关心火月？难道你不觉得她莫名其妙地退学了，很是奇怪吗？”

“我……”风灵晓苦笑了一下，不知道应该怎样去回答。

就在她陷入两难之中的时候，田濛濛好心帮她解围了：“清蓝我知道你担心火月，你别怪灵晓了。你没看灵晓的脸色也很差吗？她也是很担忧的……”

“是吗？”水清蓝一愣，视线落到风灵晓身上，看到的确如田濛濛所说的，有些不好意思起来了，“灵晓，对不起……”

“没事，我不怪你。我只是在想一些事情罢了……”风灵晓心乱如麻地摇了摇头，在水清蓝和田濛濛惊讶的注视下，转身走出宿舍。

田濛濛望了愕然的水清蓝一眼，也跟着追了上去。

“嘿，灵晓！”田濛濛在走廊找到了倚在栏杆前，探身望向外面的风灵晓，脚步稍微慢了下来。她满是忧心地走了上去：“灵晓，你怎么了？从火月走后那天开始，你的脸色都不太好。”

风灵晓垂着眼睑，她沉默了一阵，突然开口：“濛濛，我问你一件事情。如果……我说如果，你最好的朋友背叛了你，伤害了你……”风灵晓看向田濛濛，眉宇间笼罩着淡淡的忧愁，“你会不会恨她？”

田濛濛马上露出警惕的表情，惊讶道："啊？谁啊？"

"我只是说如果。"风灵晓连忙解释。

"哦，这个啊。难道灵晓你就是为了这个烦恼了几天？"田濛濛直觉不可思议，瞪大了眼睛，"如果是我，我是不会恨她的。"

"为什么？"

"因为，她配不上我的恨！她已经不再是我朋友了，她没有这个资格！"

田濛濛的回答，让风灵晓心神一震，顿时阔然开朗了。

是啊，她为什么要那么执著？

火月背叛了她们，她为什么要恨？

背叛了，就再也不是朋友。火月根本配不上她们的恨……

风灵晓微微一笑，闭上眼睛感受着迎面吹来的清风，心神清涟。

对的，她不恨了，因为不值得。她也不会去告诉水清蓝和田濛濛，那是火月自己选择的道路，与她无关。

只是，火月，你这样做，值得吗？

宿舍少了火月一人，风灵晓的日子也不见得轻松一些。到了十一月，快要到达一个学期的尾声，风灵晓又每天都得忙碌繁杂的学习生活。即使是最爱的网游，也只能偶尔抽空玩上一下。

十一月的某一天，风灵晓正在玩《幻剑江湖》的时候，突然收到了一条短信。发件人的名字很熟悉——神经病。

是洛无言。

"晓晓。对不起，因为我给你带了这么多麻烦，我很抱歉。"

风灵晓看完短信，一笑置之将它删掉，这些，都跟她无关了。

将手机放回到桌面，风灵晓继续回到了游戏上。此时的她正在溯夜墨影的带领下，在做洗刷罪恶值的任务。

虽然寒水浅浅在火月离开那天已经删号自杀，但妖女灵风晓月的麻烦却不见有丝毫减少的迹象。无论她出现在什么地方，总是有一些被悬赏金额吸引的人想要杀她——虽然他们都被溯夜墨影解决掉了。

风灵晓觉得这样下去不是办法，恰好最近《幻剑江湖》新推出了一个洗刷罪恶值的任务，只要玩家完成指定的任务，就可以跳入“天池”中将身上所有罪恶值洗去，恢复自由身，但机会只有一次。

虽然任务具有一定的难度，但有溯夜墨影的帮助，完成任务是绰绰有余的。所以两人不遗余力，终于完成了任务。

风灵晓稍微缓过气来，控制着灵风晓月跳入了天池。

叮！系统提示：你的罪恶值已成功清零！

叮！系统提示：你痛改前非，登上“彼岸”，洗脱“邪教第一妖女”的恶名。

风灵晓看着这两条系统提示，几乎热泪盈眶了！

伴随了她这么久的包袱，终于可以扔掉了！她能不高兴吗？

这时，溯夜墨影发来了私聊信息。

【私聊】溯夜墨影：赶紧把门派也退了吧。

风灵晓这才想起自己还是“邪教中人”，连忙应了一声，打开门派面板，按下了“退出门派”。

【系统】你是否决定退出“邪月教”？

毫不犹豫地选“是”！

叮！系统提示：你成功退出“邪月教”。

风灵晓松了一口气，她终于彻底解脱了，可是为什么……

风灵晓盯着世界突然滑出来的公告，惊讶地瞪圆了眼睛，手不由自主地发起抖了。

叮！【系统提示】：邪月教弟子灵风晓月背叛出逃，邪月教教主怒不可遏，对灵风晓月下了绯杀令！灵风晓月声望-10000。

世界上，也飘出了一条令她惊悚的消息——

【系统】玩家灵风晓月再次荣登罪恶榜首位，成为本服第一恶人，获得“邪教第一妖女”称号，声望-4000。

这又是怎么一回事？怎么又来了！而且这次减的威望还是双倍的？！

于是，世界再次炸开了锅——

【世界】我是美少女战士：哇！妖女又怎么了？又来了？

【世界】XXPP：咿？她本来不就是本服第一恶人吗？怎么……

【世界】%%二极管‰：楼上的你有所不知。她今天刚刚洗刷了罪恶值，但现在……妖女你是来娱乐大众的吗？

……

与第一次成为妖女的场景很相似，而且更加惨不忍睹。

难道自己就永远不能摆脱这个恶名？这是为毛啊为毛！

风灵晓悲愤了，她点开溯夜墨影的私聊，欲哭无泪地敲着字。

【私聊】灵风晓月：我该怎么办？[表情/哭泣]

【私聊】溯夜墨影：……

【私聊】灵风晓月：TAT

【私聊】溯夜墨影：算了，看来你一辈子也摆脱不了那个杯具……

【私聊】灵风晓月：混蛋！你嘲笑我！[表情/敲打]

溯夜墨影却再也没了回应。

风灵晓急了，连发了几个敲打的表情过去，可溯夜墨影的名字瞬间暗了下去。他似乎……下线了……

那个混蛋，居然不理她了！风灵晓气愤地关掉【私聊】频道，正忿忿考虑着要不要闹上门的时候，手机提示收到了短信。

“我现在在楼下，下来吧。——你家的混蛋。”

风灵晓看着短信，心中流淌出一股温暖的感觉。

这个家伙，还真懂她的心啊……风灵晓的嘴角微微弯了弯，迅速关掉了游戏，匆匆向楼下跑去。果然刚走出了宿舍楼，风灵晓就看见那个笑得一脸欠扁的人正站在不远处，拿着手机朝她晃了晃。

风灵晓又是好气又是好笑地抿了抿唇，快步向他走去。

“司空溯，你刚刚那是什么意思！”风灵晓站到司空溯面前，不满地看着他，噘起小嘴。

司空溯唇角微微一弯，亲昵地摸了摸她的小脑袋，笑道：“没什么意思，看来你真的摆脱不了妖女这个称号。”

风灵晓佯怒：“喂你——”

“不过你一点也不像妖女啊，天然呆。”司空溯一句话，轻易将她打击得体无完肤，他用审视的目光打量着她，“我当初怎么会喜欢你呢？”

风灵晓一句话也说不出来。她气呼呼地瞪着他，涨红着脸说道：“那你当初为什么要喜欢我呢，还对我死缠烂打？”

司空溯挑了挑眉，声音陡然压低：“想知道？”

这一句话成功勾起了风灵晓的好奇心。她重重地点了点头，眼睛一眨不眨地看向他，像是在期待什么。

司空溯狭长的双眸一眯，眼底掠过一抹不易察觉的狡黠。他低笑：“我不告诉你。”

“司空溯！”风灵晓马上炸了毛，正要大声抗议——

司空溯的脸，陡然在自己的视线中放大。

温热的气息迎面扑来，低沉尾音缓缓传来。

最后一句话化为缠绵融入了她的唇中——

“但是，我爱你。”

番外一 秘密秘密

（1）

他当然不会告诉她，他是从什么时候喜欢上她的。但是司空溯还记得，第一次见到她的那一幕。

A大新生入学，学生会负责接待是惯例的事情，但接待新生这种事情，也不需要麻烦到学生会主席。

一般的新生接待处，都是由普通的学生会成员接待的。司空溯这天会去新生接待处，是听说有成员遇到了些小麻烦。没想到等他赶到的时候，才被告之麻烦已经被解决掉了。

白走了一趟的司空溯也没有埋怨，正打算离开，忽然听见两个正在议论的女声传入了耳中。

“灵晓啊，你说A大的学生会主席长成怎么样？听说他大二的时候就坐上主席这个位置了，很厉害呢！”其中一个女声，显得很亢奋。

另外一个女声却相对显得漫不经心：“你说什么？”

“你没听到刚刚那些人说的吗？现任的学生会主席可是个大才子！”第一个女生激动地接话道，“他一定是个大帅哥！这样才貌双全的人，真不愧是学生会的主席……”

另一个女生对此嗤之以鼻：“濛濛你又乱犯花痴了。即使他是才子，那可能只是为了掩饰他相貌丑陋赋予他的称号。也许，学生会主席是个满面麻子的丑男也不一定呢！”

“灵晓你在胡说什么啊！学生会主席怎么……怎么可能是……”

“希望越大失望越大！有时候现实就是这样，你以为是看小说吗？学生会主席怎么可能会是才貌双全呢？我看八成是丑男吧……”

司空溯循声望去，发现原来是两个正在报到的女生，而说学生会主席是丑男的那一位……

司空溯的狭长的眼眸微微眯起。

她正在一丝不苟填写报道的表格，长直的黑发束成马尾，黑水晶般的双眸专注而认真。只不过她微笑起来的时候，有种让人想冲上去掐她的脸、好好欺负她一顿的冲动。

两个女生填写完表格后，说笑着离开了。

司空溯走了过去，借了个借口将新生填写的表格拿出来翻阅。他特意翻开那个女生的资料，视线扫过她的娟秀的字迹时，他的唇角微微勾起一抹浅弧。

风灵晓吗？真是个有趣的女生……

（2）

如果说新生报道只是初遇。那么他彻底记住她，是缘起于一个乌龙……

那一天，司空溯偶尔走出校门的时候，被一个高中生模样的男主拦住了去路。

“你是……”司空溯打量起面前的男生，疑惑地皱起眉。他确认，他的记忆里从来没有这个人的存在。

这个高中生模样的男生一脸神秘兮兮，他压低了声音：“你就是洛无言吧？”

洛无言？司空溯一愣，微微眯起了眼睛。这个人他听过，似乎是一个高傲自大、目中无人的男生。

“你就是最近在追我姐的那个人吧？”见司空溯不回答，男生以为他默认了，不觉壮起了胆子，连声音也提高了几分。

“你姐？”

男生一脸鄙视：“你还装！就是风灵晓啊！”

风灵晓……这个名字哪里听过？

司空溯脑中灵光一闪。对了，她不就是上次的……

他疑惑地看向面前的男生：“这有关系？”

“当然！你想追求我姐，怎样都要给点意思意思吧？”男生做了个暗示的动作，然后一脸期待地看着他。

司空溯暗觉好笑，正要说明自己的身份。可还没开口，就被一个女声打断：“风凌云，你来这里干什么？”

男生像受到了惊吓般跳了起来，猛地回过头：“姐……姐！你什么时候来的？”

那个叫风灵晓的女生走了过来，一脸严肃地看着男生：“你来这里干什么？不在学校好好读书？”

“我……”男生试图辩解，“我是来找你嘛！听说有个叫洛无言的追求你！我打算好好教训他一顿……你瞧，不就是他！他刚刚……”

风灵晓瞟了司空溯一眼，十分不耐烦地打断他：“洛你妹啊，不要乱冤枉无辜的人。”说着，她朝司空溯歉意地笑了笑，扯着男生就走。

“喂喂喂……姐你等等！疼……疼！”

听着逐渐飘远的哀嚎，司空溯露出一丝若有所思的微笑。

果然很有趣啊……

（3）

第二次……他又见到了那个叫风凌云的男生。

其实这一天的司空溯十分恼怒。不知道为什么，女生之间竟然传出了“他是人渣”、“司空溯辜负了刘碧缇”的谣言。而始作俑者，居然是那个叫风灵晓的女生？！

他烦躁地想着，不知不觉走出了校门，结果，又被人拦住了。

"你……"司空溯皱着眉看着风凌云，但没等他开口，对方已经一脸苦相地说出了自己的目的——

"姐夫！你帮帮我，借我点钱吧！"

"……姐夫？"司空溯对这个称呼十分惊讶，疑惑地看着面前的男生。

风凌云眨了眨眼："你不是跟我姐在谈恋爱吗？"

"风灵晓？"

"对啊！"见司空溯一脸凝重的模样，风凌云不满地道，"喂！不要告诉我你在欺骗我姐的感情，不然我一定不会放过你的！"

司空溯打量着风凌云，不由自主地想起最近传出的谣言。突然觉得，这样报复她似乎也是一件很愉快的事情……

他恶意地眯起眼睛："好，我可以借钱给你。不过……有条件。"

"什么条件？"风凌云一愣，有些畏缩。

司空溯笑得风轻云淡："很简单，你帮我追求你姐。"

"好！"风凌云一听，马上喜出望外地答应了，他像只摇着尾巴的小狗在司空溯身边走来走去，"那姐夫你赶紧借钱给我吧！"

于是……司空溯就是这样跟某女扛上了的。

而当事人风灵晓永远到不会知道，自己其实是这样被弟弟卖掉的……

番外二 看病看病

这个故事发生在很久之后——

某天，风灵晓不幸染上了流感。起初她是极不愿意去医院看病的，但是在司空溯强硬的态度下，她只得不情愿地跟着他去到医院。

诊断室内，白大褂的医生用古怪的目光打量了风灵晓许久，直盯得她浑

身发毛，才慢吞吞地问道："你最近有什么地方不舒服？"

"我……"风灵晓的脸色因为生病而显得苍白，连脑袋都有点迷糊不清，思索了好一阵子才回答，"最近很头晕，不断咳嗽……而且胸口郁闷，很想吐……"

医生闻言，马上用诡异的眼神扫了她好几眼，然后了然地点点头，问道："你有男朋友吗？"

啊？这是什么问题？风灵晓囧了，有些不明所以。不过既然是医生问的，当然要如实回答……

风灵晓心虚地望了一眼守候在一旁的司空溯一眼，才小声呐呐地回答："算是有吧。"

算是有？这是什么答案！司空溯不满地挑起眉。

风灵晓无视背后那道逼人的目光，将全部注意力都集中在医生身上。

医生恍然地点点头，然后熟练地抓过一旁的本本，拿起一支笔在上面刷刷写了什么，撕下一张单子，递给风灵晓："喏，三楼左转第一间，检验完再来开药。"

风灵晓接过粉红色的单子，懵住了。只见那单子上有两个格外刺目的大字"验孕"！

风灵晓颤抖了，脸色一阵红一阵青："医生！你这是什么意思！"她还是纯洁的女孩一枚，为什么……为什么……

"这位小姐！"医生正色，一脸严肃地看着她，"经过我的诊断，我很明确地告诉你，你可能怀孕了！"

"什么？！"风灵晓震惊了。她不可置信地看了医生一眼，然后慌张地看向挑着眉的某人。

"那那那个我没有……你……你你别信……"

"嗯，我知道。"某人很冷静地回答，深暗的眸子里是异常的平静。

"我真的没有做对不起你的事情。"风灵晓欲哭无泪了，她现在是跳进黄河也洗不清了。

"我知道。"依然是很平淡的回答。

风灵晓大囧。你知道个毛啊！司空溯，你就不能给点儿激动的反应嘛……你这种冷漠的反应，很让人……心寒呢……

风灵晓涨红了脸，急急地解释：“我真的没有啦……你明明知道，我还是……还是那个……”

“啊哈，原来是未婚先孕啊……”一旁的医生抚着下巴看着激动的某人，竟然一副饶有兴趣的看戏模样。

风灵晓被这个庸医的态度激怒了，终于忍不住拍案而起：“够了！你这个庸医——我前天才来了例假……所以说，我、我怎么可能会怀孕！”

沉默……

司空溯：我就知道是假的……果然很无聊……可是小灵晓这么激动干吗？

医生：怎么可能！我纵横医学界整整五年，我的诊断怎么可能会有错！！！

番外三 小言小言

洛无言有一个很囧很雷人的外号，叫“打不死的小言”。

为什么是“打不死的小言”，而不是“打不死的小强”呢？

原因如下：

自小以来，洛无言对自己一切喜好东西的追求，都是抱着一颗坚定的心，不得到誓不罢休。到最后，那种坚毅不放弃的精神竟成了死缠烂打。

正因为这样，朋友赐他一外号“打不死的小强”。那时候洛无言一个脑袋抽筋，竟然欣然接受了这个外号，只是他嫌“小强”这名字有点恶心，就要求朋友改成“小言”。现在回想起来，他没有一次不捶胸呐喊“后悔”

的。

今天我们要说的，是洛无言追求女生死缠烂打的经历。

在洛无言初上大学的时候，他竟然对某系的一个女生一见钟情！

自小好强的他在朋友的起哄下发誓一定要将她追到手。

洛无言是个富二代。是的，标准的富二代。他的爸爸，就是他就读的这间大学的校董。所以当他发誓要追到这位女生的时候，他就动用了学校的一切的资源——

哪知道这个女生居然是个大麻烦：送花，她不喜欢；送首饰，她嫌俗套；找人集体在她的楼下告白，还被泼了一身水……总之，一切追求女生的方法用在她的身上，都毫无作用！就这样，即使洛无言动用了一切的方法，依然打动不了女生坚如磐石的心。

但是洛无言始终不肯死心。万般无奈之下，他只好向一些女生打听。但没想到，竟然被他打听到一个有用的消息——

他追求的那个女生，很沉迷一款叫《暮色》网游，ID叫幻灵。但是他又苦恼了，沉迷网游，似乎更不利于他的追求计划啊，那该如何是好？

其他女生见状，不由安慰了他一番，又借了几本经典的网游文给他，传授了他一点“网络情缘”的招数。

洛无言大喜过望，像捡到宝贝似的将那几本网游小说抱回家细细品读了一番，又通过朋友买了一个《暮色》游戏的大神级账号！

皇天不负有心人，在洛无言一番努力下，他终于通过一次“英雄救美”救下了正被怪物围困的女主角。并且在他的欲擒故众的“演技”下，两人火速成了游戏中好友。

终于有一天，洛无言在自认为他们的关系已经达到了网游小说中“暧昧不清”的关系的时候，大胆向“幻灵”提出了现实见面的要求。

只是……

时间一分一秒地过去了，对方却没有任何反应。

洛无言不禁纳闷，她怎么了？莫非被他的直接吓到了？难道真的像网游小说里写的女主角在惊喜，所以……

洛无言内心一阵狂喜。可是，他心情紧张地等了半晌，对方却只回了一句——

“你想干什么？别以为我不知道你是想骗我！现在网络上行骗的案例可多着呢！”

洛无言慌了，连忙打字：“不不不，我不是这个意思。我是说，我们的关系已经这么熟了，不如现实见面吧？其实我喜欢你，你也喜欢我，我们……”

“神经病！”

对方回了一句，头像已暗。

洛无言大惊失色，连忙发信息过去，可回应他的只有——

【系统】对不起，你已经被玩家幻灵拖入黑名单，无法发送消息。

【系统】对不起，玩家幻灵删除了ID或者该账号不存在，无法发送消息。

……

看着接连几条的系统提示，洛无言傻眼了：这这这是怎么回事？网游小说上不是说，只要大神跟女主说“我们现实见面吧”，女生就会羞羞答答地答应了吗？为毛……为毛他会被拒绝得那么彻底！

啊啊啊啊啊！！！